THE QUEEN OF CRIME
繁體中文版
20週年
紀念珍藏

豔陽下的謀殺案

阿嘉莎・克莉絲蒂 著
劉月榮、李玉杰 譯

Evil Under the Sun

通俗是一種功力

吳念真（導演、作家）

通俗是一種功力。絕對自覺的通俗更是一種絕對的功力。

這樣的話從我這種俗氣的人的嘴巴說出來，大概很多人要笑破褲底了。不過，笑完之後請容我稍稍申訴。這申訴說得或許會比較長一點，以及，通俗一點。

小時候身材很爛，各種遊戲競爭完全任人宰割，唯一隱遁逃避的方法是躲起來看書或聽大人瞎掰。那年頭窮鄉僻壤的小孩能看的書不多，小學二年級時最喜歡的是超大本的《文壇》，老師借的。看著看著，某天老師發現我的造句竟出現：「捧著：朝陽捧著一臉笑顏為群山剪綵」這樣亂七八糟的文字，就拒絕再讓我看那些超齡的東西了。

老師的書不給看，我開始抓大人的書看。一種是厚得跟磚塊一樣的日文書，對我來說那完全是天書，但插圖好看，經常有限制級的素描。另一種書是比較薄的，通常藏得很嚴密，只是裡面有太多專有名詞、重複的單字和毫無限制的標點，比如「啊啊啊」、「……！！！」

老讓我百思不解。有一天，充滿求知欲地詢問大人竟然換來一巴掌後，那種閱讀的機會和樂趣也隨著消失了。

所幸這些閱讀的失落感，很快從大人的龍門陣中重新得到養分。講到這裡，我似乎先得跟一個村中長輩游條春先生致敬，並願他在天之靈安息。

我所成長的礦區，幾乎全是為著黃金而從四面八方擁至的冒險型人物，每人幾乎都有一段異於常人的傳奇故事。這些故事當事人說來未必精采，但一透過游條春先生的嘴巴重現，有時連當事人都聽得忘我，甚至涕泗縱橫，彷彿聽的是別人的故事。

條春伯沒當過日本兵，可是他可以綜合一堆台籍日本兵的遭遇，一如連續劇般從入伍、受訓、逃亡荒島，面對同鄉同袍的死亡，並取下他們的骨骸寄望帶回故鄉，乃至骨骸過多搞不清哪是誰的等等，讓聽的人完全隨他的敘述或悲或笑，彷彿跟他一起打了一場太平洋戰爭。此外他也可以把新聞事件說得讓一個三、四年級的小孩，到現在仍記得當時腦中被觸動的畫面。例如當年瑠公圳分屍案的凶手做案之後帶著小孩到安東街吃麵（這讓我一直以為台北的安東街是條專門賣麵的街道），還有甘迺迪總統被暗殺、賈桂琳抱住她先生、安全人員跳上飛快的車子保護賈桂琳……當然，這記憶全來自條春伯的嘴巴而不是報紙。我的記憶全是畫面，有畫面，是因為條春伯說得精采，說得有如親臨他至死都還搞不清地理位置的達拉斯命案現場。

於是這小孩長大後無條件地相信：通俗是一種功力，絕對自覺的通俗更是一種絕對的功力。透過那樣自覺的通俗傳播，即使連大字都不識一個的人，都能得到和高階閱讀者一樣的感動、快樂、共鳴，和所謂的知識、文化自然順暢的接軌。也許就是因為這些活生生的例子，俗氣的自己始終相信：講理念容易講故事難，講人人皆懂、皆能入迷的故事更難，而能隨時把這樣的故事講個不停的人，絕對值得立碑立傳。

條春伯嚴格地說是有自覺的轉述者，至於創作者，我的心目中有兩個。一個是日本導演山田洋次，一個是推理小說家阿嘉莎．克莉絲蒂。

山田洋次創造了寅次郎這個集合所有男人優點跟缺點的角色，在以《男人真命苦》為名的系列下，總共完成百部左右的電影。它們的敘述風格、開頭、結尾的方法不變，唯一改變的是故事，是時代，是遍歷日本小鄉小鎮的場景。數十年來，看《男人真命苦》幾已成為日本人每年的一種儀式，一如新春的神社參拜。

數十年前訪問過山田導演，他說，當他發現電影已然有它被期待的性格時，電影已經不是導演自己的。他說：當所有人都感動於美人魚的歌聲時，你願意為了讓她擁有跟你一樣的腳，而讓她失去人間少有的嗓音嗎？

人間少有的嗓音與動人的歌聲，都來自山田導演絕對自覺的通俗創造。

再如阿嘉莎．克莉絲蒂，如果我們光拿出她說過的故事和聽過她故事的人口數字，就足以嚇死你。五十多年的寫作生涯，她總共寫出六十六本長篇推理小說，外加一百多篇短篇小說和劇本。其中有二十六本推理小說被改編，拍了四十多部電影和電視劇集。作品被翻譯成一百零三種文字的版本，銷量超過二十億本。

夠了。你還想知道什麼？知道二十億本的意義是什麼嗎？二十億本的意義是全世界平均三個人就有一個人讀過她的書，聽過她說的故事。

說來巧合，她和山田洋次一樣，創造出個性鮮明的固定主角（當然，前前後後她弄出來好幾個），然後由他（或是她）帶引我們走進一個犯罪現場，追尋真正的罪犯。

故事就這樣？沒錯，應該說這是通常的架構。那你要我看什麼？不急，真的不急，克莉絲蒂會慢慢冒出一堆足夠讓你疑惑、驚嚇、意外，甚至滿足你的想像力、考驗你的耐心和智商的事件來。

推理小說不都是這樣嗎？你說得沒錯，大部分是這樣，不一樣的是……對了，她像條春伯，像山田洋次，她真會說，而且她用文字說。

文字的敘述可以讓全世界幾代的人「聽」得過癮、「聽」個不停，除了聖經，也許就是克莉絲蒂。她不是神，但她真的夠神。

數十年前，台灣剛剛出現她的推理系列中譯本，那時是我結婚前，常有同齡的文藝青年來我租住的地方借宿，瞄到我在看克莉絲蒂，表情詭異地說：「啊？你在看三毛促銷的這個喔？」

我只記得他抓了一本進廁所，清晨四點多，他敲開我的房門說：「幹，我實在很討厭那個白羅……再拿一本來看看，我跟你說真的，要不是你的書，我真的很想把那個矮儸壓到馬桶吃屎！」

我知道他毀了，愛吃又假客氣，撐著尊嚴騙自己。克莉絲蒂再度優雅地撕破一個高貴的知識份子的假面具，她的手法簡單，那手法叫通俗，絕對自覺的通俗，無與倫比、無法招架的功力。

昔日的文藝青年如今跟我一樣，已然老去，但不時還會看到他寫一些充滿理念和使命感極重的文章，在報紙和雜誌上出現。我知道他要說什麼，只是常常疑惑他想跟誰說；同樣，我記得他說過什麼，但轉眼間忘記他說了什麼。但請原諒我，幾十年前那個晚上，他在我家看完的那兩本克莉絲蒂的小說內容，我可還記得清清楚楚。

也許有一天再遇到他的時候，我會問他之後是否還看過克莉絲蒂其他的書，如果沒有，我會跟他說，想讀要趁早，因為你會老、會來不及。至於白羅那個矮儸，大概永遠不會消失。哦，對了，還有一個叫瑪波，你說不定會來不及認識……

老派偵探之必要

冬陽（推理評論人，台灣推理作家協會理事長）

「讀者非常喜歡白羅這個人物，表示『那個開朗的小個子，過氣的比利時名偵探』。顯然白羅是這本小說受歡迎的一個原因，雖然白羅可能不贊同用『過氣』二字來形容他。」知名編輯兼作家經紀人約翰・柯倫（John Curran）在《阿嘉莎・克莉絲蒂的秘密筆記》一書如是說，文中提到的「這本小說」，正是克莉絲蒂初試啼聲、名偵探赫丘勒・白羅優雅登場的《史岱爾莊謀殺案》，一部於一個世紀前出版的偵探推理作品。

百年光陰的淬鍊顯然證明了白羅絕無過氣的疲態，連帶讓我聯想起電影《金牌特務》（*Kingsman*）上映後，大眾熱議西裝如何能帥氣俊挺歷久不衰——或許可以從這個切入角度，在這裡跟老書迷、新讀友探究這個蛋頭翹鬍子偵探（我沒有影射哪款洋芋片食品喔）的魅力所在。

且讓我們話說從頭。

「我敢打賭你寫不出好的推理小說。」一九一六年，阿嘉莎．米勒（克莉絲蒂婚前的舊姓）在媽媽的打字機上敲擊，打算回應姐姐梅姬這挑釁的話語。她努力嘗試，但故事寫得不好，於是改從身旁熟悉的事物著手──比方說毒藥。阿嘉莎在藥房工作過，曾在某個夜裡驚醒，匆匆回到調劑室重新配置，因為她不記得有沒有漏做一個重要步驟，否則病患就要去見閻王了──噢，這似乎是個謀殺好點子。

阿嘉莎還記得姨婆對她的叮嚀：要注意他人覬覦她珍藏的首飾，時時留意是不是有人偷偷拉長了耳朵聽她們的竊竊私語。小阿嘉莎不但執行得徹底，還把這個習慣寫進小說裡。同時她還注意到，因為世界大戰爆發，家鄉托基湧入許多比利時難民，不如讓一個逃難到英國的比利時退休警官擔任偵探？一定很有趣！

啊，偵探小說顧名思義，只要塑造出一個教人印象深刻的偵探，大概就成功一半。這個人物必須要有特色、有個性，甚至是怪癖，而且聰明又自負。好幾個名字浮現在她腦海裡：莫里斯．盧布朗（Maurice Leblanc）筆下的怪盜紳士亞森．羅蘋、卡斯頓．勒胡（Gaston Leroux）創造的新聞記者胡爾達必，當然還有那最最知名的夏洛克．福爾摩斯──連帶創造一個華生型的助手好了。該怎麼安排呢……

於是，一位偵探的樣貌漸漸成形：五呎四吋的小個兒，蛋型臉上蓄著保養得宜、梳理有型的鬍子，衣著一塵不染，漆皮鞋擦得錚亮。他有嚴重的潔癖，說話不時夾雜法語，喜歡成雙成對的東西，喜歡方的不喜歡圓的（雞蛋為什麼不是方的呢？），口頭禪是「動動灰色的腦細胞」。阿嘉莎心想，他應該要有個像福爾摩斯一樣響亮的名字，取名「赫丘勒斯」怎麼樣？希臘神話中的大力士。姓氏叫白羅，不過搭赫丘勒斯這個名字好像不配……改一下，赫丘勒．白羅好像不錯？就這麼定了吧！

白羅很聰明，懂得觀察入微沒錯，但這並不表示他就得是台獨尊腦袋、缺乏情感的冰冷思考機器，尤其要在人物關係錯綜複雜的莊園宅邸查案追凶，交際手腕得高明些才行。他不是在謀殺發生、屍體出現後才開始像頭獵犬四處嗅聞，而是憑藉旺盛的好奇心與強烈的同理心接觸各種人事物，進而探入被害者、犯罪者、各個看似無辜但多少都和事件沾上邊的關係者的心靈深處，佐以現今稱作鑑識、法醫等等科學鐵證（哎，證據人人知道，可是要怎麼跟真相合理地連結到一塊，這就是名偵探的功力啦），讓原本叫人束手無策的事件得以畫下完美句點。也因此，白羅偶爾能預測進而制止罪案的發生，甚至對殘酷但值得憐憫的罪行網開一面，這樣才合乎人性不是嗎？

婚後以阿嘉莎．克莉絲蒂為名，推出《史岱爾莊謀殺案》後深獲好評，相隔六年的《羅傑艾克洛命案》更是引發街談巷議，而克莉絲蒂全球暢銷前十大作品中，還包括《東方快車謀殺案》、《尼羅河謀殺案》、《ＡＢＣ謀殺案》、《藍色列車之謎》、《底牌》、《五隻小豬之歌》，合計八部皆由白羅擔綱演出。讀者不只喜愛這個聰明角色，還臣服於平實流暢的文筆及相對顯得衝突的複雜劇情，冷酷的謀殺動機隱藏在細膩的人際關係裡，穿透看似單純、帶點童話氣息的表象後，端賴名偵探明察秋毫、撥亂反正。尤其讓一個比利時人在英國土地上辦案，是克莉絲蒂的小心思，因為「英國人總是不信任外國人，也不相信睿智」（語出英國偵探俱樂部主席馬丁．愛德華茲〔Martin Edwards〕），讀者同凶手一樣輕忽不設防，卻也得到了參與鬥智競賽的意外驚奇和美好滿足。

這樣的閱讀感受，我稱之為「老派偵探之必要」，因為它純粹簡約，經得起反覆咀嚼，猶如前述的西裝革履，在潮流更迭的時間長河裡維持恆久的優雅風範——呼應吳念真先生寫在「策畫者的話」中的一段文字，那不是惺惺作態的高傲睥睨，而是「絕對自覺的通俗，無與倫比、無法招架的功力」所致。

不信？往下讀去就知道。而且我敢打賭，你有很高的比例會將整個白羅系列嗑完，然後是瑪波小姐系列以及其他系列，當然也不可能錯過像名列暢銷首位的《一個都不留》這類獨立之作……

註　克莉絲蒂推理全集一至三十八冊為「神探白羅系列」，三十九至五十二冊為「神探瑪波系列」，五十三至八十冊包含鬼豔先生、湯米與陶品絲、雷斯上校、巴鬥主任等名探故事。

獻詞

阿嘉莎．克莉絲蒂是世界讀者最眾，也最廣受喜愛的女作家。
身為克莉絲蒂的孫兒，我相信奶奶會非常樂見這次出版，
因為她極以自己作品中的趣味與娛樂為豪。
歡迎所有喜歡本系列的台灣新讀者參與這場饗宴！

——馬修．培察（Mathew Prichard）

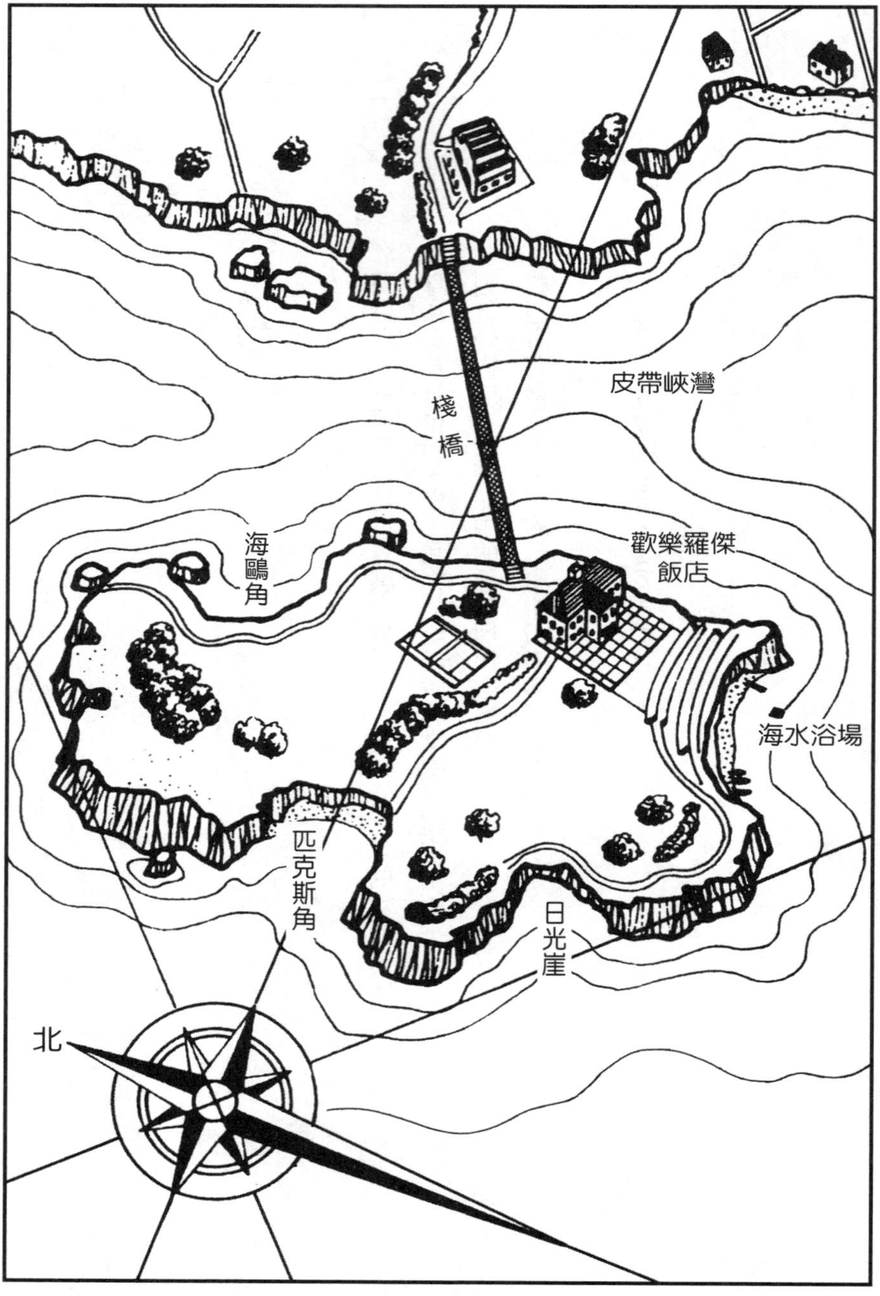
皮帶峽灣
棧
橋
海
鷗
角
歡樂羅傑
飯店
海水浴場
匹
克
斯
角
日
光
崖
北

「走私者之島」鳥瞰圖

01

一七八二年，羅傑．安梅林船長為自己在皮帶峽灣的小島上建了一棟房子。當時，在旁人眼中，此舉簡直是他荒謬性格的極致。他出身顯貴，想像中，他應該住在四周是寬闊草坪的豪華宅邸，或許還伴有潺潺的流水和美麗的牧場。

然而，羅傑船長只鍾情於大海；因此他選擇了這個常有海鷗光顧的迎風小海角，來營造屬於自己的天地。每次漲潮時，海角就與陸地隔離開來。考慮到這種獨特的地理位置，羅傑船長將自己的房子修建得結實無比。

羅傑船長終生未婚，大海是他最忠實的伴侶，他死後將房子和小島都留給了一個遠房表親。然而，這位表親及其後代對此饋贈並不很在意。因為他們自己的土地正不斷減少，家道亦日趨敗落，實在無暇顧及其他。

時光流轉，轉眼間到了一九二二年。此時，到海邊度假的風氣開始盛行起來，人們再也不認為德文郡和康沃爾沿岸的夏日酷熱難當了。羅傑船長的一位後人亞瑟・安梅林終於發現到他那所建於喬治王朝後期的豪宅相當難以脫手——因為那房子實在太不方便了——倒是那位熱愛大海的羅傑船長所留下的古怪遺產，卻被他賣了個好價錢。

這棟結實的房子被擴建並重新裝潢。一條堅固的大堤也將陸地與小島連接起來。島上，人工挖掘開鑿的小徑和角落隨處可見，還有兩個網球場、兩座露台直通下面的小港灣，灣中置有一些木筏及跳板。就這樣，皮帶峽灣「走私者之島」的歡樂羅傑飯店便浩浩蕩蕩地進駐於此。自此，每年六月到九月（或復活節的短暫假期），歡樂羅傑飯店總在客滿狀態，連閣樓都不例外。一九三四年，飯店又再次擴建並重新改裝，這次加了一個雞尾酒吧、一個更大的餐廳和幾個浴室；消費的價格自然也上漲了。

於是人們會說：「去過皮帶峽灣嗎？那兒有個小島，島上的飯店棒極了。住得好，吃得也好。沒有什麼大型遊覽車，也沒有一些短期觀光客。你一定要去玩玩。」

而遊客確實也絡繹不絕地湧向這座小島。

§

近日以來，歡樂羅傑飯店住進了一位大人物（至少此人自認為重要無比）——赫丘勒·白羅，他身著一套搶眼的白色服裝，頭頂上的巴拿馬帽斜拉到眼眉上方，唇上的小鬍子優美地鬈曲著。此刻，他正仰躺在一把改良式的靠背椅中，目光梭巡著不遠處的海水浴場。旅館有數個露台一直向海水浴場延展過去。海灘上擱著一些浮標、橡皮艇、帆船、彩球和橡皮玩具，還備有一個長長的跳板和三個散置的木筏。

泳客有的正泡在海裡，有的則伸展四肢躺在陽光下，還有人正細心地往身上塗防曬油。不游泳的人則坐在正上方的露台上談天說地。他們談天氣，談眼前的景致及早報上的新聞，談任何讓他們感興趣的事物。

白羅左側的加德納夫人兩片嘴唇動個不停，不斷吐出一連串輕柔卻單調的聲音，同時，她的雙手還奮力織著毛衣，棒針卡卡作響。她丈夫奧德爾·加德納先生躺在旁邊的一張帆布椅中，帽子斜蓋在鼻子上。

白羅右側坐著的則是壯碩如運動員的布魯斯特小姐。她頭髮灰白、容貌飽經風霜摧殘，卻透著和悅開朗。此刻，她正用沙啞的嗓音做著評論，與加德納夫人的聲音混在一起，那效果很像是牧羊犬在用牠宏亮的短嗥干擾博美狗無休止的狂吠。

加德納夫人又開始了。

「於是，我就對加德納先生說，啊，四處觀光是不錯，我也的確喜歡把一個地方逛個徹底。但我們畢竟已將整個英格蘭仔細地玩了一遍，現在，我只想找個安靜的海邊放鬆一下，我就是這麼說的，是不是，奧德爾？純粹放鬆，我說我覺得自己必須放鬆下來。是這樣沒錯吧，奧德爾？」

加德納先生從帽子下面低聲應了一句：「是的，親愛的。」

加德納夫人繼續她的話題。

「所以，在庫克旅行社那裡，我就這樣跟凱爾索先生提了——我們全部的行程都是由他安排的，這人做事相當周到，真不敢想像要是沒有他，我們該怎麼辦——噢，剛剛說到我對他提起我的想法，凱爾索先生就說，那我們一定要來這裡一趟。他說這兒風景如畫，與世隔絕，輕鬆悠閒，完全也不受外界打擾。加德納先生插了句話，問衛生設施如何。白羅先生，您知道嗎，加德納先生的一個姐姐曾在一家招待所住宿，據說那家飯店坐落在曠野中，人跡罕至，恍如世外桃源。可是您相信嗎？那裡所謂的衛生設備就是個戶外的糞坑！因此，加德納先生很自然就對這些所謂的『世外桃源』產生懷疑，是不是，奧德爾？」

「啊，沒錯，親愛的。」加德納先生說。

「但凱爾索先生立刻消除了我們的疑慮。他向我們保證說，這兒的衛生設施絕對是最新式的，廚師的手藝也非常高明。事實上，的確如此，而在這兒最讓我高興的就是它令人『親如一家』。我是說，在這個小地方，大家常有機會彼此交談，每個人都認識其他人。要是非得給英國人挑點毛病，那就是他們非得認識你個一兩年，才會對你比較交心，不過，那之後，他們就是個最熱情的民族了。凱爾索先生告訴我們這兒有許多有趣的人，我覺得他說得沒錯。瞧，我不就遇到了白羅先生您，還有譚利小姐。噢，得知您竟然是大名鼎鼎的白羅先生時，我簡直興奮得無以復加。是不是，奧德爾？」

「是的，親愛的。」

「哈！」布魯斯特小姐爆出一句。「真是感人啊，對吧，白羅先生？」

白羅恭卻地擺手否認，不過那只是基於禮貌罷了。加德納夫人又滔滔不絕了起來。

「您知道，白羅先生，我從科妮莉．羅布森那裡知道了您許多事情。我和加德納先生五月時正在巴登霍夫。當然科妮莉便告訴我們琳妮．瑞奇威在埃及被殺的全部經過。她說您非常了不起。我一直迫不及待地想要結識您，是不是這樣，奧德爾？」

「是的，親愛的。」

「還有譚利小姐也是。我的好多衣物都是在羅絲孟德服飾店買的——她當然就是『羅絲．孟德』，是不是？我覺得她的設計十分別出心裁，線條尤其優美流暢。昨晚我穿的那套衣服就是她的作品。我覺得她真是一個漂亮透頂的女人。」

坐在布魯斯特小姐另一側的貝瑞少校，本來一直睜著一雙鼓突的金魚眼盯著泳客，此時突然咕噥了一句：「美麗絕倫的女人！」

加德納夫人手中的棒針又響了一下。

「白羅先生，我必須承認一件事。在這裡遇見您使我產生了某種不安——不是說我不樂意碰到您，事實上能見到您令我非常興奮，這加德納先生也知道。只是，我想，您來這裡可能是為了——呃，工作。您明白我的意思嗎？唉，加德納先生可以告訴您，我是一個極端敏感的人，無法忍受自己被捲入犯罪事件當中。您知道——」

加德納先生清了清喉嚨。他說：「白羅先生，我可以向您證實，加德納夫人的確非常敏感。」

白羅的雙手在空中揮舞了一下。

「夫人，我可以向您保證，我來此地的目的很單純，與您一樣，不過是度個假，享受人生。我甚至沒有想到『犯罪』這個字眼。」

布魯斯特小姐短促粗啞的嗓音再度插了進來。

「走私者之島上可沒有屍體。」

白羅道：「這麼說並不準確。」他手往下一指，「瞧那兒成排躺著的那些人。他們是什麼？不是男人也不是女人，他們不再具有個別性，他們都是一具具的……肉體！」

貝瑞少校賞析道：「有些小妞長得真是漂亮。不過，好像有點太瘦了。」

白羅高聲說道：「是呀。可是，那有何魅力可言呢？有什麼神祕感嗎？我年紀大了，是那種老派的人。我年輕的時候，女孩子連腳踝都很少露在外面。光是不期然瞥見她們蓬鬆的襯裙，就夠令人銷魂啦！還有，那微微鼓起的小腿、膝蓋，以及飾有緞帶的吊襪——」

「下流，下流！」貝瑞少校嘶啞地叫道。

「我認為我們現代人的裝束比過去要符合人性。」布魯斯特小姐說。

「是呀，白羅先生，」加德納夫人說，「在我看來，今日的年輕人選擇了一種比以前健康自然的生活方式。雖然他們成天在一起嘻嘻鬧鬧，但是，嗯——」加德納夫人似乎想起了什麼而有些臉紅。「他們不會想到那種事，您明白我的意思嗎？」

「我明白，」白羅答道，「真是遺憾哪！」

「遺憾？」加德納夫人尖聲問道。

「因為如此一來，所有的浪漫、所有的神祕感都不復存在。今天所有的一切都標準化了！」他揮揮手指向那些躺在海灘上的人們。「瞧瞧那些人，那景象令我想起了巴黎的停屍間。」

「白羅先生！」加德納夫人大為憤慨。

「屍體，排列在厚厚的木板上，恰似屠夫刀下待割的肉！」

「白羅先生，您這麼說未免太誇張了吧？」

白羅承認了。

「沒錯，或許吧。」

加德納夫人使勁地織著毛衣。

「不過，我還是挺同意您的某些觀點。女孩子如此裸露地躺在陽光下，手臂和腿上一定會長毛。我曾對女兒艾琳說：『艾琳，要是你這麼躺在陽光下，你全身上下就會長滿了毛，手臂上長、腿上長，連胸部也會長。想想看，到那時你會變成什麼樣子？』我對她這麼說過，是不是，奧德爾？」

「是的，親愛的。」加德納先生說。

之後，所有的人都沉默不語，大概正竭盡所能地在腦海中勾畫艾琳那一副恐怖的模樣。

加德納夫人捲起手中的毛線，然後說：「我想——」

加德納先生說：「如何，親愛的？」

說著，使勁從帆布椅中坐了起來，接過加德納夫人手中的毛線和書本，他問道：「和我們一起去喝一杯好嗎，布魯斯特小姐？」

「噢，不了。謝謝。」

於是，加德納夫婦向飯店走去。

身後，布魯斯特小姐說道：「美國男人可真稱得上是模範丈夫啊！」

§

史蒂芬·萊恩牧師坐進加德納夫人走後留下的空位。

萊恩先生剛過五十，是一位高個子、精力充沛的牧師。他的臉曬得黝黑，深灰色的法蘭絨長褲破舊不堪。

他激動地說道：「多麼美妙的鄉村景致。我沿著皮帶峽灣走到哈福德，繞道懸崖再走回來。」

「選這種天氣出去散步可真夠熱的。」從不散步的貝瑞少校說。

「這是一項很好的運動，」布魯斯特小姐說，「我今天還沒有去划船呢。划船對鍛鍊腹肌再好不過了。」

此話令白羅略帶沮喪地低頭看了一眼自己凸起的小腹。

看見白羅如此沮喪，布魯斯特小姐好心道：「白羅先生，只要你每天去划船，腹部的贅肉很快就會消失。」

「謝謝您的好意，小姐。可是我討厭船！」

「你是指小船嗎？」

「大船小船都無法忍受！」他緊閉雙眼，戰慄不已。「波濤洶湧的大海太折磨人了。」

「上帝保佑你。可是，今天大海像個小蓄水池一樣安詳平靜喔。」

白羅堅定地回答道：「不可能有所謂平靜的大海，它總是在翻滾、洶湧。」

「我認為，」貝瑞少校說，「暈船十之八九是心理作用。」

萊恩牧師微笑地插了一句：「說這話的人一定是個航海好手。是不是，少校？」

「我只暈過一次船，那還是在橫渡英吉利海峽的時候！我的座右銘是：不要去想它。」

「暈船真是一件很奇怪的事。」布魯斯特小姐沉吟道，「為什麼有人會受它困擾，有人卻不會？這很不公平。而且這跟一個人的健康狀況也沒什麼關係。暈船暈得厲害的人很多還是技術高超的水手。有人曾對我說，暈船與否與脊椎有關。還有，某些人有懼高症。這方面我也不行。可是，雷德佛夫人比我還糟。那一天，在去哈福德的懸崖小路上，她便頭暈目眩，不得不緊緊貼在我身邊。她告訴我，有一次在米蘭大教堂沿著樓梯向下走時，她就在半空中嚇得動彈不得。上樓梯的時候她一點兒也沒多想，但往下走就難了。」

「那麼，她最好不要走梯子下去匹克斯角。」萊恩牧師說道。

布魯斯特小姐做了個鬼臉。「恐怕我也不行，那是年輕人做的事。科恩家和馬斯特曼家的孩子就在梯子上跑上跑下，還覺得樂趣無窮呢。」

萊恩牧師說：「雷德佛夫人來了，她剛剛游完泳。」

布魯斯特小姐評論道：「白羅先生應該會欣賞她，她不愛做日光浴。」年輕的雷德佛夫人摘下了泳帽，正在甩動她的頭髮。她是個蒼白的金髮女子，皮膚非常白淨美麗，與她的頭髮、眉眼的顏色十分相配；她的腿和手臂也相當白皙。

貝瑞少校發出了沙啞的笑聲說道：「與眾人一比，她看來有點稚氣，是不是？」

桂絲帝娜．雷德佛裹著一襲長袍走上了海灘，踏上通往露台的階梯向他們走來。

她的面容白皙嚴肅，透著一種病態美；她的手腳非常小巧優雅。

她面帶微笑在這一群人身邊坐下，把浴袍又裹緊了一些。

布魯斯特小姐對她說：「你已經贏得了白羅先生的讚許。他不喜歡那些曬日光浴的人，說他們像屠夫刀下的待割肉一樣。」

桂絲帝娜．雷德佛憐憫地微笑起來。她說：「其實我倒希望自己做得了日光浴，可是我曬不黑，曬久了我就起水泡，而且手臂上還會長滿可怕的雀斑。」

「這總比加德納夫人的艾琳會渾身長滿毛要好。」布魯斯特小姐說。

雷德佛夫人用詢問的眼光看著布魯斯特小姐，於是她說：「今天早上，全是加德納夫人在說話，可以說是未曾暫歇。『是不是，奧德爾？』『是的，親愛的。』」她頓了一下又說：「不過，白羅先生，我倒是希望您可以逗逗她。您為什麼沒有呢？為什麼不告訴她您此行的目的的確是來調查一起可怕的謀殺案，而且那個殺人狂就是這家飯店的客人？」

白羅嘆了口氣，說：「我很怕她會信以為真。」

貝瑞少校笑得上氣不接下氣，他說：「她鐵定會相信。」

艾默莉．布魯斯特說：「不，我覺得即使是加德納夫人也不可能相信這裡會發生謀殺案。這裡不是會出現屍體的地方。」

白羅在椅子上動了一下，他抗議道：「為什麼不會，小姐？為什麼在走私者之島就不會出現你所說的『屍體』呢？」

布魯斯特小姐說：「我也不知道。我就是覺得有些地方比較不可能出現。這裡不是那種場所。」她停住了，因為她發現很難解釋清楚自己的意思。

「的確，這兒是很浪漫，」白羅同意說，「很安詳平和，陽光明媚，海水碧藍。但是，別忘了，布魯斯特小姐，陽光之下處處有罪惡。」

萊恩牧師有點坐不住，他身體傾向前去，熱誠的藍眼珠突然明亮了許多。

布魯斯特小姐聳了聳肩膀。

「啊，我當然知道這一點，但是，儘管如此——」

「儘管如此，你仍然認為這不是個犯罪的環境？你忽略了一件事，小姐。」

「人性嗎？我猜。」

「是的，人類的天性常是關鍵所在。但那不是我想說的事，我要指出的是：這裡人人都在度假。」

布魯斯特小姐迷惑不解地看著白羅。
「我不懂。」
白羅慈祥地向她微笑著，伸出食指在空中做出輕拍的手勢。「比方說，你有一個敵人。如果你想在他家、他的辦公室或者大街上接近他，你就必須找一個理由，必須解釋自己的行為。但是到海邊度假，你不必挖空心思尋找藉口。你到皮帶峽灣來，為什麼？在炎熱的八月跑到海邊，除了度假還能是什麼？你、萊恩先生、貝瑞少校、還有雷德佛夫人和她丈夫出現在這裡都是非常自然的事，因為英國人習慣在八月到海邊去。」
「嗯，沒錯，」布魯斯特小姐承認道，「這個見解是很獨到。不過，加德納夫婦又怎麼說呢？他們可是美國人啊。」
白羅笑了。
「即使是加德納夫人，誠如她所說，也有放鬆身心的需要。而且，既然她是在『了解英國，當然必須在海邊待上兩個禮拜——就算不為別的，起碼也得做一個像樣的觀光客。反正她也喜歡觀察人。」
雷德佛夫人低聲問道：「我猜，您也喜歡觀察人吧？」
「夫人，這點我承認，我的確是。」
雷德佛夫人沉思道：「你觀察了……不少。」

短暫的靜默之後，萊恩牧師清了清嗓子，有點怯怯地說道：「白羅先生，我對您剛才的話很感興趣。您說陽光之下處處有罪惡。這幾乎等同於《傳道書》中的一句話。」停頓片刻，他開始背誦原文：「人類子孫心裡充滿了罪惡。瘋狂時刻活在他們的心中。」他的臉閃耀著一種癡迷的光芒。「聽到您那麼說，我很高興。當今這個世代，已經沒有人思考邪惡這個主題，它最多不過被看作是良善的反面。有人說，罪惡產生自那些沒有知識、沒受教化的人，他們應該受到憐憫，而不是譴責。但是，白羅先生，罪惡確實存在。我相信罪惡的存在就如同我相信良善的存在一般。罪惡在這個世界上橫行，而且來勢洶洶、銳不可擋。」

他停住了，呼吸變得益發急促。他掏出一條手帕擦了擦額頭的汗。然後，他突然露出了一絲抱歉的神情。

「對不起，我扯遠了。」

白羅平靜地說道：「我明白你的意思。在某種程度上，我同意你的觀點。罪惡確實在這世界上橫行，而且不難察覺。」

貝瑞少校清了清喉嚨說：「講到罪惡這個話題，我又想起了印度的那些托缽僧侶——」

貝瑞少校在歡樂羅傑已待得夠久，足以讓旁人在他死愛提起自己那段漫漫印度之旅的癮頭發作前全面警戒、堅決抵抗。

布魯斯特小姐和雷德佛夫人兩人同時發話。布魯斯特小姐說道：「嘿，雷德佛夫人，那不是你先生在游泳嗎？他的自由式練得太棒了，真是個出色的游泳選手。」

雷德佛夫人脫口而出的話則是：「瞧！那艘紅帆小船多麼可愛啊！那是布拉特先生的船嗎？」

那條紅帆小船正滑過港灣的盡頭。

貝瑞少校咕噥道：「紅色的船帆，怪透了。」

還好，托缽僧的威脅已經解除。

白羅用欣賞的眼光看著剛游到岸邊的那個年輕人。這位派屈克．雷德佛簡直就是一個完美的人類標本，渾身上下沒有一點多餘的脂肪，古銅色的肌膚，寬肩細腿，全身散發出極富感染力的快樂氛圍——一種毫不做作的單純，使他受到所有女人和大多數男人的歡迎。

他站在那裡，甩著身上的水珠，揚起一隻手高興地跟他的妻子打招呼。

她也揮揮手，回應道：「派特，上這兒來吧。」

「我就來。」

他沿著海灘走了一段，拾起丟在那兒的毛巾。

就在此時，一個女人從飯店裡出來，經過眾人身邊向海灘走去。

她那緩步駕臨的架式，宛如演員進場一般神氣。

而且，她走路的樣子也顯示她對這一點瞭如指掌。她沒有絲毫害羞，似乎已經習慣了每次出場帶來的震撼效果。

她身材高眺而苗條，身穿一件樣式簡潔的白色露背泳裝，每一寸裸露的肌膚都被曬成了漂亮的淺古銅色，整個人簡直如雕像一樣完美。她那金棕色的蓬鬆鬈髮如火焰一般，自然地偎在頸邊。她臉部的線條流露出一絲冷酷，三十個春秋的流逝並沒有帶走她的青春和美貌，她留給人的整體印象仍然是年輕、耀眼、神采飛揚。她臉部的表情就如中國人般淡漠，一雙深藍色的眼睛斜挑向上。頭上則戴著一頂翠綠色紙板做的古怪中國小帽。

她的出現令海灘上的每個女人都黯然失色；而無可例外地，每個男人的眼睛都牢牢盯在她身上。

白羅閉著的雙眼也睜開了，他的小鬍子欣賞地抖動著。貝瑞少校坐直了身體，他那鼓凸的雙眼由於激動而益發突出了。白羅左邊的萊恩牧師輕吁了一口氣，整個身子僵直起來。

貝瑞用沙啞的嗓音低語道：「啊，這就是阿倫娜．斯圖爾特（這是她嫁給馬歇爾以前的名字）。我看過她在退出戲劇界前演出的《送往迎來》。她真讓人百看不厭，不是嗎？」

桂絲帝娜．雷德佛冷冷地慢聲答道：「呃，她長得還算標致，像隻狐狸精。」

布魯斯特小姐突然插話說：「白羅先生，剛才你們在談論罪惡。現在，在我看來，這個女人就是罪惡的化身，她渾身上下散發著邪惡的氣息——我知道很多關於她的事。」

貝瑞少校懷想道：「我記得有個西姆拉的女子，她也是位紅髮女郎，丈夫是一位陸軍中尉。我敢說正是她引發了當地的騷亂。全城的男人都為之瘋狂，而女人則都恨不能挖掉她的雙眼。她是許多家庭不和的根源。」他帶著一種緬懷舊事的情緒笑了起來。「那位丈夫人很不錯，不愛說話，對她崇拜得五體投地。妻子的那些風流韻事他全然不知——也可能是假裝不知道而已。」

萊恩牧師用激情的語調說：「這種女人是禍水，她們威脅了——」他突然閉口。

此刻，阿倫娜已走到了水邊，兩個年輕小夥子蹦蹦跳跳急切地向她走去。她停住腳步，向他們微笑了一下，然後目光越過他們，投向正在海灘上走動的派屈克·雷德佛。

這景象令白羅聯想到了羅盤上的針。無論在何種情況下，羅盤上的針都應該遵守磁性定律，指向北方。但顯然派屈克·雷德佛的雙腳偏離了原來的方向，將他帶向阿倫娜身邊。

她站在那兒對他微笑。然後她沿著海邊，浪花為伴，優雅地邁開了步子，派屈克跟隨而上。在一塊岩石旁，她伸展四肢，輕輕躺了下來。派屈克在她旁邊的一塊圓石上落坐。

就在此時，雷德佛夫人猛地站了起來，走進了飯店。

§

她的離去留下了一陣難堪的沉默。

這時，布魯斯特小姐說：「太不像話了。雷德佛夫人是個可愛的小女人，他們才結婚一兩年。」

「我剛剛說的那個西姆拉女人，」貝瑞少校說，「破壞了好幾樁幸福的婚姻。真令人惋惜，是不是？」

「有一種女人，」布魯斯特小姐說，「以破壞別人的家庭為樂。」停頓片刻之後，又說：「派屈克·雷德佛根本是個大傻瓜！」

白羅則保持沉默，一語不發。他凝視著海灘，然而，他的目光卻不在派屈克或阿倫娜的身上。

布魯斯特小姐說：「我得走了，我要去划船。」

說完，她便離去了。

貝瑞少校帶著些許好奇，將他那雙亢奮的金魚眼投向白羅。

「白羅，」他問，「你在想什麼，怎麼一直都沒開口？你對這位迷人的女妖有何看法？她很妖媚吧？」

白羅說：「還可以。」

「少來了，老傢伙！我很了解你們法國人。」

白羅冷冷地反駁道：「我可不是法國人。」

「別跟我說你對美女沒興趣！你認為她怎麼樣？」

白羅說：「她已經不再年輕了。」

「那又有什麼關係？女人的年齡是依外表而定的。她看上去一點也不顯老。」

白羅點頭，然後說：「是的，她的確長得很美。但是，美貌並非一切。也並非是她的美貌使眾人（只有一人除外）的目光集中到她身上。」

「當然是因為她的美貌，老小子，沒有別的原因。」接著，他突然好奇地問白羅：「你這麼專心在看些什麼？」

白羅答道：「我在看那個與眾不同的人，阿倫娜走過時，只有他沒有多看一眼。」

貝瑞順著白羅的視線看去，映入眼簾的是一個四十上下、金黃頭髮、皮膚黝黑的男人。他看來挺隨和開朗，此刻，他正坐在海灘上，抽著菸斗看《泰晤士報》。

「哦，他呀，」貝瑞說：「那是她丈夫，老兄，肯尼斯．馬歇爾。」

白羅說：「我知道。」

貝瑞又狡黠地笑了。

他自己是個單身漢，因此習慣於用三種名詞來區別丈夫的種類：「累贅」、「麻煩」和「守衛」。

「他看起來人很不錯，不愛說話。咦，不知道我的《泰晤士報》到了沒有？」

於是他也站起身向旅館走去。

白羅的目光慢慢移到了萊恩牧師身上，萊恩牧師正盯著阿倫娜和派屈克。突然他轉向白羅，眼裡閃著一抹堅定而狂熱的光芒。

他說：「那個女人渾身上下都散發著邪惡，你相不相信？」

白羅緩緩答道：「這個很難看得準。」

史蒂芬・萊恩說道：「可是，活著的人啊，難道你感覺不到它？感覺不到罪惡就環繞在我們四周的空氣中？」

白羅慢慢地點了點頭。

／02

當羅莎美．譚利小姐坐到白羅身旁時，白羅毫不掩飾他的滿心歡喜。

白羅曾多次表示，他對譚利小姐的仰慕超過了其他女性。他欣賞她那與眾不同的個性，她優雅迷人的身材，以及她機智自信的舉止態度。此外，他還喜歡她整齊光滑、如波浪般的黑髮和她略帶嘲諷的笑容。

她身穿一套海軍藍鑲白邊的衣服，線條樸素高貴，整套服裝顯得非常簡潔。羅莎美．譚利以羅絲孟德服飾公司而聲名遠揚，是倫敦最負盛名的服裝設計師。

她說：「我一點兒也不喜歡這個地方，真不明白我怎麼會到這裡來。」

「你以前來過這裡嗎？」

「來過，就在兩年前的復活節。不過，那時可沒有現在這麼多人。」

白羅目不轉睛地看著她，輕輕地說：「有什麼事令你感到不安。我說得沒錯吧？」

她點點頭，盯著自己左右晃動的腳看了一會兒，終於說：「我遇到鬼了，就是這麼回事。」

「小姐，鬼？」

「是的。」

「是什麼鬼？是誰的鬼魂？」

「我自己的鬼魂。」

白羅溫柔親切地問：「它是一個痛苦的鬼魂嗎？」

「痛苦得令人難以承受。它把我帶回過去，你知道……」

她停住，沉思了片刻，然後又接著說：「請想像一下我的童年——不，你永遠也無法想像，畢竟你不是英國人。」

白羅問道：「你過的是典型的英國式童年嗎？」

「噢，百分之百是！鄉村風光，又大又破的房子，馬呀狗呀，雨中獨行，燃燒木頭的火焰，果園的蘋果，錢袋永遠空空，舊的花呢洋裝，不曾汰換的晚禮服，荒蕪的花園，秋天紫菀盛開得猶如風中飄起了一面面巨大的旗幟……」

白羅溫柔地問道：「那麼你想回到過去嗎？」

羅莎美搖了搖頭。

「人是無法回到從前的，不是嗎？永遠回不去了。但是，早知道的話，我寧願不要目前這種生活方式。」

白羅說：「我不太相信。」

羅莎美放聲大笑。

「其實我也是，真的。」

白羅又說：「我年輕的時候（小姐，請容我提醒您，那可是很早以前的事了），有一種遊戲，叫作『如果你可以不必做自己，那你願意成為誰』，玩遊戲的人都把答案寫在年輕小姐的小記事本中，這些小記事本都鑲著金邊，藍色的封面。然而，小姐，遊戲的答案卻很難找到。」

羅莎美答道：「是呀，我想是的，這其中有很大的風險。沒有人願意成為墨索里尼或伊莉莎白公主；也不會有人想要變成自己的朋友，因為實在太了解他們了。我記得有一次遇到一對夫婦，兩人都是風度翩翩，彼此相敬如賓，婚後多年關係仍然融洽。我真的非常嫉妒那位妻子，如果可能，我寧願與她交換位置。可是後來有人私下告訴我，這對夫婦十一年來私下都不曾交談。」她笑了起來。「這不也說明，有些事情你永遠也參不透？」

白羅沉吟片刻後說：「小姐，一定有許多人羨慕你。」

羅莎美平靜地回道：「是的，這很自然。」她想了想，然後翹起嘴角，露出諷刺的微笑。「的確，我正是那種典型的成功婦女！我喜歡在藝術創作上得到滿足，我也喜歡身為商界女強人的感覺。我有錢，有一副好身材和不錯的容貌，說起話來還不太惡毒。」

她停了下來，臉上的微笑蕩漾開來。

「當然，我還缺一位丈夫。在這一點上我很失敗。你說是不是呢，白羅先生？」

白羅貼心地答道：「小姐，你沒有結婚是因為我那些男性同胞沒有一個能打動你的心。你是有所選擇而非被迫保持單身。」

羅莎美說道：「然而，我敢說你也像所有男人一樣，仍是打心底認為一個女人只有結婚生子才會得到真正的滿足。」

白羅聳了聳肩。

「結婚生子的確是許多女人共同的命運。只有百分之一甚至千分之一的女人能像您那樣，成就自己的事業，建立自己的名聲和地位。」

羅莎美對他露齒而笑。

「可是，再怎麼說，我還是個悲哀的老處女！這就是我現在的感覺。我寧願一年只賺兩便士，而身邊卻有一個粗壯木訥的丈夫和一群活蹦亂跳的小傢伙。這才是一個真實而完整的人生，不是嗎？」

白羅又聳了聳肩。

「既然您這麼說，我也只好說『是』了，小姐。」

羅莎美又笑了起來。就在一瞬間，她又找回自己那份平衡。她點了一根香菸，然後說：「白羅先生，您當然很清楚如何與女人打交道。我現在想一改剛才的論調，跟你辯論事業對婦女的重要性。這是當然的。因為我本身就很富有——而且不會不知道我的錢在哪裡！」

「所以說，種在花園裡的（或者該說任何海邊的？）事物都是美麗的。」

「的確如此。」

白羅拿出了自己的菸盒，點了一根他鍾愛的小巧香菸。他用古怪的眼神凝視著緩緩上升的菸霧，說道：「這麼說，馬歇爾先生，呃，應該說是馬歇爾上尉，是你的老朋友嗎，小姐？」

羅莎美站了起來，問道：「你怎麼知道的？噢，我想是肯恩自己告訴你的。」

白羅搖搖頭。

「沒人對我說過任何事。小姐，我畢竟是個偵探啊。這件事很容易看出來。」

羅莎美說：「我不明白。」

「想想看就知道了。」這位小個子偵探的手勢強而有力，「你來此地已有一個星期了，你一直十分快樂、生氣勃勃、無憂無慮。可是，今天您卻突然談起了往事、說起了鬼魂。出了什麼事呢？這幾天都沒有任何新客人到來，只有昨晚馬歇爾上尉帶著妻女住進飯店。然後你今天心情就有了變化。這太明顯了！」

羅莎美說：「是的，完全沒錯。肯尼斯．馬歇爾與我是青梅竹馬的朋友，他家就住在我家隔壁。肯恩一直對我很好，儘管他常常有點高高在上的樣子，那也很正常，畢竟他大我四歲。我已經很久沒見過他了，至少有……十五年吧。」

白羅沉思道：「這的確是很長一段時間。」

羅莎美點了點頭。

兩人都沉默了一會兒，然後白羅問道：「他這個人是不是非常和善？」

羅莎美熱情地答道：「肯恩非常善良，是個數一數二的大好人，相當沉默內斂。可以說，他唯一的缺點就是喜歡找錯誤的對象結婚。」

白羅恍然大悟地「啊」了一聲。

羅莎美繼續說道：「肯尼斯是個大傻瓜。只要碰到女人，他就傻得失去理智！你還記得馬丁代爾一案嗎？」

白羅皺眉凝思。

「馬丁代爾？馬丁代爾？是不是用砒霜下毒的案件？」

「沒錯。這件事發生在十七、八年前，有個女人因為謀害親夫而受審。」

「後來證實他有服食砒霜的習慣，於是這個女人就被無罪釋放了。」

「沒錯。她獲釋以後，肯恩就娶了她。這就是他最愛做的傻事。」

白羅嘀咕了一句：「也許她真的是無辜的呢？」

羅莎美不耐煩了。

「我們也只能說她是無辜的。誰搞得清真相？但是，世上有這麼多女人可以結婚，你何必硬要去娶一個涉嫌謀殺受審的女人呢？」

白羅一語不發，也許是因為他知道如果他保持沉默，羅莎美會繼續說下去。他猜得沒錯。

「肯恩那時候很年輕，只有二十一歲。他瘋狂地愛上那個女人。他們結婚一年以後，琳達出生了，那女人卻不幸去世。我相信她的死給了肯恩很大的打擊。之後他的生活很放蕩——大概是為了忘記過去吧。」停頓片刻，她接著說：「然後他結識了這位阿倫娜．斯圖爾特小姐。當時，這個女人正在演出一齣諷刺劇。接著發生了科德林頓離婚案。科德林頓夫人要求與丈夫離婚，為此傳喚阿倫娜。據說科德林頓勳爵對阿倫娜極為迷戀，一等法庭判決公布，他們倆就會結婚。但結果出乎人們意料，勳爵並沒有娶她，這令阿倫娜大失所望。我記得她還告他不履行諾言。此事在當時造成了很大的轟動。然而，接下來就是，我們的肯恩娶了她。傻瓜，愚蠢透頂的傻瓜！」

白羅嘀咕了一句：「小姐，一個男人做這種傻事是情有可原的，畢竟她美若天仙。」

「的確，那是無庸置疑了。三年前又發生了一起醜聞——老羅傑・厄斯金爵士將自己全部的遺產都留給了她。我本以為此事會讓肯恩清醒過來呢。」

「難道沒有嗎？」

羅莎美聳聳肩膀。

「我說過我已經很多年沒見過他了。但聽說他對此事的態度是全無反應。他是怎麼回事了？我真想知道。他怎會這樣盲目地信任阿倫娜？」

「可能還有其他原因吧。」

「是的，死要面子。無論發生什麼事，都要頭抬得高高的。我從不知道他對她的感覺如何，事實上，沒有任何人知道。」

「那麼她呢？她對自己的丈夫又做何感想呢？」

羅莎美凝視著白羅說道：「她？她是這世上天字第一號的淘金者及排名冠軍的大禍水！只要有任何男人走進離她一百碼的範圍內，他就成了她的新獵物。她就是這種女人。」

白羅慢慢點著頭說：「你說得沒錯。她的眼睛只追尋一個目標——男人。」

羅莎美接著說道：「現在，她又盯上派屈克・雷德佛。他是個英俊瀟灑、性格單純的小夥子，你知道，熱愛自己的妻子，而且不是那種花花公子。這種人最對阿倫娜的胃口。我挺喜歡小雷德佛夫人，她自有她舊式的風華——但她絕對鬥不過那個狐媚風騷的阿倫娜。」

白羅說：「沒錯，你說得很對。」

他看起來沒什麼精神。

羅莎美接著又說：「我記得桂絲帝娜．雷德佛以前當過學校老師，她是那種堅信意志戰勝一切的人。看來一場絕望的打擊就要向她襲來了。」

白羅苦惱地搔著頭。

羅莎美站起來說：「你知道，這真的很丟臉。」然後又語焉不詳地補充了一句，「得有人站出來做點什麼才對。」

§

琳達．馬歇爾此時正在臥室的鏡子前審視自己的臉。她很不喜歡自己這張臉。此刻，她看到的無不是突起的骨頭和討厭的雀斑。她嫌惡地注視著自己濃密雜亂的淺棕色頭髮（她在心裡把它稱作老鼠色）、灰綠色的眼睛、高聳的顴骨以及線條生硬的長下巴。其實她的嘴巴和牙齒還差強人意——可是，牙齒長得好看有什麼用？鼻梁側邊是不是又冒出了個小斑點？

確定不是斑點後，她終於放下心來，暗想：「做個十六歲小孩真可怕，可怕透了。」一人有時無法對自己有正確的認識。琳達像一隻初生的小馬一樣行動笨拙，又像刺蝟一樣敏感易怒。她深知自己容貌平平，未來也不可能有任何作為。在學校時情況還好一些，但現在，她已經離開了學校，誰也不知道她的下一步究竟該如何走。父親曾隨口提過，明年冬天將送她去巴黎。琳達不想去巴黎，可是也不想待在家裡。其實，也是直到現在，她才意識到自己的內心深處有多憎惡阿倫娜。

琳達年輕的面龐繃緊著，綠眼睛露出了一絲冷酷。

阿倫娜……

她在心裡對自己說：「這隻狐狸精、狐狸精……」

繼母！人人都說有了繼母日子就難過了。千真萬確！並非阿倫娜時常虐待她；其實大部分時候，她幾乎忘記了這個女孩的存在。然而一旦她注意到琳達，她的目光和言語就流露出一股輕蔑的笑意。阿倫娜近乎完美的女性丰姿，更襯托出琳達青春期的拘謹和笨拙。只要阿倫娜在身邊，她就會對自己的粗拙和幼稚羞愧難當。

但不只是為了這個，還有更糟的事情。

琳達內心游移不定，她還不善於冷靜分析感情，整理出內心的情緒。是有關阿倫娜對外人、對家人做的事。

「她心地很壞，」琳達暗下斷言。「她真的真的很壞。」但是，這樣說說並不能真的消氣，就算高舉道德大纛，力顯不屑其所作所為，你還是無法將她從心中抹去。

事關她的待人方式。父親，父親變了好多……

對此她困惑不已。是父親來領她離開了學校，父親還曾帶她坐船遠航。父親雖然在家，卻還有個阿倫娜。要克制所有的情緒，當自己不……不存在。

琳達想：「這樣的情況會日復一日、年復一年地持續下去。我再也無法忍受了。」未來的漫長歲月由於有了阿倫娜而變得灰暗悲哀。還是個孩子的琳達對時間幾乎沒有什麼概念，在她眼中，一年的光陰可以等同於永恆。

仇恨的邪惡火焰在她胸中熊熊燃燒起來。她想：「我好想殺了她。天哪，真希望她趕快死掉……」

她的目光越過鏡子上方，投向了窗外的大海。

這是一個很有意思的地方——或者說，可以讓它很有意思。瞧那些海灘、險阻的海角和稀奇古怪的小路，好多地方值得去探險，如果單槍匹馬去闖一闖必定很刺激。科恩家的男孩告訴她島上還有一些神祕的岩洞。

琳達暗想：「只有阿倫娜不在，我才能盡情地享受。」

她的思緒回到了剛抵達這裡的那個夜晚。從陸地坐船來到這個小島真叫人興奮。海潮已高過圍堤，他們搭船前來。飯店看上去十分熱鬧特別。當他們走上露台，一個褐膚的高個子女郎突然跳起來叫道：「天哪，肯尼斯！」

父親看來驚詫萬分，隨即也高聲叫道：「羅莎美！」

琳達以她這個年紀特有的嚴苛標準，在心裡暗自給羅莎美打著分數。

最後她得出結論：她並不討厭羅莎美。她覺得羅莎美是個很聰明的人。她有著適合自己的漂亮頭髮——而許多人的頭髮並不適合他們；她的穿著也很得體。她總帶著訕笑的表情，但大都是在自嘲，而非譏笑他人。羅莎美對琳達很好。她從不滔滔不絕或說東道西（在琳達看來，「說東道西」一詞包含了許多她憎惡的不良習慣）。羅莎美不會將琳達視為傻瓜，她把琳達視作一個真正的人。琳達很少得到這種待遇，因此她對羅莎美充滿了感激。

父親似乎與她一樣，也很樂意見到羅莎美。

尤為可笑的是，似乎就在剎那之間，父親發生了極大變化。他看上去，看上去……琳達思忖了半天，終於發現是父親「變年輕了」，就是如此。他燦爛的笑容讓人聯想到鄰家的大男孩。想到這一點，琳達忽然意識到，她以前很少聽到父親的笑聲。

琳達不明白這到底是怎麼回事，她似乎看到了一個煥然一新的父親。她想：「真想知道父親在我這個年齡時是個什麼樣子……」

不過這個問題太難了，琳達只好放棄。

然而，另一個念頭卻閃過她的腦海。

要是來這裡的只有父親和她兩人，然後他們又遇到羅莎美，那該是多麼美妙的一件事。

琳達眼前出現了一幅充滿了天倫之樂的畫面：開懷暢笑、男孩子似的父親，羅莎美，還有自己，在小島上盡情享受一切：游泳、探穴……

黑暗再度襲擊。

阿倫娜！有她在，就無法縱情歡樂。為什麼呢？呃，總之她琳達小姐就是不行。當你憎恨一個人時，你就快樂不起來。是的，憎恨，她憎恨阿倫娜！

那滿載著仇恨的黑色烈焰再一次熊熊燃燒起來。

琳達的臉變得慘白，她微啟雙唇，雙眼瞳孔收縮，僵直的手指緊緊交握在一起……

§

肯尼斯·馬歇爾輕輕敲了妻子的房門。聽到她的回答，他推開門走了進去。

阿倫娜正在對她的化妝做最後的潤色。她一身閃亮耀眼的綠裳，像小美人魚般妖嬈。

「噢，是你，肯恩。」她說道，一邊在鏡子前塗睫毛膏。

「是我。你準備好了嗎？」

「再稍等一會兒。」

肯尼斯．馬歇爾信步踱到窗前眺望著大海。他的表情平靜如常，從容愉悅。

他轉過身來，叫了一聲：「阿倫娜？」

「嗯？」

「你以前見過雷德佛吧？」

阿倫娜輕鬆地答道：「見過，親愛的。那是在一次雞尾酒會上。我覺得他很討人喜歡。」

「所以我猜得沒錯。你事先知道他和他妻子也要來這裡度假嗎？」阿倫娜睜大了雙眼。

「噢，不，親愛的。遇到他們是個天大的驚喜。」

馬歇爾靜靜地說：「我想，也許那就是你選擇到此地度假的真正原因。你相當堅持要到這裡來。」

阿倫娜放下睫毛膏，轉過身對著馬歇爾拋出一個挑逗性的微笑，說道：「有人跟我提起這個小島，對，是賴蘭夫婦。他們說這兒棒極了，非常原始、自然。難道你不喜歡嗎？」

馬歇爾答道：「我看還好。」

「可是，親愛的，你明明很喜歡游泳及這種悠閒的度假方式，我保證你會喜歡這裡。」

「我看得出你打算好自己玩自己的。」

阿倫娜的雙眼睜得更大了，她不解地看著丈夫。

馬歇爾繼續說：「我想，你事先通知過雷德佛你要到這裡來，是吧？」

阿倫娜說：「親愛的肯尼斯，你可不可以不要這麼惡劣？」

馬歇爾說：「阿倫娜，我是了解你的。他們是一對很和睦的年輕夫婦，那男孩深愛著他的妻子。難道你非得破壞人家的幸福不可？」

阿倫娜說：「你這樣指責我太不公平。我又沒有做任何事，什麼都沒有。我管不了別人啊，如果──」

「如果怎麼樣？」他追問道。

阿倫娜睫毛抖動了幾下。

「男人總是為我瘋狂，但這不是我的錯，是他們自己喜歡的。」

「那麼你承認雷德佛迷戀上你了？」

阿倫娜低聲咕噥道：「他太傻氣了。」她向前朝丈夫走近了一步。「可是，肯恩，難道你不知道，除了你以外，我誰也不愛嗎？」

她黑色睫毛下的眼睛直盯著丈夫。

她的眼神深情款款，很少男人會不被打動。

馬歇爾神色凝重地低下頭來，平靜地看著妻子，說道：「我太了解你了，阿倫娜……」

§

遊客們通常走出飯店，朝南邊走，露台和沙灘就盡收眼底；此外也有一條小徑直通位於小島西南方的懸崖。沿著這條小路走一段，就有一些階梯通往一連串的懸崖祕洞，在小島的地圖上，它們被統一標示為「日光崖」，祕洞裡頭都有些凹壁可充當座椅。

這天吃過晚餐以後，派屈克・雷德佛和妻子漫步來到了這裡。這是一個明月高懸的清靜夜晚。

夫妻倆走進了一個祕洞，坐了下來。沉默良久，丈夫先說話了。

「這真是個美好的夜晚，是不是，桂絲帝娜？」

「是的。」

妻子語調平淡的回答，使丈夫略微不安。他不敢直視妻子。

桂絲帝娜輕輕問道：「你知不知道那個女人要到這裡來？」

他猛地轉過頭來，說：「我不明白你這話是什麼意思。」

「你應該很明白。」

「桂絲帝娜，我不知道你是怎麼了──」
她顫抖地打斷了他的話，聲音十分激動。
「我怎麼了？我才要問你是怎麼了呢！」
「我沒有怎樣啊。」
「噢，派屈克，別騙人了！你堅持要來這裡度假，處心積慮說服我。我很想去丁堤歌，那是我們度蜜月的地方，可是，你硬要到這裡來。」
「這兒有什麼不好？這是一個很棒的度假勝地。」
「也許吧，但你之所以選擇這裡是因為她的緣故。」
「她？你是指誰？」
「馬歇爾夫人。你……你已經被她迷住了。」
「天哪，桂絲帝娜，別說傻話了，嫉妒可不是你的一貫作風。」
派屈克咆哮得有點心虛，他只是在虛張聲勢。
桂絲帝娜說：「我們曾經那麼幸福──」
「幸福？我們一直都很幸福啊，現在不也是？只是，如果以後我只要與其他女人說句話你就生氣，那我們就不再有幸福可言了。」
「不是這個原因。」

「就是這個原因。即便是結婚了，夫妻雙方都應該有交朋友的自由。妄自猜疑是毫無意義的。怎麼可以單憑我和一位漂亮女士有過交談，就下結論說我愛上了她……」

他停口，聳了聳肩。

「你是愛上她了……」桂絲帝娜說。

「唉，桂絲帝娜，別再說蠢話了。我……我幾乎沒跟她說過話。」

「你說謊。」

「看在上帝的份上，別再嫉妒我們遇到的每一個漂亮女人了。」

「她與別的女人可不一樣！她是……她是個惡魔！她會害慘你的。派屈克，放棄吧，我們離開這裡。」

派屈克充滿反抗地將下巴向前一伸，孩子氣而且不耐地說道：「別鬧了，桂絲帝娜。我們別再為此事爭執不休了。」

「我沒有要跟你吵架。」

「那就學著做一個懂事的人吧。走，我們回飯店。」

說完他站了起來。片刻後，桂絲帝娜也站起身來。

「好吧……」她說。

坐在隔鄰凹壁的白羅悲哀地搖著頭。

有許多人處事小心謹慎，會盡量避免聽到他人的悄悄話，可是赫丘勒・白羅卻從無這層顧慮。

他對朋友海斯汀解釋他這種行為時這樣說：「再說，這可是事關一樁謀殺案啊。」

海斯汀瞪大了眼睛問：「可是，當時謀殺案還沒發生呀。」

白羅嘆了口氣，說：「但是，老弟，當時已有很明顯的跡象了。」

「既然如此，你為何沒有阻止它發生呢？」

白羅嘆了口氣，說了一句他從前在埃及說過的話：「如果一個人執意要殺人，那是沒人阻止得了的。」白羅從未因為謀殺案果真發生而感到自責，那種事，在他看來，是無可躲避的。

／03

羅莎美・譚利和肯尼斯・馬歇爾併肩坐在鬆軟的崖頂上，眺望著不遠處的海鷗角。這是在小島的東側。許多喜歡安靜的人常會一大早來這裡游泳。

羅莎美說：「能夠離開人群真好。」

馬歇爾咕噥的聲音低得幾乎叫人聽不見。

「嗯——是的。」

他在草地上打了個滾，翻身向下，聞著草皮土壤的氣息。

「芳香撲鼻。還記得希普利的草原嗎？」

「當然記得。」

「美好時光，那段日子。」

「是的。」

「這些年你沒怎麼變，羅莎美。」

「不，我變了，變很多。」

「儘管你成功、富有了，但你仍然是以前的羅莎美。」

羅莎美低語道：「但願如此。」

「怎麼了？」

「沒什麼。現在的我們再也無法擁有年輕時的美好天性和崇高理想。」

「我可不認為你那時的性格有多美好。你常常大發雷霆。還記得有一次你對我大發脾氣，把我嚇得半死。」

羅莎美開心地笑了。

「記得有一次我們帶著托比去抓水老鼠嗎？」

他們沉浸在往事的回憶中。靜默了片刻之後，羅莎美一邊用手指玩弄著皮包的帶子，一邊說：「肯尼斯——」

「嗯？」

他的聲音低得幾乎聽不見，他仍然臉朝下趴在草地上。

「要是我待會兒說的話你聽了不高興，你會不會從此再也不理我了？」

他翻身坐了起來。

「不會的，」他正色答道，「你的話永遠不會令我不高興。我們是自己人。」

她點點頭，表示理解肯尼斯最後那句話的涵意，她按捺住它所帶來的喜悅。

「肯尼斯，為什麼你不和你老婆離婚？」

肯尼斯的臉色突然變得僵硬，快樂的表情蕩然無存。他從口袋裡拿出了菸斗，開始裝起菸絲。

羅莎美說：「如果我的話冒犯了你，請你原諒。」

「你並沒有冒犯我。」他輕輕答道。

「那麼，你為何不離婚呢？」

「你不了解我們，小朋友。」

「你是不是非常非常喜歡她？」

「不是這個問題。你知道，我娶了她。」

「這我知道，但她……風評很差。」

他考慮了片刻，繼續小心翼翼地裝著菸絲。

「是嗎？我想是吧。」

「你可以和她離婚的，肯恩。」

「小朋友，在這件事上，你無權這麼說。男人們為她喪失理智，並不意味著她也失去了理智。」

羅莎美忍住了沒有反駁，只說：「其實你可以採取一些行動，使她主動提出離婚——如果你覺得這樣比較好。」

「如果我想離婚，那當然沒問題。」

「肯恩，你應該這麼做。真的，我不是開玩笑，你也得為孩子考慮考慮啊。」

「琳達？」

「是的，琳達。」

「琳達與此事有什麼關係？」

「阿倫娜對琳達沒有好處，真的。我覺得琳達已受到了很大的影響。」

馬歇爾劃了一根火柴，點燃了菸斗。在一團團的菸霧中，他說：「你說得沒錯。阿倫娜和琳達彼此敵視。這對一個女孩的成長有損。我有點擔心。」

羅莎美說：「我很喜歡琳達，她的本質很純良。」

肯尼斯說：「她像她的母親。羅絲和她一樣，對人對事都很真誠。」

「你難道不認為應該離開阿倫娜？」

「你是指離婚？」

「是的。這是司空見慣的事啊。」

突然之間，馬歇爾激動了起來。

「沒錯，而那正是我所不齒的行為。」

此話令羅莎美大感驚異。

「不齒？」

「我厭惡現代人的這種生活態度。先占有，一旦自己不喜歡了，就趕快脫身。如此這般，人世間還有什麼真誠信用可言？如果你跟一個女人結成了夫妻，答應要照顧她直到永遠，那麼你就應該恪守自己的誓言，那是你的責任，你必須勇敢地承擔起來。我討厭那種倉卒結婚又草率離婚的人。阿倫娜是我的妻子，這就是擺在我們面前的事實。」

羅莎美俯身向前，低語道：「所以這就是你的看法？『至死不分離』？」

馬歇爾毫不猶豫地點了點頭說：「沒錯，正是如此。」

羅莎美說：「我明白了。」

§

霍瑞斯．布拉特先生正駕車沿著一條羊腸小徑回皮帶峽灣。在拐彎處他差點撞到了雷德佛夫人。

她將身子緊貼在路邊的樹籬上，布拉特先生則用盡全力踩住煞車，終於使那輛Sunbeam停了下來。

「嗨，你好啊。」布拉特先生興奮地打著招呼。

他是一個體積龐大的人，紅潤臉龐，頭上一圈微微泛紅的頭髮圍著中間那塊寸草不生的禿頂。

布拉特先生每到一地，總會雄心勃勃地要成為當地的風雲人物。在他眼中，歡樂羅傑飯店其實有些名不副實，它需要製造一些歡樂，一掃原先的死氣沉沉。然而每次當他出現在某個場合，大家立刻做鳥獸散，這實在令布拉特先生難以理解。

「真是不好意思，差點就把你壓成了草莓醬，是不是？」布拉特快樂地問道。

雷德佛夫人說：「沒錯，就差一點。」

「上車吧。」布拉特邀請道。

「不用了，謝謝，我還是走路吧。」

「別胡說了，」布拉特斷然否定道，「車是用來幹什麼的？」

想到自己也趕時間，雷德佛夫人便上了車。

布拉特重新發動了引擎。他剛才的緊急煞車已使引擎熄火了。

布拉特先生詢問道：「你怎麼會一個人在散步？像你這麼漂亮的女孩，不應該會這樣嘛。」

雷德佛夫人急忙解釋：「我喜歡獨處。」

布拉特毫不避諱地用手肘碰了一下她，小車差點又開進了籬笆叢。

「小姐們總愛這麼說，」他說，「其實，她們心裡可不是這麼想的。你瞧，這個歡樂羅傑飯店實在需要多一點活力，它毫無快樂可言，壓抑沉悶得要命。客人中很多都是悶葫蘆，此外還有好多保守的人和小孩子。那個無聊的盎格魯——印度佬；那個像運動員的牧師；那些喋喋不休的美國佬；還有那個留著一撮小鬍子的外國人——那撮鬍子真是太可笑了！我敢打賭他是個理髮師之類的人。」

桂絲帝娜搖搖頭。

「不對，他是一名偵探。」

布拉特差點又讓車子撞進樹籬裡。

「偵探？你是說他在微服私訪嗎？」

桂絲帝娜輕輕笑了一下，說：「不是，他平常就是這個樣子。他的名字叫赫丘勒·白羅，你一定聽說過他。」

布拉特應道：「我一直搞不清楚他的名字。不過，我的確聽說過他，但我以為他已經死了。媽的，他死了最好。他到這兒來調查什麼？」

「噢，沒什麼，只是度假而已。」

「也許吧。」布拉特似乎不太相信這種說法。「我看他有點粗魯不文，是不是？」

「呃，」桂絲帝娜猶豫著說道，「他只是有點與眾不同而已。」

「我想要說的是，」布拉特說，「蘇格蘭警場到底出了什麼毛病啊？反正我只買英國人的帳。」

這時，車已到了山腳下。布拉特炫耀般地鳴著喇叭，把車開進了歡樂羅傑飯店的停車場。考慮到潮水時漲時落，這停車場是建在旅館對面的陸地上的。

§

琳達．馬歇爾走進了島上專為度假客人開設的小商店。商店的一側全是書架，客人只要花上兩便士就可以租一本書。不過，這裡最新的書也是十年前出版的，有的已有二十年歷史了，甚至還有更古老的。

琳達遲疑地從書架上拿了兩本書。瀏覽後確定這兩本書——《四根羽毛》及《恰恰相反》——她都沒興趣。於是，她又抽出了一本小而厚的棕色牛皮面書，翻閱起來。

時間一分一秒地流逝……

突然，雷德佛夫人的聲音響了起來。

「你在看什麼書呢，琳達？」

琳達嚇了一跳，趕緊將書放回書架，慌忙搪塞道：「噢，沒什麼，我正在找一本書。」

她胡亂抽出了一本《威廉·艾許的婚姻》，然後走到櫃檯前，從口袋裡摸出了兩便士。

桂絲帝娜說：「我剛剛搭布拉特先生的車回來——起先他的車差點從我身上輾過。下車後，想到要跟他一起走完長長的棧橋就覺得受不了。所以我就告訴他我得買點東西，才擺脫了他。」

「他這個人真是可怕，總是炫耀自己如何富甲一方，還老愛開一些無聊至極的玩笑。」

桂絲帝娜說道：「其實他也很可憐，我挺同情他。」

琳達不表贊同，她看不出布拉特先生有何值得同情。只能說她年輕氣盛吧。

她和桂絲帝娜一起走出了商店，向棧橋走去。

一路上，琳達的腦子並不平靜。她對桂絲帝娜·雷德佛夫人挺有好感。在琳達眼中，島上的眾多旅客裡，只有她和羅莎美·譚利還可以。她們都不會對同一件事情講個不停，這在琳達看來，就是聰明的象徵。如果沒有什麼值得說的事情，又何必非得東拉西扯、嘮叨個不停呢？

她腦中一團混亂，不知如何是好，突然說道：「雷德佛夫人，你有過這種感覺嗎——一切的一切都那麼絕望、可怕，你甚至覺得自己快要炸裂開來……」這些話聽來有點滑稽。可是，琳達那寫滿焦慮的表情卻是認真的。

桂絲帝娜·雷德佛莫名其妙地瞥了她一眼，知道她不是在開玩笑……她屏住呼吸，喃喃應道：「是的，我也有過同樣的感覺……」

§

「這麼說，你就是那位鼎鼎大名的大偵探了？」布拉特先生說。

他與白羅正坐在島上那家雞尾酒吧裡，這是布拉特先生最愛光顧的地方。

白羅像往常一樣，毫不謙虛，大方地承認。

布拉特繼續問：「那麼你到這裡來是……有公務在身吧？」

「噢，不是，我只是來度假休息。」

布拉特會心地眨眨眼，說：「你一定要這麼說，是不是？」

白羅正色答道：「並非如此。」

「嗨，別賣關子了。其實，我這個人最安全了，我口風非常緊。多年以前我就學會了閉緊嘴唇、嚴守祕密，要不然我也不會有今天這樣的成就了。你知道，大多數的人都喜歡散播消息，這種人對你們的工作是會造成無窮禍患。也許正因為如此，你才堅持說你此行的唯一目的就是度假。」

白羅問道：「為什麼你就是不肯相信我說的話呢？」

布拉特閉上了一隻眼，說道：「我這人很懂人情世故，很會看人。一個像你這樣的人應該出現在多維爾、勒圖凱或鐘拉潘[1]之類的地方。那些地方才是你……那句話怎麼說？心靈的歸宿。」

白羅嘆了口氣，向窗外看去。外面正在下雨，小島籠罩在一層輕霧之中。他說：「你說得可能沒錯。不過，至少在這種陰雨連綿的日子裡，我們應該找些消遣娛樂殺殺時間。」

「真懷念那些老式的賭場！」布拉特說，「你知道，我這一生大部分時間都在努力工作，沒有時間度假，沒有時間尋歡作樂。我打定主意要出人頭地，而我也達到了目的。現在我可以享受人生了，我有這個財力。我可以跟你說，最近這幾年，我很少出遠門了。」

「哦，是嗎？」白羅說。

「真不懂我為何要到這兒來。」布拉特繼續說。

白羅說：「我也不懂。」

「你說什麼？」

白羅用力地揮了一下手。

「我也是很善於觀察人性，據我看來，您應該比較可能出現在多維爾或比亞利茲[2]。」

「可是，我們倆卻在這裡相遇了，呃？」布拉特用沙啞的嗓子笑了起來。「真不明白為什麼我選這個地方度假，」他沉思道，「我想可能是它的名字聽來充滿了冒險的情趣。歡樂羅傑飯店、走私者之島，聽聽這些名字，真夠刺激的，好像又回到了遙遠的童年，腦中淨是些海盜啦、走私者啦那些事。」

說完，他略微害羞地笑了起來。

「小時候我常去划船，不在世界這一頭，是在東方的海岸。我一直奇怪自己為何始終鍾情於划船。我絕對買得起一艘豪華遊艇，但我就是不喜歡那種遊艇。我喜歡坐在小帆船上漂流的感覺。雷德佛先生對划船也很有興趣。我們曾經一起出海過一兩次。現在我是找不著他的人了——他整天與馬歇爾那位紅頭髮的妻子混在一起。」

他停了一下，降低了嗓音說：「這飯店裡大都是些死氣沉沉的傢伙。只有馬歇爾夫人才

1　多維爾（Deauville）、勒圖凱（Le Touquet）、鐘拉潘（Juan-les-Pins）皆為法國地名。

2　比亞利茲（Biarritz），法國地名。

是唯一能點燃激情的火花！馬歇爾要看住他這位夫人，必須格外小心才行。她在當演員的時候，就是風流韻事不斷——不當演員後也不曾收斂。男人都為她瘋狂。等著瞧吧，總有一天會出事。」

白羅追問道：「會出什麼事？」

布拉特答道：「那得看情況了。馬歇爾是個脾氣很不一樣的人。我聽說過他的一些事，以前也見過這類沉默寡言的人。你永遠也無法知道他們心裡在想什麼。所以，雷德佛可得小心點了——」

他突然住嘴，因為就在此時，他談論的對象進了酒吧。於是，他話題一轉，繼續大聲說道：「我認為在這一帶划船簡直是一大樂事。嗨，雷德佛，跟我喝一杯吧？要什麼？純馬丁尼？好，白羅先生，您要什麼？」

白羅搖了搖頭。

雷德佛坐下來，加入了他們的對話。

「划船？那是世界上最有趣的事了。真希望我有更多時間去划船。小時候，我經常划著小艇在這一帶海岸往來。」

白羅說：「這麼說你對這一帶很熟悉了？」

「相當熟悉。我很早以前就聽說過這個地方，那時候還沒有這家飯店呢，整個皮帶峽灣只有幾間漁民搭蓋的小屋和一幢搖搖欲墜的老房子，那房子老關著門，無人居住。」

「這裡以前有房子？」

「是的。不過好多年都沒人住，而且已經破敗不堪。傳說這房子裡有祕密通道通往匹克斯洞。我還記得，從前我們常去尋找那條祕密通道。」

布拉特一激動，竟將杯中的酒灑到了桌上。他罵了一句，擦掉了酒，追問道：「什麼匹克斯洞？」

雷德佛答道：「你竟然沒有聽說過這個地方？它就在匹克斯角，不過，要找到洞口並非易事。因為它隱藏在層層堆積的巨石中間，是一條狹長的裂縫，勉強能讓人通過。不過，進洞後就會覺得豁然開朗，因為洞內的空間相當大。你可以想像，這樣的地方對一個孩子是多麼有吸引力！一個老漁夫曾帶我進去過。但是到了今天，很多漁民甚至聽都沒聽過。有一次我向一個漁夫打聽匹克斯洞名稱的由來，但他也不知道。」

白羅說：「我還是不明白。所謂的匹克斯究竟是什麼？」

雷德佛說道：「這跟德文郡的一種傳說有關：匹克斯是遊蕩在高原上的一種精怪。在希普斯特的大高原上有一個匹克斯洞，每次途經此洞時，人們都要給匹克斯留下一根別針當作禮物。」

白羅說：「這太有意思了。」

雷德佛接著道：「在達特穆爾高地上也有許多匹克斯的傳說。據說，有一些小石山上住著很多匹克斯，我猜即使到今天，只要農夫深夜迷路回不了家，還是會抱怨說，是匹克斯讓他們迷失了方向。」

布拉特半信半疑。

「你是說，這些農夫其實是多喝了兩杯嗎？」

雷德佛微笑著答道：「是的，這當然是最符合常理的解釋了！」

布拉特看了看手錶，說：「我要去吃飯了。不過，雷德佛，我最欣賞的還是海盜傳說，而不是什麼匹克斯。」

布拉特剛一走出大門，雷德佛就調侃道：「希望這老妖怪自己走好。」

白羅沉思道：「就一個頑固無情的商人而言，布拉特先生的想像力算是夠豐富的了。」

「那是因為他受的教育不多。這是我太太說的。瞧他讀的那些書，不是驚險小說，就是西部牛仔故事。」雷德佛說。

「你是說他的心智與一個小孩沒兩樣嗎？」

「難道你不認為如此嗎，先生？」

「我？我和他的接觸還很少，對他了解不夠。」

「其實我也沒跟他有什麼接觸。我曾與他一起駕艇出海，一兩次，但他並不太喜歡有人跟他作伴，在海上他是個樂於享受獨處的人。」

「這可就怪了，和他在陸地上的作風完全相反。」

雷德佛會心地笑了。

「我明白。在陸地上，我們都忙著要避開他。他一心要把這個地方變成馬蓋特[3]和勒圖凱的混合體。」

白羅沉默了片刻，非常專注地研究著雷德佛開心的笑臉。突然，他出人意料地說道：

「雷德佛先生，我覺得，你生活得非常快樂。」

雷德佛驚奇地瞪著他。

「我的確很快樂。為什麼不呢？」

「言之有理，」白羅贊同道，「為此我要向你表示祝福。」

雷德佛露出一絲微笑。

「謝謝你，先生。」

「不過，正因如此，作為一個比你年長許多的過來人，我想冒昧地給你提個建議。」

3 馬蓋特（Margate），位於英國肯特郡（Kent）東邊的海灣小鎮。

「什麼建議？」

「我有一位在警察局工作的朋友，他是個很有智慧的人。多年前他曾對我說：『白羅，我的朋友，如果你想日子求得安寧，就得躲開女人。』」

「現在這麼說恐怕有點晚了，您知道，我已經結婚了。」

「我當然知道。你的妻子是個迷人的成熟女性。而且，我認為她非常愛你。」

雷德佛尖聲答道：「我也很愛她。」

「啊，」白羅說，「聽到你這樣說，我很高興。」

雷德佛皺起了眉頭。

「白羅先生，你到底想說什麼？」

「唉，女人哪，」白羅向後一靠，閉上了雙眼說道，「我知道有些女人是唯恐天下不亂。唉，有時英國人的行為簡直令人難以理解。雷德佛先生，要是你不得不到這個小島上來，為何一定要帶著你太太呢？」

雷德佛憤怒地說：「我不明白你是什麼意思。」

白羅平靜地答道：「你其實清楚得很。我不會和一個陷入情網而無法自拔的人爭執。我只是想提出警告。」

「你所聽到的都是充滿惡意的流言蜚語。加德納夫人，還有那個叫布魯斯特的女人——

這些人整天無所事事，只會嚼舌根。就因為一個女人長得漂亮了點，她們就對她惡言毀謗。」

白羅站了起來，低聲說：「你真的幼稚到不辨是非了嗎？」

他悲哀地搖了搖頭，走出酒吧。在他身後，雷德佛怒視著他的背影。

§

白羅從餐廳裡出來時，在大廳停了一會兒。大廳的門開著，夜晚溫柔的氣息撲面而來。雨停霧散，又是一個晴朗美好的夜晚。

白羅漫步走出了旅館。在懸崖上，他看見雷德佛夫人正坐在她最喜歡的一張石椅上。於是，他在她身旁停下，對她說：「椅子上很潮溼，您不應該坐在這兒，會著涼的。」

「噢，不會的。不過，即使真的著了涼，又有什麼關係？」

「哎，哎，您已不是個小孩子了！你是個受過教育的人，看待問題要理智一點。」

「我可以向你保證我不會著涼感冒。」她冷冷地說。

白羅說：「今天白天本來一直是風雨交加，迷霧濃得什麼也看不見。不過現在雲開霧散，風雨也停了，天空一片清朗，眾星熠熠閃耀。人生也是這樣，夫人。」

雷德佛夫人語調強硬地低聲說道：「你知道這裡最令我反感的事是什麼嗎？」

「什麼，夫人？」

「憐憫。」這兩個字像鞭子一樣犀利。她接著說：「你以為我一無所知，什麼都看不見嗎？人人都在說：『可憐的雷德佛夫人，可憐的小女人。』其實我並不嬌小，我個子挺高。因為他們為我難過，所以把我叫作『小女人』，這讓我無法忍受。」

白羅小心翼翼地將手帕鋪在椅子上，才坐了下去。他沉吟道：「你說得很有道理。」

「那個女人——」雷德佛夫人話到嘴邊又嚥了回去。

白羅正色道：「夫人，請允許我對您說幾句肺腑之言，那些話就如天上的星星一樣真誠實在。阿倫娜．斯圖爾特——或者說阿倫娜．馬歇爾，這種女人實在不足為介。」

「別胡說了。」雷德佛夫人不耐煩地說。

「我向你保證，我的話千真萬確。她們的魅力不過是曇花一現。而一個女人真正寶貴的是品德和智慧。」

雷德佛夫人嘲諷地說道：「你真認為男人重視的是女人的品德和智慧嗎？」

白羅嚴肅地答道：「對他們來說，那是最重要的。」

雷德佛夫人笑了一下。

「我不同意你的觀點。」

「你的丈夫是愛你的，夫人，我知道。」

「你根本不可能知道。」

「不，不，我知道。我注意過他看著你的眼神。」

突然之間她徹底崩潰了，她靠在白羅寬厚的肩膀上痛哭失聲。

「我無法忍受了……真的無法忍受了……」

白羅拍了拍她的肩膀，安慰道：「耐心等待吧，您所需要的不過是耐心等待。」

她坐直了身體，用手帕擦了擦眼睛，抑鬱地輕聲說道：「沒事了，我現在好多了。您走吧，我現在想自己靜一靜。」

白羅起身離去，沿著那條蜿蜒曲折的小徑向旅館的方向走去，留下雷德佛夫人獨自坐在星空下暗暗沉思。

快到飯店時，白羅忽然聽到有人在低聲交談。

他往路邊挪了挪，那裡的灌木叢中有條溝道。

他看見了阿倫娜·馬歇爾和緊靠在她身邊的派屈克·雷德佛。後者正充滿激情地顫抖說道：「我已經為你發狂，失去了理智。你愛我有多……你是愛我的吧？」

接著白羅就看見了阿倫娜的臉，那張臉上的表情就像是一隻饜足的貓——那是一張動物的臉，不是人類的。她溫柔地說：「親愛的派屈克，我當然是深愛著你，你是知道的……」

白羅不願再聽下去了。他回到了小路上，繼續向飯店走去。

突然間，一個身影來到了他身邊。那是馬歇爾上尉。他說：「沁涼的夜晚，呃？尤其是經歷了如此煩擾的白天之後，」他仰望著深藍的天空。「看來明天又是一個豔陽天了。」

04

八月二十五日早晨，萬里晴空。看到這樣的天氣，再懶惰的人也忍不住要早起迎接陽光了。

歡樂羅傑飯店的好幾位客人都早早起來了。

八點的時候，琳達坐在自己房間裡的梳妝台前，把一本厚厚的小皮面書翻開，反蓋在桌上。

她凝視著鏡中的自己，此刻的她，雙唇緊閉，眼神專注而堅定。她壓抑地低語道：「我非做不可……」

她迅速地脫下了睡衣，換上泳裝，並在泳裝外披了一件浴袍。

套上一雙布面的花邊便鞋之後，她步出了房間，向走廊的盡頭走去。那裡有一扇門，推開門就是一個露台，它連接著一段露天的階梯，下去後是一些岩石。一座小鐵梯夾在岩石中間，一直伸向水中。飯店的許多客人常常在早餐以前順鐵梯下去游泳，這樣要比走海水浴場那條路省時多了。

當琳達從露台上下去的時候，遇到了正迎面上來的父親。他問：「你今天怎麼起得這麼早？是要去游泳嗎？」

琳達點了點頭。

接著父女倆便擦肩而過。

然而，琳達並沒有走向那堆岩塊。她繞過旅館向左轉，走上了一條小路，這條路通向連接飯店和陸地的棧橋。此時正值漲潮，棧橋已經被淹沒。不過，用來接送大飯店客人過海的船隻仍拴在一座小碼頭上，管船的人不知去向。琳達趁機跳上了船，解開纜繩，奮力向對岸划去。

片刻後，船到了岸邊。她將船拴好，走上岸，經過旅館的停車場後，進了那家商店。

老闆娘剛剛開張，正在掃地。她好奇她看著琳達。

「小姐，你起得可真早。」

琳達將手伸進了浴衣的口袋，拿出了一些錢，買了她想要的東西。

§

琳達回到自己的房間時，桂絲帝娜．雷德佛夫人正站在裡面。

「啊，你總算回來了。」桂絲帝娜大叫道，「我以為你還沒起床呢。」

「噢，我早起來了，去游泳了。」

雷德佛夫人注意到琳達手中的包裹，驚奇地說道：「今天的郵件來得真早啊。」

琳達的臉刷地一下紅了。她緊張地一失手，包裹掉到了地上，上面的繩子竟跟著斷了，於是裡面的東西滾了出來。

桂絲帝娜驚叫道：「哎呀，琳達，你買這些蠟燭幹什麼？」

令琳達寬慰的是，她並未在這個問題上窮追不捨，而是幫忙把蠟燭撿起來。

「我想問你今天上午要不要跟我一起去海鷗角？我想到那兒寫生。」

琳達高興地接受了邀請。

這幾天來，她不只一次地陪桂絲帝娜外出寫生。桂絲帝娜並非狂熱的藝術愛好者，只不過因為丈夫大部分時間都與阿倫娜在一起，所以很有可能是以畫畫為藉口來維持自尊。

琳達近來變得日益乖戾暴躁、鬱鬱不樂。她喜歡與桂絲帝娜去寫生，因為桂絲帝娜總全神專注於畫畫，很少找琳達聊天，和她在一起幾乎與獨處沒什麼兩樣，但琳達又很渴望有人和她作伴。這兩人的內心有一絲同病相憐的感覺——也許是因為她們有共同的懷恨對象吧。

桂絲帝娜說：「十二點我要去打網球，所以我們最好早點出發。十點半，可以嗎？」

「好。準備好以後，我們在大廳碰面。」

§

羅莎美．譚利吃完她那頓已不算早的早餐後，悠閒地向餐廳外走去，冷不防地被咚咚咚從樓梯上跑下來的琳達撞個正著。

「啊，對不起，譚利小姐。」

羅莎美說：「今天早上的天氣真好，不是嗎？真不敢相信昨天還是風雨交加呢！」

「是呀。我正準備要和雷德佛夫人一起去海鷗角。我們十點半要碰面，我大概已經遲到了。」

「別擔心，現在才十點二十五分。」

「啊，那太好了。」

她鬆了口氣。羅莎美好奇地盯著她，問道：「你沒有發燒吧，琳達？」

琳達的眼睛閃閃發光，異常明亮，雙頰也布滿了紅暈。

「哦，沒有啊，我沒發燒。」

羅莎美笑著說：「這真是個美好的清晨，連我也忍不住要起床到餐廳吃早餐了——通常我都是在床上吃的。可是，今天我卻像個男人似的對著雞蛋和烤肉大快朵頤。」

「是呀，經歷了昨天那樣的天氣之後，今天的氣候簡直媲美天堂了。早晨的海鷗角最美了，我要抹上很多油，把皮膚曬個通黑。」

「海鷗角的早晨的確很美，而且也比海水浴場那裡安靜多了。」

琳達害羞地說道：「你也和我們一起去吧。」

羅莎美搖搖頭答道：「今天不行。我還有其他事要做。」

這時，桂絲帝娜．雷德佛走下樓來。

她穿著一件長袖的寬鬆浴衣，綠底布上有一些黃色圖案。羅莎美真想告訴她，對她那種略微貧血的蒼白膚色而言，黃色和綠色是最不適合她了——這已經成了羅莎美的職業病，每次看到別人的服裝搭配得不很協調時，總是有些煩躁。

她想：「如果讓我替她做些造型，一定會讓她先生坐正起來，張大眼睛。先別管那個阿倫娜有多蠢，但她至少知道要如何穿衣服。這個可憐的女孩看起來就像顆枯萎的萵苣。」

於是她大聲說道：「好好玩吧。我要到日光崖去看書。」

§

白羅在自己的房間裡吃早餐，和往常一樣，咖啡配蛋捲。

不過，這個美麗的清晨誘使他提前離開了飯店。當他走向海灘時，正好十點鐘，比他平常露面的時間至少提前了半小時。此刻，海灘上除他之外，只有一個人。

此人是阿倫娜·馬歇爾。

她身穿一件白色泳裝，頭戴一頂綠色的中國帽，正在很用力地推一個白色木筏下海。白羅頗具紳士風度地走上前助她一臂之力，結果腳上那雙白皮鞋完全浸到水裡去了。

她嫵媚地斜視著他，表示感謝。

就在她要離岸而去時，她叫住了他。

「白羅先生——」

白羅跳到了水邊。

「是的，夫人？」

阿倫娜請求道：「請您幫我個忙，好嗎？」

「一百個都沒問題。」

阿倫娜甜甜地向他笑了一笑，低聲說：「請別告訴任何人看見過我，」她的目光嫵媚而多情。「要不然那些人又會跟上來。我現在只想享受一下獨處的樂趣。」

說完，她一使勁，木筏離開了岸邊。

白羅在海灘上踱步，一邊喃喃自語道：「獨處？我才不相信呢。」

白羅不相信阿倫娜這一生中會有想要獨處的時刻。他是個通曉世事的人，一眼就看出這個女人是要去和男人幽會，而且對象是誰，白羅也很清楚。

不過白羅猜錯了。因為阿倫娜剛剛從視線中消失，雷德佛先生就出現了。他緊緊跟在肯尼斯．馬歇爾身後，正大踏步從旅館那邊向海灘走來。

馬歇爾向白羅點了點頭。

「早安，白羅先生。您可曾看到我太太？」

白羅並未正面回答。「您的夫人起得這麼早啊？」

馬歇爾說：「她不在自己的房間裡。」他仰頭看天。「多好的天氣，我要立刻跳進大海去游個痛快。待會兒還有好多信要打。」

接著是派屈克．雷德佛。他先向四處張望了一下，然後就坐在白羅身邊，準備等待情人的到來。

白羅說：「雷德佛夫人呢？她也早早起床了嗎？」

雷德佛答道：「桂絲帝娜？她去寫生了。她現在對藝術創作興趣非常濃厚呢。」

他講得很不耐煩，很明顯地心不在焉。時間一分一秒過去，而阿倫娜仍未出現，這使得雷德佛益發焦躁。每次一有腳步聲響起，他總會急切地轉過頭去，看看是誰走出了飯店。可惜他一次又一次地失望，先是加德納夫婦帶著未織完的毛衣、線團以及編織書駕到，然後又是布魯斯特小姐光臨。

加德納夫人像往常一樣閒不住。她一在椅子上坐定，就開始手口並用，邊織邊談。

「白羅先生，真奇怪啊，今天早上海灘上似乎沒有多少人。大家都幹什麼去了？」

白羅告訴她，有小孩的馬斯特曼和科恩兩家人都去參加划船一日遊了。

「唉，沒有他們在身邊叫叫鬧鬧，真是冷清多了。而且，今天也只有馬歇爾上尉一個人在游泳。」

馬歇爾游完泳，抖動著浴巾，走上了海灘。

「一大早在海裡泡一泡可真舒服啊，」他感嘆道，「可惜我還有許多工作要做，我得回房間了。」

「這太可惜了，馬歇爾上尉，天氣這麼好呢。呼，昨天的天氣簡直太可怕了。當然，我還對加德納先生說，如果天氣這樣持續下去，我們一定要離開這個鬼地方。你知道，憂鬱的心境加上籠罩整個小島的薄霧，這地方給人一種幽靈般的感覺。而且，我這個人從小就極易受氣氛的影響。有時，莫名其妙地我會想放聲大叫，當然，這對我的父母來說簡直是一種折磨。不過，我母親非常善解人意，她對我父親說：『辛克萊，如果孩子想做什麼事，我們應該給她這個自由。對她而言，尖叫是一種抒發的方式。』我父親當然同意我母親的看法。他對我母親言聽計從。他們可真是完美幸福的一對，不信可以問我丈夫，他一定會贊同我的說法。他們的確是非常相愛的一對，是不是，奧德爾？」

「是的，親愛的。」加德納先生說。

「馬歇爾上尉，今天早上怎麼沒看見您的女兒啊？她去哪裡了？」

「琳達嗎？我不知道，大概在附近什麼地方溜達吧。」

「呃，馬歇爾上尉，我真的覺得琳達太瘦了。應該讓她多吃一點，還要細心溫柔地對待她。」

馬歇爾簡短應了一句：「琳達很好。」便回飯店去了。

雷德佛沒有下水游泳，只是坐著，目光一直注視著飯店的方向。他漸漸有些惱怒了。

布魯斯特小姐踩著輕快的步伐，愉悅地來到。

接下來的這陣閒聊與前一天上午一樣，仍然是嘮叨的博美狗與不時吼叫兩句的牧羊犬貫串全場。

布魯斯特小姐做了最終的結論：「海灘上似乎有些空盪盪的。難道所有的人都去參加短途旅遊了嗎？」

加德納夫人回說：「今天早晨我還在對我丈夫說，我們一定要參加一次到達特穆爾高地的短途旅行。那地方不遠，又有那麼多浪漫的傳說；而且我還很想參觀一下那裡的監獄——叫作王子城，是不是？我想，咱們得馬上安排一下，明天就去，奧德爾。」

加德納先生說：「好的，親愛的。」

白羅問布魯斯特小姐：「您要去游泳嗎，小姐？」

「噢，早餐前我就游過了，差點還被人用瓶子敲碎了腦袋。那瓶子是從飯店的一個窗戶裡扔出來的。」

「哎呀，那樣做太危險了，」加德納夫人說，「我有一位朋友走在大街上時，被三十五層樓高扔下的一條牙膏砸到。太危險了，差點連命都沒了。」她突然在各色線團中埋頭搜尋。「喂，奧德爾，我忘了把淡紫色的毛線帶來。你回去拿一下，它就放在臥室木櫃的第二個或第三個抽屜裡。」

「好的，親愛的。」

說完加德納先生老老實實地站了起來，回去找毛線了。

加德納夫人繼續。

「有時，我覺得現代人做事做得有點過頭了。那些大發明，以及存在於大氣中的電波，讓人的精神無法安寧。我認為，應該為現代注入一些人文的東西。白羅先生，不知道您對那些古埃及人的神祕預言是否感興趣？」

「我不感興趣。」白羅說。

「白羅先生，我敢向您保證，那些預言非常非常有趣。誰告訴過他們莫斯科是在那個什麼地方——是叫尼尼微的吧——以北一千英里，然而不管你怎麼轉，答案還是驚人的雷同。這其中一定有某種神祕力量在引導、作用，那些古埃及人是不可能意識到自己在做些什麼的。又比如，當你想到數字及其循環無窮的道理時，它是如此清晰明白，我想任何人都不會去懷疑它。」

加德納夫人得意洋洋地閉口了。然而，她的高論沒有引發任何一位聽眾的興趣。

白羅只是懊惱地研究著他腳上那雙溼透了的白皮鞋。

布魯斯特小姐則問：「白羅先生，難道您穿著這雙鞋去划船了嗎？」

白羅嘀咕了一句：「是啊，我太魯莽了。」

布魯斯特小姐壓低了嗓音說道：「我們那位風流蕩婦今早怎麼不見她的芳蹤啊？她今天遲到了。」

加德納夫人抬起頭來仔細端詳了雷德佛，然後悄聲說道：「瞧他滿面愁容的樣子。天哪，造成今天這種局面簡直太令人遺憾了。真不知道馬歇爾上尉對此有什麼想法。他是位典型的英國紳士，心地善良，不愛說話，也不傲慢。可是，你永遠無法猜透他在想些什麼。」

雷德佛站起來，開始在海灘上來回踱步。

加德納夫人又低語了一句：「瞧，他簡直像隻老虎。」

於是三雙眼睛一起盯著雷德佛，這令他很不舒服。他現在已不只是有些惱怒了，而是滿腔怒火一觸即發。

在這一片死寂之中，遠處的陸地上飄來了輕柔悅耳的鐘聲。

布魯斯特小姐低語道：「又吹起了東風。能聽到教堂的鐘聲真是一個好兆頭。」

沒人再說話。這時加德納先生回來了，手裡舉著一團鮮豔的紫色毛線。

「天哪，奧德爾，你怎麼去了那麼久？」

「對不起，親愛的。但你要的毛線根本不在木櫃裡。我是在衣櫥的架子上找到的。」

「太奇怪了！我很確定我是將它放在木櫃抽屜裡的。唉，幸虧我從未被法庭傳喚出庭作證，要是讓我記錯了一件事，我非急死不可。」

加德納先生說：「加德納夫人是個很有良心的人。」

§

約莫過了五分鐘，雷德佛說：「布魯斯特小姐，你今天打算去划船嗎？我和你一起去好不好？」

布魯斯特小姐非常真摯地答道：「十分樂意。」

「那麼我們划船繞繞這個島嶼吧。」雷德佛建議道。

布魯斯特小姐看了看錶說：「我們還有足夠的時間嗎？啊，還可以，現在還不到十一點半。走吧，現在就出發。」

兩人一起走下了海灘。

雷德佛先划，他划得很用力，小船向前跳躍著。

布魯斯特小姐讚許地說道：「很好。試試看可不可以一直保持下去。」

雷德佛望著布魯斯特小姐開心地笑了，心情開朗了許多。

「等我們回來時，我手上一定起滿了水泡。」說著他仰了仰頭，把一頭黑亮的頭髮向後一甩。「今天天氣真好！如果英格蘭能有個漂亮的夏天，那它就真是個無與倫比的地方了。」

布魯斯特小姐說：「沒有任何地方比得上英格蘭，它是世界上最理想的居住地。」

「我完全同意。」

他們向西划去。到了懸崖下方，雷德佛仰頭看了看。

「今天上午有人來日光崖嗎？啊，有，我看見一把陽傘。那會是誰呢？」

布魯斯特小姐說：「大概是譚利小姐吧。只有她有那種日本傘。」

小船向著岸邊划去，左側是一望無際的大海。布魯斯特小姐說：「我們應該走反方向，現在我們得逆流而上了。」

「只是些小水流罷了。我在這裡游過泳，根本就沒感覺。無論如何，我們也沒辦法走另一條路線，因為棧橋還露在水面上呢。」

「當然，那跟潮水的漲落有關。不過，人家都說在匹克斯角游泳不能游得太遠，否則會有危險。」

雷德佛依然奮力地划著槳，一邊注視著懸崖。

布魯斯特小姐突然意識到：「他一定是在找馬歇爾那個女人，所以才會要求跟我一起來。今天早上阿倫娜沒露面，他一定很想知道她幹什麼去了。阿倫娜很可能是故意讓他找不到的，那是愛情遊戲裡的一個小手段，讓他的愛更加激烈。」

這時，他們繞過突出的岩石，向南方的匹克斯角駛去。這是一個極小的海灣，海灘上零星詭異地散布著一些岩石。它差不多是面向西北，上面突出的懸崖聳立著。這是一個野餐的理想地點。不過，早晨日光尚未照到這裡時，這兒通常人跡稀少，沒有什麼遊客光臨。

然而，他們卻看到海灘上有個人影。

雷德佛手中的槳停了一下又划了起來。

「嗨，是哪位啊？」雷德佛佯裝輕鬆地問道。

「看上去有點像馬歇爾夫人。」布魯斯特小姐冷冷地說。

這回答好像令雷德佛大為震驚，他說道：「是很像她。」

說完他改變了航向，向岸邊靠去。

布魯斯特小姐抗議了。

「你不是打算在此地上岸吧？」

雷德佛快速答道：「還有很多時間嘛。」

他看進她的眼睛。他眼中那種撒嬌小狗般的懇求神色打動了布魯斯特小姐。她暗想：「這可憐的孩子正為情所困，受盡折磨。可是這一切又無法避免。不過，再深的傷痛也總會過去的。」

小船以很快的速度接近了海灘。阿倫娜・馬歇爾正面朝地、兩手張開地躺著。一隻白色的木筏停靠在一邊。

此情此景令艾默莉・布魯斯特心中有些惶惑。她好像正看著一個相當熟悉的軀體，但它某些地方又令她覺得很陌生。

過了一兩分鐘之後，她才明白過來。

阿倫娜的姿勢與任何一個正在做日光浴的人沒什麼差別。她曾經好幾次都這個樣子躺在海灘上，伸展著她那曬成棕色的軀體，用一頂綠色的紙板帽保護著頭部和頸子。

但是，此時的匹克斯角上根本沒有陽光——即使再過幾個小時也不會有，因為早上時間，凸出的懸崖會擋住陽光。布魯斯特小姐有種不祥的預感。

雷德佛將船停在海灘上，然後叫道：「哈囉，阿倫娜。」

布魯斯特小姐的預感得到證實——因為俯臥在那裡的阿倫娜一動也不動，沒有任何回應。

她看到雷德佛的臉色突然變得蒼白。他搶先跳出了船，她隨後也跟上了岸。他們倆合力將船拖上岸，然後沿著海灘向懸崖底下那個無聲無息的白色身形走去。

雷德佛先到，布魯斯特小姐緊跟在後。

布魯斯特小姐接下來的感覺就像在作夢一樣，她看到了棕色的四肢、白色的露背泳裝、綠色帽子下露出來的紅色鬈髮，還有其他東西——不自然扭曲的雙臂。當下，那身軀給人的感覺是，這具軀體不是自己躺在那裡，而是被扔下來的……

然後她聽到了雷德佛的聲音，那是一種充滿了恐懼的耳語。他跪在那具一動也不動的軀體旁邊，觸摸著阿倫娜的手、胳臂……

他顫抖地說道：「天哪，她已經死了……」他將那頂帽子舉高一點，凝視著她的脖頸，然後說道：「天哪，她是被掐死的……有人殺了她。」

§

時間好像停止了一般。

艾默莉・布魯斯特在恍惚中聽到自己的聲音說：「在警察到達之前，我們什麼都不能動。」

雷德佛木然地答道：「是的，是的，當然是如此。」他痛楚地低語道，「誰？是誰？究竟是誰謀殺了阿倫娜？不可能有人要……要殺她啊！這不是真的！」

布魯斯特小姐搖了搖頭，她不知道該如何回答雷德佛。

她聽到他吸氣的聲音，感覺到他語調中那種壓抑的憤怒之情。

「好，就別讓我抓到那個可恨的凶手！」

一想到那個凶手很可能就藏在某塊巨石後面，布魯斯特小姐不禁戰慄不已。她聽到自己的聲音在說：「不管是誰做了這件事，他絕對不會在此地逗留。我們必須先報警。也許——」她猶豫了片刻。「也許我們得留下一人在這裡看著——屍體。」

雷德佛說：「我留下。」

布魯斯特小姐鬆了口氣。她是那種永遠也不會承認自己膽小的女人，不過，不必獨自留在海灘上與某個伺機在側的殺人狂作伴（雖然可能性極小），她還是衷心感謝上帝。

「好的，我會盡可能加快速度。我划船走水路，那個鐵梯不好走。我知道在皮帶峽灣有個警察。」

雷德佛木然地低聲應道：「好，好，你看著辦吧。」

於是，布魯斯特小姐奮力地划離了岸邊。就在離岸的一刻，她看到雷德佛跪在那個不幸的女人旁邊，雙手抱頭，無限痛苦。他是如此地哀傷，令她不禁同情了起來——儘管不甚樂意。他看起來像一隻忠實的狗，默默地守護著死去的主人。布魯斯特小姐理智的告訴自己。「對於雷德佛夫婦以及馬歇爾父女而言，這樣安排其實是最理想的了。不過我想，雷德佛是不可能理解的，可憐的傢伙。」

艾默莉．布魯斯特小姐是一個最能在緊急關頭振作向上的女人。

／05

柯蓋特警官站在懸崖邊，等待法醫檢查阿倫娜的屍體。雷德佛和布魯斯特小姐守候在另一邊。片刻後，尼斯登醫生動作輕快地站了起來。他說道：「她是被一雙孔武有力的手掐死的，似乎沒怎麼掙扎，突如其來的襲擊令她吃了一驚。凶手的手段實在是很殘暴。」

布魯斯特小姐看了一眼屍體，又很快將目光挪開。屍體的面部呈暗紫色，那痙攣的表情太可怕了。

柯蓋特警官問道：「死亡的時間呢？」

尼斯登醫生焦躁地答道：「在目前的情況下，我還無法確定死亡時間。還需要了解其他許多因素。呃，現在是十二點四十五分。你是何時發現屍體的？」

雷德佛口齒不清地答道：「是在十二點以前，我也不記得確切的時間了。」

布魯斯特小姐補充說道：「我們發現她死了的時候，正好是十一點四十五分。」

「你是划船來這裡的。你們是什麼時候看見她躺在這兒？」

布魯斯特小姐考慮了一會兒，答道：「嗯，我想我們是在那之前五、六分鐘繞過那個彎角的。」她轉身問雷德佛：「是不是這樣？」

雷德佛含糊地答道：「呃，大概是的，我想是這樣。」

尼斯登低聲問柯蓋特警官。

「這位是死者的丈夫嗎？噢……對不起，我搞錯了，我以為是他，因為他看起來好悲傷。」接著他又提高嗓音，鄭重其事地對眾人宣布道：「我們就把死亡時間定在十一點四十分吧。她的被害時間不會比這個時間早太多。大概是在十一點至十一點四十分之間，最早也不會超過十點四十五分。」

柯蓋特「啪」的一聲闔上了筆記本。

「謝謝，」他說，「您能將謀殺時間確定在不到一個小時內，幫了我們辦案人員很大的忙。」然後他對布魯斯特小姐說：「現在讓我來核對一下。你是艾默莉・布魯斯特小姐，你則是派屈克・雷德佛先生，你們兩人都住在歡樂羅傑飯店，你們都認出死者是飯店的一位客人──馬歇爾上尉的妻子，是不是？」

布魯斯特小姐點了點頭。

柯蓋特吩咐道：「那現在，我們就轉移陣地，到飯店去。」然後他又轉身向一位警察叮囑道：「霍克斯，你留在這裡，別讓任何人從此處上岸，我會派菲利普過來支援。」

§

「天哪！」韋斯頓上校驚叫道，「真沒想到！竟然會在這裡碰到你。」

白羅得體地回應了本地警察局長的招呼。他低語道：「是啊，自從聖盧那件案子之後，已經過了好多年。」

「雖然過了這麼久，但我從未忘記過，」韋斯頓說，「那是我這一生中最大的驚奇。我始終都弄不明白你是怎麼在葬禮上騙過我的。太不可思議了。」

白羅說：「我的上校，儘管方法很荒誕，但它卻很奏效，是不是？」

「嗯，可以這麼說吧。不過，我還是認為應該採用更為正統的方法。」

白羅的回答非常婉轉。

「可能吧。」

「這一回，又有一件謀殺案被你碰上了。」韋斯頓問，「你有什麼想法嗎？」

白羅慢條斯理地答道：「目前沒有什麼明確的想法，不過這案子挺有趣的。」

「能幫幫我們的忙嗎？」

「那要看你是否允許了。」

「我親愛的朋友，你的加入對我來說是求之不得的事。不過，我還不知道這件案子是否應該交由蘇格蘭警場承辦。目前看來，凶手應該是在特定的範圍內。但是，我們並不熟悉這些人的背景。要對他們以及他們的動機有所了解，我們就必須去倫敦一趟。」

「嗯，你說得沒錯。」白羅道。

「第一步，我們應該先找出最後一個見過死者的人。女服務生九點給她送去了早餐。樓下服務台的小姐則在十點左右看到她穿過大廳出去了。」

「我的朋友，」白羅說，「我想我就是你要找的那個人。」

「你今天早上見過她？什麼時候？」

「十點五分。我幫她將木筏從海灘上推進了水裡。」

「然後她就划著木筏走了？」

「是的。」

「她是一個人嗎？」

「是的。」

「你看到她走的是哪個方向？」

「她繞過彎角後向右邊去了。」
「也就是說她向匹克斯角划去了？」
「是的。」
「那是幾點的事？」
「我想，她離開海灘應該是十點十五分。」
韋斯頓想了一會兒。
「時間倒是對得上。你覺得她划到匹克斯角大約需要多久時間？」
「啊，這方面我是個外行。我不划船，也不划木筏。不過，我猜需要半個小時左右。」
「我也是這麼想。」韋斯頓說，「她應該不會划得太急。這樣推算下去，她應該是在十點四十五分左右到達匹克斯角，相當符合我們的判斷。」
「法醫認為她是什麼時候死的？」
「噢，尼斯登並未提出明確的答覆，他是個謹慎的傢伙。他估計死亡時間不會早於十點四十五分。」
白羅點了點頭，補充道：「還有一件事我必須告訴你，馬歇爾夫人離去時，叮囑我不要告訴任何人我曾見過她。」
韋斯頓瞪圓了雙眼。他說：「嗯，有意思，是不是？」

「我想是的。」白羅說。

韋斯頓揪著自己的鬍子，問道：「白羅，你算是閱人無數了。在你眼中，馬歇爾夫人是個怎麼樣的女人？」

白羅浮現出一絲微笑。他問道：「難道你從未聽說過嗎？」

警察局長韋斯頓上校澀澀地回答：「我知道那些女人是怎麼議論她的，女人總是這樣。可是，這些話有幾分可信度呢？難道她真的和雷德佛有一手？」

「毫無疑問是有的。」

「那他是跟來這裡度假的嗎？」

「應該是的。」

「那她先生呢？他知道這件事嗎？他是怎麼想的？」

白羅慢吞吞地說：「要想了解馬歇爾上尉內心的想法並不容易，他從不將內心的感受表露出來。」

韋斯頓一針見血地指出：「但是，他總還是有感受的吧。」

白羅點了點頭。

「哦，是的，他是會有感受的。」

§

警察局長韋斯頓上校在對卡梭夫人進行調查時，可說是使出了渾身解數。

卡梭夫人是歡樂羅傑飯店的女老闆和所有人。她是個四十左右的大胸脯女人，有一頭桀驁不馴的棕紅色頭髮，說起話來得理不饒人。

她說：「在我的飯店裡居然出了這種事！我敢保證我這家飯店是全世界最最安靜的地方，往來的客人都是些最有教養的人，從沒發生過吵嘴打架這類粗暴行為……您懂我的意思吧？我們才不像聖盧的那些大飯店。」

「是，是，卡梭夫人，」韋斯頓上校說，「不過，即使是最正常的家庭，也偶爾會發生點小事故。」

「柯蓋特警官會證明我的清白。」說著，卡梭夫人向在一旁正襟危坐的柯蓋特投去祈求的一瞥。「至於營業執照那方面，我是最照規矩來的，絕對沒有不法情事。」

「當然，當然，」韋斯頓說，「卡梭夫人，我們不是在指責您。」

情緒激動的卡梭夫人大胸脯上下起伏著。她說：「可是，客人們會因這件事而騷動不安，飯店的名聲也將嚴重受損。當然了，只有飯店的客人才有權利到島上來，可是你無法禁止外人在經過我們這裡時，對我們指指點點。」

卡梭夫人說著不寒而慄。

柯蓋特警官似乎終於逮著了一個機會，將話題引上軌道。他說：「你剛剛說只有這家旅館的客人才有權上島來。那麼你如何禁止他人上來呢？」

「在這點上，我是非常謹慎嚴格的。」

「是的，我知道。您究竟採取了什麼措施可以將外人擋在島外？每到夏季，度假的人們就像蒼蠅一樣雲集於各個旅遊勝地。」

卡梭夫人微微聳了聳肩，說道：「旅遊景點之所以人滿為患，完全是由於那些大型遊覽車造成的。我曾經在皮帶峽灣的碼頭上看到十八輛遊覽車並排停著。十八輛耶！」

「您說得沒錯。但您究竟是如何防止遊客們蜂擁到這座小島上呢？」

「噢，我們貼有告示。還有就是，在漲潮的時候，這裡就與陸地隔離開來，成了一座孤島。」

「是，那退潮時又怎麼辦？」

卡梭夫人解釋了一番。在棧橋靠近小島的那一側有一扇門，門上寫著：「歡樂羅傑飯店，私人領地，非飯店客人不得進入。」門的兩側均有岩石直立於水面，一般人是無法爬上去的。

「不過任何人都可以划船從任何海角爬上島來，是不是？這種事就禁止不了了。你無法阻止人們在漲潮和退潮之間到海灘上來玩。」
但是，這種事似乎很少發生。在皮帶峽灣的港口可以弄到船，不過從那兒划到小島要花很長時間，而且出港後水流湍急。
在海鷗角和匹克斯角架設的梯子旁均有張貼告示。她又說，喬治和威廉兩人常在海水浴場巡視，那是距內陸最近的地方。
「喬治和威廉是誰？」
「喬治負責照料海水浴場，看管服裝和木筏。威廉則是園丁，還兼管島上各條小徑的清掃、維修以及網球場的畫線等雜務。」
韋斯頓上校不耐煩地說：「好吧，已經很清楚了。說來說去，仍然無法做到萬無一失，外人還是進得來，只不過得冒著被發現的風險。我們要馬上見見喬治和威廉。」
卡梭夫人說：「我對那些旅客一點好感也沒有。他們總是大聲喧嘩，亂扔橘子皮和香菸盒，弄得棧橋和海灘都髒亂不堪。儘管如此，我可從沒想到他們當中竟有個殺人犯。噢，天哪，如此卑劣的行徑簡直無法用言語來描述。像馬歇爾夫人這樣的一位女士竟然被謀殺了，更可怕的是，她是被勒死的……」
卡梭夫人鼓足了勇氣才讓自己說出那個可怕的字眼，語氣中充滿了不情願和嫌惡。
柯蓋特安撫道：「的確，這簡直太卑劣了。」

「還有那些捕風捉影的小報。我的飯店竟然上報了！」

柯蓋特帶著隱約的笑意說：「不過，這可是替您做了免費廣告啊。」

聽到此話，卡梭夫人坐直了身體，胸部再度劇烈地起伏著，裙子裡的鯨骨嘎吱作響。她冷冷地說：「柯蓋特先生，這可不是我要的那種廣告。」

韋斯頓上校插話道：「卡梭夫人，我請您將飯店客人的名單帶給我們。您帶來了嗎？」

「帶來了，先生。」

韋斯頓上校接過飯店登記簿，聚精會神地逐一看了起來。這時，白羅走進了卡梭夫人的辦公室，上校抬眼看了看他。

「你幫忙的機會到了。」

說完，他又接著看了下去。

「還有服務生的呢？」

卡梭夫人遞給他另一份名單。

「有四位女服務生、一位領班和他手下的三位服務生，以及酒吧的亨利。威廉負責幫客人擦鞋。此外，還有廚師和她的兩位助手。」

「請談一下他們幾位的情況。」

「好的。領班艾伯特來自普利茅斯的文森特，他在那兒工作了好幾年。他手下的三個人在這裡工作都有三年以上，有一個人是四年。他們都很正派。亨利在旅館開業之初就來了，他是這兒的元老級人物。」

韋斯頓點點頭，他對柯蓋特說：「看上去沒什麼疑點。當然，還是要對他們做調查。謝謝你，卡梭夫人。」

「你沒有別的事了吧？」

「目前沒有了。」

卡梭夫人嘎吱作響地走出了房間。

韋斯頓說：「接著我們該與馬歇爾上尉談一談了。」

§

馬歇爾上尉靜靜地坐在那兒等待回答警方的提問。他依然很平靜，只是五官的線條比平日稍顯冷峻了一些。溫暖的陽光從窗戶射入，使他沐浴在一片光輝之中，令人意識到他其實是個相當英俊的男人。他五官端正，堅定的藍眼睛直視前方，嘴角透著幾分倔強。然而，他的聲音倒是十分低沉悅耳。

韋斯頓上校說道：「馬歇爾上尉，我能理解此事對您是多麼大的打擊。但是，我必須盡快獲得更多的線索，這需要您的幫助，希望您能理解，和我們合作。」

馬歇爾點了點頭，答道：「沒有問題，請開始吧。」

「馬歇爾夫人是您的第二任妻子嗎？」

「是的。」

「你們結婚多久了？」

「剛滿四年。」

「她婚前的名字是——」

「海倫．斯圖爾特；她的藝名是阿倫娜．斯圖爾特。」

「她是個演員嗎？」

「是的，她演過小型歌舞劇，以及一些音樂表演。」

「她在婚後就退出演藝界嗎？」

「不，婚後她仍活躍在舞台上。實際上，她是在一年半前才結束舞台生涯。」

「她的引退有什麼特別的原因嗎？」

馬歇爾考慮了一會兒。

「沒有，」他說，「沒有什麼特別的原因。她只是說她厭倦了演藝生活。」

「恕我冒昧，她不是為了要……迎合你的特殊意願吧？」

馬歇爾揚起了眉毛。

「不是。」

「那麼，你是否希望她在婚後繼續從事演藝事業？」

馬歇爾微弱地笑了一下。

「我當然希望她能退出舞台。不過我沒有做任何干涉。」

「此事沒有為你們的關係留下任何陰影吧？」

「當然沒有。我的妻子有權自由選擇。」

「那……你們的婚姻幸福嗎？」

馬歇爾的回答冷若冰霜。「當然了。」

韋斯頓上校停頓了片刻，接著問道：「馬歇爾上尉，你知道有誰可能殺害了你的妻子嗎？」

馬歇爾毫不遲疑地答道：「誰也不可能。」

「她可有什麼仇人嗎？」

「可能有。」

「這是什麼意思？」

馬歇爾迅速解釋道：「請別誤會。我太太是位容貌出眾的演員，自然會招致某種程度的羨慕和嫉妒。比如說，和人發生口角，來自另一女人的競爭，還有那種人世間常見的嫉妒、懷恨、不甘等情緒，然而，這並不代表他們有心謀害她。」

沉默了半天的白羅開口了。

「先生，你是不是想說，她的仇人大多數——或者全部——都是女人？」

馬歇爾面無表情地望著白羅。

「是的，」他說，「可以這麼說。」

韋斯頓上校問道：「你聽說過有哪個男人與她有過節嗎？」

「沒有。」

「她從前認識這家旅館的哪位客人嗎？」

「我相信她之前見過那位雷德佛先生，大概是在一次雞尾酒會上吧。其他人我就不清楚了。」

韋斯頓暫停了片刻，似乎在考慮是否要繼續這個話題。結果，他還是換了個話題。

「現在談談今天早上的事。你最後一次見到你太太是在什麼時間？」

馬歇爾想了一會兒，答道：「我下樓吃早餐的時候，去看了看她……」

「對不起，你們是分房睡的嗎？」

「是的。」

「你去看她是什麼時候？」

「大概九點。」

「她那時正在做什麼？」

「她正在拆閱信件。」

「她說了什麼嗎？」

「沒什麼特別的，只是道了個早安，閒聊了些天氣不錯的事。」

「她的態度有什麼異常的地方嗎？」

「沒有，完全正常。」

「她沒有表現出任何激動、沮喪或不安的情緒嗎？」

「我沒注意到。」

白羅問道：「她有提到信的內容嗎？」

馬歇爾的臉上再度浮現出一絲若隱若現的笑意，他說：「我只記得她告訴我，那些都是帳單。」

「你太太是在床上吃早餐的嗎？」

「是的。」

「她一向如此嗎？」

「從無例外。」

白羅又問：「她通常什麼時候下樓？」

「哦，大概是在十點到十一點之間，將近十一點的時候。」

白羅接著問道：「要是她在十點整就下樓，那是不是很奇怪？」

「是的，因為她通常沒那麼早下來。」

「但今天早上她就是如此。馬歇爾上尉，你認為這是怎麼回事？」

馬歇爾面無表情地答道：「我不知道。也許是因為天氣，今天的天氣非常好。」

「你一直沒碰到她嗎？」

馬歇爾挪動了一下身體，說：「吃完早餐後，我又去她房間裡看了看，裡頭空無一人。當時我有點驚訝。」

「然後你就到了海灘上，問我是否見到她。」

「呃，是的，」他略微加重語氣答道，「然後你告訴我，你沒看到……」

馬歇爾的回答沒有令白羅感到絲毫內疚或不安，他仍然緊盯著馬歇爾，同時撫摸起漂亮的小鬍子。

韋斯頓上校問道：「你找太太有什麼特別的原因嗎？」

馬歇爾將目光轉向警察局長，回答道：「沒有什麼特別的原因。我只是想知道她在哪裡而已。」

韋斯頓輕輕地在椅子上挪了一下，突然用另一種音調問道：「馬歇爾上尉，剛才你提到你妻子以前就認識派屈克・雷德佛先生。他們兩人的交情如何？」

馬歇爾說：「對不起，請問我可以抽根菸嗎？」說著，他在口袋裡搜尋起來。「該死！我的菸斗跑哪兒去了？」

白羅遞過去一根菸，他接受了。點燃了菸，他說：「關於雷德佛，我太太只告訴我，他們是在一次雞尾酒會上認識的。」

「這麼說，雷德佛只是你太太的一個普通朋友？」

「我想是的。」

「自從那次之後——」韋斯頓停了一會兒。「據我了解，他們這種萍水相逢的普通關係，就逐漸演變成一種親密的友誼。」

馬歇爾語氣尖刻地反問：「據你了解？誰跟你說的？」

「啊，這是我在飯店裡聽來的。」

馬歇爾冷冷地盯了一會兒白羅，眼神中滿是憤慨。

「那些閒言閒語都是鬼話。」

「也許是吧。不過，我想正是因為雷德佛先生和你太太的某些行為，才會產生這些流言吧。」

「你指的是什麼行為？」

「他們倆經常在一起。」

「就這樣？」

「你不否認這是事實吧？」

「大概吧，不過，我真的沒有特別注意。」

「對不起，馬歇爾上尉，你不反對你太太和雷德佛先生發展這樣一種友誼嗎？」

「我沒有批評我太太的習慣。」

「難道你從未以任何方式反對或抗議過嗎？」

「沒有。」

「即使它已經變成了一樁醜聞，並導致雷德佛夫婦不和，你仍然是這個態度嗎？」

馬歇爾冷漠地答道：「我只管自己的事情。我認為別人也該如此。我從不理睬那些無聊的閒話。」

「但是，你不否認雷德佛先生對你太太傾慕有加吧？」

「有這個可能，大多數男人都免不了如此，誰教她是一個美麗的女人呢。」

「不過，你說服自己相信這只不過是小事一樁，沒什麼大不了的，是不是？」

「我從來不去想這件事。」

「如果有一位證人能證實他們的確有種超乎尋常的親密情感呢？」

馬歇爾那湛藍的雙眼又一次緊緊盯著白羅，那張素來不動聲色的臉上出現了一種嫌惡的表情。他答道：「倘若一個人執意要去相信這些傳言，那我也只好悉聽尊便。反正我太太已經不在了，她再也無法為自己的清白辯護。」

「你是說你不相信這些事？」

馬歇爾的額頭上冒出了汗珠，答道：「我從不相信任何流言蜚語。」他繼續說：「難道你們就不能根據具體事證來處理這個案子嗎？我相信什麼或不相信什麼，跟這個案子有什麼關係呢？」

白羅搶在兩位警察前面回答道：「馬歇爾上尉，你還不明白，從來沒有一個案子是絕對單純的。十分之九的謀殺案件都與被害者的性格、周圍環境有關。被害者之所以被害，是由他（她）身上的諸多因素決定的。在未對阿倫娜．馬歇爾有一個全面且深刻的了解之前，我們無法確定凶手是什麼樣的人。所以，我們不得不冒昧地提出那些問題。」

馬歇爾看著韋斯頓上校，問道：「你也是這麼想嗎？」

韋斯頓搪塞道：「呃，在某種程度上，嗯，也就是說……」

馬歇爾不屑地笑了一下。他說：「我也知道你未必同意。我相信，這一大套性格、環境論，都是白羅先生自己獨創的。」
白羅微笑著說：「這點你倒是可以慶幸你沒有幫上我的忙。」
「你這話是什麼意思？」
「關於你太太，你告訴了我們什麼呢？什麼也沒有。你所說的事情顯而易見，比如說她美麗動人、受人仰慕，明眼人誰看不出來呢？」
馬歇爾聳了聳肩膀，簡短說道：「簡直是一派胡言。」
他不理會白羅，只是盯著韋斯頓看，然後加重了語氣問道：「各位還要從我這兒了解些什麼嗎？」
「是，馬歇爾上尉，請談一談你今天早上的行蹤。」
馬歇爾點點頭，顯然他早就料到會有這個問題。他說：「像平常一樣，我九點下樓吃早飯、看報紙。然後如我剛才所說的，我又上樓去太太的房間看了看，只是她並不在裡頭。於是我又下樓去了海灘，見到白羅先生，問他是否見過我太太。然後我很快地游完泳，就回飯店了。那時大概是……十點四十分。是的，大約是那個時間，我當時曾看了一眼大廳裡的鐘。我上樓回自己的房間，但服務生尚未打掃完畢。我要她動作快一點，因為我馬上得打幾封信寄出去。趁她打掃房間，我下樓到酒吧跟亨利閒聊了幾句。然後在十點五十分回到房間，在打字機上打信直到十一點五十分。接著我換上網球服，因為我約好十二點跟人家打網球，前一天我們已經訂好了場地。」

「我們是指誰？」

「雷德佛夫人、譚利小姐、加德納先生和我。我十二點下樓去球場。譚利小姐和加德納先生已經到了，幾分鐘後雷德佛夫人也來了。我們打了一個小時網球。之後我們回到飯店，然後我就聽到了這個消息。」

「謝謝你的配合，馬歇爾上尉。有人能證明在十點五十到十一點五十這段時間內，你是在房間裡打字的嗎？別介意，提這問題只是個形式而已。」

馬歇爾微弱地笑了一下說：「你是不是以為我是殺害太太的凶手？好吧，讓我來想一想。當時，服務生在整理房間，她應該能聽到打字的聲音。還有那些信件。今天發生了這麼大的事，我還沒把它們寄出去。它們應該也算是一種證據吧。」

他從口袋裡拿出三封信，都已寫好了地址，但尚未貼郵票。他說：「這些信的內容都是絕對保密的。但是，既然已經牽涉到一起謀殺案，我也只好信任警方能替我保守祕密。其中有一些是數字清單和財務聲明。我想，如果你們自己找個人把這些信件打出來，就會發現，它們絕對無法在一小時內打完。」他頓了一下。「這回你們該滿意了吧？」

韋斯頓平靜地答道：「這並不是懷疑哪個人的問題。島上所有的人都必須回答這個問題：今天早上十點四十五分到十一點四十分之間，你們在幹什麼？」

「這很合理。」馬歇爾說。

韋斯頓又說：「還有一件事，馬歇爾上尉。你知道你太太如何處理她的私人事務嗎？」

「你是指遺囑嗎？我想她從未留下過任何遺囑。」

「你只是『想』，但並不肯定，對吧？」

「她的律師任職於貝德福廣場的三聯律師事務所。他們負責她全部的合同契約之類的事務。不過，我確定她並未留下任何遺囑。有一次她曾說，做這種事會令她感到恐懼。」

「那麼，如果她未留遺囑而死去，你這個做丈夫的就應該有權繼承她的財產吧？」

「我想應該是這樣。」

「她有關係較近的其他親屬嗎？」

「好像沒有。即使有，她也從未提起過。我只知道她的父母在她小時候就去世了，而且她沒有兄弟姐妹。」

「不過，我想，她大概不會有太多遺產吧？」

馬歇爾冷漠地答道：「恰恰相反。兩年前，她的一位老朋友羅傑·厄斯金爵士去世，把大部分財產都留給了她。總額大約五萬英鎊。」

一直在一邊沉默不語的柯蓋特抬起頭來，目光中掠過一絲警覺。他追問了一句：「這麼說，馬歇爾上尉，你太太是個很有錢的女人？」

馬歇爾聳了聳肩膀答道：「是的，的確如此。」

「而且你還說她沒有留下遺囑？」

「你們可以去問問律師。不過，我相當確定她並沒有留下遺囑，因為她認為這樣做很不吉利。」

馬歇爾停頓了片刻問道：「還有什麼事嗎？」

韋斯頓搖搖頭。

「沒有了。柯蓋特，你還有問題要問嗎？噢，沒有了。馬歇爾上尉，我再次向你的不幸遭遇表示遺憾。」

馬歇爾眨了眨眼，倉卒地答道：「哦……謝謝你。」

說完，他便走了。

§

剩下的三個人面面相覷。

韋斯頓說：「這傢伙簡直平靜得可怕。問了半天，什麼重點也沒說。你的看法如何，柯蓋特？」

柯蓋特搖搖頭。

「很難說。他是那種深藏不露的人。若是站在證人席上，這種人給人的印象會很不利。不過，說實話，這對他們有點不公平，因為有時他們內心非常痛苦，但又只能默默承受，不能表現出來。在華萊士夫人被害一案中，正是這種性格和行為，使陪審團做出了對華萊士不利的判決，而不是根據什麼確切的證據。人們就是無法相信一個男人失去了妻子之後，竟能如此平靜地談論那件事。」

韋斯頓又問白羅：「白羅，你的看法如何？」

白羅無奈地舉起雙手說：「我還能說什麼呢？他把自己關了起來，像闔起來的牡蠣一樣。他選擇扮演這樣的角色，對一切都視若無睹、置若罔聞。」

「這樁案子可能有好幾個動機，」柯蓋特分析道，「嫉妒或謀奪財產。當然，在某種程度上，丈夫是最令人懷疑的對象，人們很自然地就先想到他。要是他知道太太與另一個男人有私情——」

白羅打斷了柯蓋特的話，說道：「我認為馬歇爾必定知道這件事。」

「為什麼？」

「昨天晚上，我在日光崖遇到了雷德佛夫人，跟她聊了一下。就在回旅館的路上，我看到馬歇爾夫人和雷德佛先生又在一起。然後過了一會兒我就遇見了馬歇爾上尉。他的臉色僵硬難看，一點表情也沒有，完全沒有！在我看來，他太過平靜了——希望你能明白我的意思。他一定對所發生的一切瞭如指掌。」

柯蓋特狐疑地咕噥道：「呃，如果你這麼想的話——」

「我非常肯定。不過，即便如此又能夠說明什麼？馬歇爾上尉對他太太的看法究竟如何呢？」

韋斯頓上校答道：「對於妻子的被害，他顯得過於冷漠了。」

白羅不太滿意地搖著頭。

柯蓋特說：「有時，沉默寡言的外表下，隱藏的是極為凶猛暴烈的個性，只不過它被包裹得密密實實，難以一眼看出。很有可能馬歇爾深愛著妻子，因而妻子的不忠，使他產生了瘋狂的嫉妒心，但這些強烈的情感都被他深藏在心裡。」

白羅慢慢地回答道：「這是有可能的。馬歇爾上尉是一個很值得研究的人。我對他以及他的不在場證明都很有興趣。」

「竟然想用打字機來作證，」韋斯頓突然間發出了一陣短促的笑聲。「說說看，你有什麼想法，柯蓋特？」

柯蓋特微瞇起雙眼說：「呃，我倒是有點喜歡那種證據。那當然不夠充分，可是我覺得很自然。如果我們能證實當時服務生就在附近，而且她的確聽到了打字機的聲音，那麼這個證據就是可信的。那也就是說，我們得轉移目標了。」
「嗯，」韋斯頓說，「我們的下一個目標應該在哪兒呢？」

§

這個問題讓三個人都陷入了沉思。
先發言的是柯蓋特。
「我認為，所有的問題都應歸結於一點：凶手到底是飯店裡的客人，還是外面的人。我並不打算將飯店員工排除在外，但是，依我看，這些人不會與此事有關。凶手應該是飯店裡的客人或者外面的人。我們必須這樣分析問題：首要問題是動機。謀財害命是一種可能性。能因阿倫娜之死而獲利的人，似乎只有她的丈夫馬歇爾上尉。此外，還有其他動機嗎？首當其衝的應該是嫉妒。我覺得，如果這件案子存在某種『犯罪激情』（他向白羅點了點頭），嫉妒就是一種。」
白羅仰望著天花板，低聲咕噥了一句：「人世間存在著太多種激情。」
柯蓋特仍然興致勃勃地接著分析。
「她的丈夫不承認她有任何敵人……當然啦，他指的是那種真正的敵人。其實這完全是謊言。我必須說，像她這樣的女人，一定會有一些相當憎恨她的仇人。白羅先生，你有什麼樣的看法呢？」

白羅回答道：「你說得很對。阿倫娜一定會有一些仇人。不過就我看來，這個理論不見得會有多大用途，因為阿倫娜．馬歇爾的仇人就像我剛才所說的，全是女人。」

韋斯頓說道：「白羅先生的話很有道理。一定是女人殺害了馬歇爾夫人。」

白羅接著說：「但凶手似乎又不大可能是個女人。法醫是怎麼說的？」

韋斯頓說：「尼斯登斷言，死者是被一個男子扼住喉嚨致死的。那個人的手很大，而且很有力氣。當然，凶手也有可能是一位運動員般強壯有力的女人。不過，這種可能性微乎其微。」

白羅點了點頭。

「言之有理。一個女人要殺人，那麼她可能在茶裡下砒霜，或在巧克力裡下毒，用刀，甚至用槍，但是要勒死人，不，這不可能！我們要找的凶手一定是個男人！」

「可是，這麼一來，」他繼續說道，「問題就變得更加棘手了。在這家旅館裡，有兩個人具有殺死阿倫娜．馬歇爾的動機，問題是，她們都是女人。」

韋斯頓問道：「我想，其中之一應該是雷德佛夫人吧？」

「沒錯，她有充分的理由要殺阿倫娜。而且，她完全有可能殺死這位情敵，但不是用這種方法，因為儘管她不快樂，充滿嫉妒，但她並不是一個情感激烈的女人。對待愛情，她忠貞不渝，卻不熱情衝動。正如我剛才所說，她是有可能在茶裡加砒霜，但是用手勒死自己的情敵，卻不是她幹得出來的事。而且，從體力上來說，她也絕對無法勝任，她的手腳都比一般人要小得多。」

韋斯頓點頭稱是。

「的確，這絕不是一個女人能犯下的罪行。殺馬歇爾夫人的凶手是個男人。」

柯蓋特咳了一聲說道：「我先說說我的推斷。假設在認識雷德佛先生之前，死者還與另一個男人有姦情。我們姑且先稱這個男人為X。因為雷德佛的出現，死者拋棄了X。X跟蹤她來到這裡，躲在附近某個地方，然後伺機上岸殺了她。這是有可能的吧？」

韋斯頓答道：「這是可能的。倘若真是如此，應該很容易證實。X到底是走路來的，還是坐船來的？後者的可能性似乎更大一些。如果確實是這樣，他一定是在什麼地方租了一艘船。你最好去查一下這件事。」說完，他看了看白羅，問道：「你對柯蓋特的想法怎麼看？」

白羅緩緩答道：「這個想法有太多要碰運氣的地方，而且這裡面有個環節不太對。我無法想像一個男人竟然會嫉妒到這種地步。」

「白羅先生，確實有人為這個女人神魂顛倒。雷德佛就是一個例子。」柯蓋特說。

「是沒錯，可是——」

柯蓋特看著白羅，臉上滿是疑問。白羅搖搖頭，皺著眉說道：「在什麼地方，有些事情似乎被我們忽略了……」

06

韋斯頓上校手捧著那份飯店客人登記簿大聲唸道：

科恩少校及夫人，帕梅拉．科恩小姐，羅伯特．科恩少爺。

萊瑟里德，賴德爾山。

馬斯特曼先生及夫人，愛德華．馬斯特曼先生，珍妮佛．馬斯特曼小姐。羅伊．馬斯特曼先生，倫敦西北區莫爾伯勒大街五號。

加德納先生及夫人，紐約。

雷德佛先生及夫人，里斯博羅王子市，塞爾登鎮，克羅斯蓋茨街。

貝瑞少校，倫敦西南一區，聖詹姆斯分區，卡頓街十八號。

霍瑞斯·布拉特先生，倫敦東部中央二區，皮克斯吉爾街五號。

赫丘勒·白羅先生，倫敦西一區，白港公寓。

羅莎美·譚利小姐，西一區卡迪根大廈八號。

艾默莉·布魯斯特小姐，泰晤士河流域，森伯里鎮，南蓋茨街。

史蒂芬·萊恩牧師，倫敦。

馬歇爾上尉及夫人，琳達·馬歇爾小姐，倫敦西南七區，厄普科特大廈七十三號。

他終於唸完停了下來。柯蓋特說：「局長先生，我認為前面兩家人可以排除掉。卡梭夫人說，馬斯特曼和科恩兩家每年夏天都來此度假。今天一早，他們帶著午餐坐船遊海去了，要玩一整天呢。剛過九點他們就走了，是一個叫安德魯·巴斯頓的人帶他們走的。我們可以和此人核對一下。我想這兩家人應該沒有嫌疑。」

韋斯頓點點頭。

「我同意。我們得盡量縮小懷疑範圍。白羅，對其他人你有什麼看法？」

白羅說：「如果只從表面入手，似乎沒有什麼問題。加德納夫婦是一對中年夫婦，人不錯，去過不少地方，兩人所有的話都被那位太太一個人說完了，做丈夫的只有在一旁點頭默許的份。他還會打網球和高爾夫球，挺有幽默感，人們一旦了解他，就會覺得他相當富有魅力。」

「聽起來沒有什麼可疑之處。」

「下面是雷德佛夫婦。年輕的丈夫游泳、網球、跳舞樣樣精通，對女人極有吸引力。至於他的妻子，我說過，是個安靜、端莊而蒼白的女人，我想她很愛自己的丈夫。在她身上有一些阿倫娜·馬歇爾並不具備的東西。」

「是什麼？」

「頭腦。」

柯蓋特警官嘆了口氣說：「可是，會讓男人迷戀的並不只是頭腦，先生。」

「也許吧。不過，我認為雷德佛先生儘管被馬歇爾夫人迷昏了頭，但他真正愛著的仍是自己的妻子。」

「有這種可能。這種事不是頭一回發生。」

白羅喃喃自語道：「這正是令人遺憾之處。女人總是很難相信這一點。」他接著說道：「貝瑞少校。此人曾經在印度服役，現在已經退役了。他性好女人，愛說一些又臭又長的故事。」

柯蓋特嘆了口氣。

「你不必再說下去了。這種人我見多了。」

「霍瑞斯．布拉特先生顯然是個有錢人。他的話很多，總是在談他自己的事。他想和每個人交朋友，可悲的是，沒有一個人喜歡他。還有一件事，昨晚他問了我很多問題，顯得很不安，有些不太對勁。」停頓片刻，他換了一種口氣繼續說道：「下面一位是羅莎美．譚利小姐。她開了一家羅絲孟德服飾公司。她本人是一位極負盛名的服裝設計師，有頭腦、有魅力、時髦、漂亮，叫人看了心情愉快。」略頓一下，他又接著說：「此外，她還是馬歇爾先生的一位老朋友。」

韋斯頓在椅子上坐正了身子。

「真的嗎？」

「是的。不過他們很多年沒見了。」

韋斯頓又問道：「她原先知道他要到這裡來嗎？」

「她說不知道。」白羅停了一下又說：「下一個是艾默利．布魯斯特小姐。她這個人有一點點讓我感到擔心，」他搖搖頭說：「她說話的聲音就像男人一樣，人相當率直，但是有點粗線條。她會划船，高爾夫球也打得不錯。」他頓了一下。「總之，她是一個心地善良的女人。」

韋斯頓說：「現在只剩下史蒂芬．萊恩牧師了。他是個什麼樣的人？」

「我只能告訴你一件事。他這個人總是處於精神緊張的狀態；同時，他還是一個極端狂熱的人。」

「哦，原來是這種人呀。」柯蓋特說。

韋斯頓說：「也就這麼些人了。」他看了看白羅，問：「你似乎有什麼想法？」

白羅說：「啊，是的。因為今天上午馬歇爾夫人出發時，囑咐我不要告訴任何人我曾經見過她。當時，我立刻就想到，可能是她與雷德佛之間的友誼，讓她和丈夫的關係蒙上了陰影。當時，我認為她是要和雷德佛約會，但是她又不希望丈夫知道自己的去向。」停頓片刻，他又說：「可是，我判斷錯誤了。因為她丈夫才在海灘上向我打聽她的去向，雷德佛先生就來了……而且很明顯地也在找她！於是我不禁懷疑，阿倫娜．馬歇爾要去見的人究竟是誰呢？」

柯蓋特說：「這與我的想法正好吻合。她是要去見來自倫敦或其他地方的某個男人。」

白羅搖搖頭，說：「可是，根據你的理論，馬歇爾夫人已與這位神祕人物分手了。那麼，她為何還要不辭勞苦地去見他呢？」

柯蓋特也搖頭了，問道：「那你認為她是要去見誰呢？」

「這正是我無法理解的地方。我們剛才已看過了客人的名單，他們大都是些乏味的中年人，馬歇爾夫人會拋開雷德佛先生投向他們的懷抱嗎？不，不可能。然而，她的確是與某人有約，而此人並非雷德佛先生。」

韋斯頓喃喃低語道：「難道你不認為她是獨自出遊的嗎？」

白羅搖頭答道：「我親愛的先生，顯然你從未和這位被害的女士打過交道。有人曾經寫過一篇學術論文，論述孤獨對於不同種人的不同意義。可是，我親愛的朋友，阿倫娜・馬歇爾絕對不會甘於寂寞，她只能生活在男人們仰慕的光環之中。因此，今天上午，她一定是去赴某個男士的約會。不過，那個人究竟是誰呢？」

§

沉默良久，韋斯頓上校嘆了口氣，搖著頭說道：「關於理論問題，我們先不用忙著探討。現在的首要任務是跟這些人談一談，我們得弄清楚他們的行蹤。第一個要見的人是馬歇爾的女兒琳達。她大概能告訴我們一些有用的線索。」

琳達手足無措地走進房間，一不留神，還撞上了門柱。她呼吸急促，雙眼瞳孔擴張，活像一匹受了驚的小馬。韋斯頓不禁對她產生了憐愛之心。「可憐的小傢伙，她還是個孩子呢。這對她的打擊太大了。」

他拉過一張椅子，用一種安撫的口吻說道：「很抱歉把你叫來，讓你經歷這些可怕的事情。你是琳達小姐吧？」

「是的，我叫琳達。」

她說話時總伴著一種喘息的聲音。這是女學生常有的特徵。此刻，她的雙手無助地擱在韋斯頓面前的桌上。這是一雙令人心疼的手，又大又紅，骨節粗大，手腕很長。韋斯頓又想：「真不該讓一個孩子捲入這種事。」

他安慰道：「沒什麼好怕的。我們只是希望你告訴我們你所知道的事，為我們提供一些線索。如此而已。」

琳達問道：「你是指……阿倫娜的事情嗎？」

「沒錯。今天早上你見過她嗎？」

女孩搖了搖頭。

「沒有。她總是要很晚才下樓來，因為她習慣在床上吃早餐。」

白羅問道：「那麼你呢，琳達小姐？」

「噢，我習慣下樓去餐廳吃早餐。在床上吃飯太悶了。」

韋斯頓說：「請你說明一下你今天早上都做了些什麼，好嗎？」

「嗯，我先洗了澡，接著吃早餐，然後又與雷德佛夫人一起去了海鷗角。」

韋斯頓問道：「你和雷德佛夫人是什麼時候出發的？」

「她說十點半在大廳等我。我本來以為我會遲到，可是結果沒有。我們大概是在十點二十七分出發的。」

白羅問道：「那麼，你們在海鷗角都做了些什麼？」

「噢，我先在身上塗防曬油，然後做日光浴。雷德佛夫人在畫畫。後來，我去游泳，她則回旅館換衣服，準備去打網球。」

韋斯頓仍舊輕鬆地問道：「你記得那是什麼時間嗎？」

「您是指雷德佛夫人動身回旅館的時間嗎？是在十一點四十五分。」

「你肯定嗎？的確是在十一點四十五分？」

琳達瞪大了雙眼，答道：「沒錯，那時我看了一下錶。」

「就是你現在手上戴的這支錶嗎？」

琳達瞥了一眼她的手腕，答道：「是這支錶。」

韋斯頓問道：「給我看看，可以嗎？」

她伸出手腕。

韋斯頓將這支錶與自己的錶以及旅館大廳牆上的鐘比較了一下，然後微笑著說：「分秒不差。這麼說，十一點四十五分以後你一直在游泳？」

「是的。」

「那麼你何時回旅館？」

「大約一點左右。然後我就聽說了……呃，阿倫娜……」說到此處，琳達的音調變了。

韋斯頓上校接著問道：「你和你繼母的關係好嗎？」

她足足盯了他一分鐘之久才答道：「噢，還可以。」

白羅問：「你喜歡她嗎？」

琳達說：「喜歡。」接著又補充了一句：「阿倫娜對我很好。」

韋斯頓開了一個不自然的玩笑。

「啊，這麼說，阿倫娜不是那種殘酷的繼母？」

琳達表情嚴肅地搖了搖頭。

韋斯頓說：「那很好，一個家庭總會有些問題，嫉妒彼此或什麼的。女兒與父親本來關係很親密，可是當父親將全部注意力都集中在新妻子身上時，女兒就會不滿了。你沒有這種感覺吧？」

琳達瞪著他，十分懇切地答道：「噢，沒有。」

韋斯頓說：「你的父親似乎……呃，很愛她，是嗎？」

琳達的回答很簡單。

「我不知道。」

韋斯頓繼續說道：「正如我所說的，一個家庭總會發生一些問題，吵架、爭執什麼的。

如果夫妻反目，女兒的處境也會很為難。你們家有過這種事嗎？」

琳達一字一句地反問道：「你是問，我父親是否會和阿倫娜爭吵？」

「嗯，是的。」

韋斯頓暗想：「這真是太殘忍了，向一個孩子詢問這樣的事。為什麼我要做警察？可是我又有什麼選擇呢，總得有人幹這種事。」

琳達肯定地答道：「不會，爸爸從不與人爭吵，他不是那種愛吵架的人。」

韋斯頓說：「琳達小姐，希望你能仔細考慮下一個問題。你認為誰有可能殺害你的繼母？你能提供我們一些線索嗎？」

琳達沉默片刻，似乎正在嚴肅地思考這個問題。最後她說：「我不知道誰可能是兇手，」她補充道：「除了雷德佛夫人。」

韋頓問道：「你認為雷德佛夫人想謀害她嗎？為什麼？」

琳達答道：「因為她丈夫愛上了阿倫娜。不過我認為她不會真的想殺她。啊，我是說她恨不得阿倫娜能死掉，但這與謀殺是兩回事，是不是？」

白羅輕聲道：「沒錯，這的確是兩碼子事。」

琳達點點頭，一種怪異的扭曲掠過她的臉。她說：「總而言之，雷德佛夫人永遠也不會幹殺人這種事，她不……不是那種使用暴力的人，如果你懂我的意思的話。」

這回白羅和韋斯頓同時點了點頭，白羅說：「我知道你的意思，孩子，而且我也同意你的觀點，正如你說的那樣，雷德佛夫人不是那種會大發雷霆、暴跳如雷的人。她——」白羅半閉著眼睛，小心翼翼地選擇措詞。「她不會因為心中激動的情感而失態，即使活得不如意、前途渺茫，即使她所痛恨的人就在她面前，即使她禁不住握緊雙拳，渴盼將手指按入那個人的身體——」

白羅戛然而止。

琳達驚恐不安，身體痙攣，她顫抖著聲音問道：「我可以走了嗎？還有事嗎？」

韋斯頓上校說：「噢，沒事了。謝謝你，琳達小姐。」

說完他站起身來給她開門，然後又回到桌旁點燃了一根菸。

「唉，這工作可真不好幹。我可以告訴你們，當我向那個孩子詢問她父親和繼母之間的關係時，我真覺得自己惡劣不堪，似乎是唆使做女兒的親手將繩子放到父親脖子上。可是我們又不得不這麼做，謀殺可不是開玩笑的，而她又是最可能了解事情真相的人，不過，儘管她並沒有提供我們線索，我反而因此心存感激。」

白羅說：「看得出來。」

韋斯頓尷尬地咳了一下。

「白羅，我覺得你剛才有些過分了。仇恨啊、按入誰的身體啊什麼的，不應該把這些東西灌輸到孩子的腦子裡。」

白羅沉思地看著他說：「你認為我將這些觀念輸入到她腦子裡了嗎？」

「難道你不是嗎？少來了。」

白羅搖搖頭。

韋斯頓轉移了話題。

「總之，她沒有提供我們什麼有用的線索——除了一個大致能證明雷德佛夫人不在現場的證據。如果她們從十點半到十一點四十五分之間都在一起，雷德佛夫人就沒有犯案機會，那麼妻子由於嫉妒而殺死丈夫情人的可能性就不存在。」

白羅說：「還有更好的理由能將雷德佛夫人的嫌疑排除。我相信，不論從體力還是從精神角度來看，她都不可能勒死一個人，她是那種冷血動物，而不是熱血動物，她可以忠貞不渝地獻身給她的愛人，卻不會有那種激烈的感情或仇恨。此外，她的雙手又小又細。」

柯蓋特說：「我同意白羅先生的分析。她可以被排除在懷疑範圍之外，因為尼斯登大夫說過，勒死那個女人的是一雙大手。」

韋斯頓說：「下面我們該見一見雷德佛夫婦了。我想那位丈夫應該已經從打擊中恢復過來了。」

§

雷德佛先生現在已完全恢復。他蒼白憔悴，突然之間顯得非常年輕。他的態度很平靜。

「你是家住里斯博羅王子市塞爾登鎮克羅斯蓋茨街的派屈克・雷德佛先生嗎？」

「是的。」

「你認識馬歇爾夫人多久了？」

雷德佛猶豫片刻，答道：「三個月。」

韋斯頓接著又問：「馬歇爾上尉告訴我們，你與他妻子偶然相識於一個雞尾酒會，是這樣嗎？」

「是的，我們是這樣認識的。」

韋斯頓說：「馬歇爾上尉還表示，你們在此地相遇之前，互相並不很熟悉。這也是事實嗎，雷德佛先生？」

雷德佛又猶豫了片刻，然後回答道：「嗯，這麼說並不很正確。事實上在這之前我見過她好幾次。」

「是在馬歇爾上尉不知道的情況下嗎？」

雷德佛的臉有點紅了，他說：「我不知道他對此事的了解程度如何。」

白羅低聲發問：「你太太是否也不知道呢，雷德佛先生？」

「我想我應該告訴過我太太，我見到了著名的阿倫娜．斯圖爾特。」

可是白羅仍然不肯罷休。

「不過你太太並不知道你們見面的頻繁程度吧？」

「大概不知道。」

韋斯頓問道：「你是否和馬歇爾夫人事先約好在這裡見面？」

雷德佛沉默片刻，然後聳了聳肩膀。

「呃，我想紙總是包不住火的，我不用再掩飾了。我愛那個女人，為她著迷、為她瘋狂。她叫我到這裡來。我猶豫了一下，便答應了。只要她喜歡，我……我，呃，可以為她做任何事。她能對人產生這種影響力。」

白羅說道：「你已清楚地描繪出阿倫娜．馬歇爾的形象，她是對男人具有永恆誘惑力的賽西[4]，就是如此！」

4 賽西（Circe）是希臘神話中最著名的女巫，法力高強。她會用魔法和藥草把人變成各種動物。奧德修斯航行到埃厄島（Aeaea）時，他的同伴就曾被賽西變成豬。

雷德佛痛苦地說：「她的確能不費吹灰之力就把男人變成卑賤的豬。」他繼續說道：「各位，我說的完全是心裡話，先生，遮遮掩掩有什麼用呢？我說過我像瘋了一樣地迷戀她，但我並不知道她是否愛我。她裝出一副很投入的樣子，不過我認為，她一旦俘虜了一個男子的身與心，就會對他失去興趣。她很清楚，我已逃不過她的手掌心。今天上午，當我發現躺在海灘上的她已經死了，我覺得——」停頓片刻，他接著說：「覺得我似乎被什麼東西重擊了一下而頭暈目眩，腦中只是一片茫然，完全崩潰了！」

白羅傾身向前追問道：「那你現在的感受如何呢？」

雷德佛毫不退縮，直視著白羅的眼睛說：「我已經告訴了你們事實的真相。我現在想了解的是，這件事會被公開到什麼程度？現在無論做什麼對她都不會產生影響了，可是，如果所有的事情都被公開，我太太的日子會很不好過。我知道，」他迅速地繼續說道，「你們認定我並不怎麼在乎她的感受，也許事實是這樣。不過，儘管下面這話說出來，你們會覺得我是天字第一號的偽君子，然而事實上，我愛我太太……我深深地愛著她。對另一位女人的感情……」他的肩膀突然抽搐了一下。「則是一種癡狂……男人常做這種傻事。但桂絲帝娜與眾不同，她十分真實。儘管我對她不好，但是，在我內心深處，我很清楚她才是我真正深愛的人。」他嘆了口氣，然後頗為傷感地說：「希望你們能相信我的話。」

白羅傾身向前，說：「我相信，是的，我真的相信。」

雷德佛感激地看著他，說：「謝謝你。」

韋斯頓上校清了清嗓子說：「雷德佛先生，我們不會對那些不相關的東西追根究柢。如果你對馬歇爾夫人的迷戀與謀殺無關，那麼此事就不值得再追究。不過，你似乎沒有意識到……呃，過分密切的關係，會對謀殺產生非常直接的影響，它可能會成為一種犯罪動機。」

雷德佛問道：「動機？」

韋斯頓語氣肯定地說道：「是的，雷德佛先生，動機！也許馬歇爾上尉並不知道你們之間的這些事。假設他突然發現了呢？」

雷德佛問道：「天哪！你是說，他知道真相後，憤而殺妻嗎？」

韋斯頓不帶任何感情地說道：「難道你從來沒有想過這種可能？」

雷德佛搖搖頭，說：「沒有，這太不可思議了，我從來沒想過。馬歇爾是那種沉默寡言的人，他不大可能做這種事。」

韋斯頓接著問道：「馬歇爾夫人對她丈夫的態度如何？萬一這件事傳到她丈夫的耳中，她會不會感到……呃，尷尬？或者她根本不在乎？」

雷德佛慢慢答道：「她有一點……不安，她不希望丈夫產生任何懷疑。」

「她怕她丈夫嗎？」

「怕？噢，不，我不認為如此。」

白羅低語道：「對不起，雷德佛先生，你們各自有沒有要離婚的問題？」雷德佛十足把握地搖著頭。

「不，沒有這樣的事。我不打算與桂絲帝娜分手。而且我敢肯定阿倫娜從未想要離婚。她對這段婚姻十分滿意，馬歇爾在地方上，呃——」他突然微笑了一下。「也是個重要人物，而且相當富有。阿倫娜從未把我當成是做丈夫的人選，我不過是一群可憐蟲當中的一個，是供她消遣的玩意兒。我一直都很明白這一點，奇怪的是，這並沒有改變我對她的那種激情……」

他的聲音逐漸低了下去，彷彿陷入了沉思。

韋斯頓把他拉回到現實中。

「雷德佛先生，你今天早上與馬歇爾夫人有約嗎？」

雷德佛似乎有點迷惑。

「沒有特地訂什麼約會，因為我們通常每天早晨都會在海灘上見面，然後一起去划木筏。」

「那麼，今天早晨你在海灘上沒看到馬歇爾夫人，你不覺得奇怪嗎？」

「是的，我覺得非常奇怪，不明白是怎麼回事。」

「當時你是怎麼想的？」

「當時我根本不知道該想什麼，因為我一直以為她會來。」

「如果她在別的地方跟別人約會，你也不知道她在和誰約會吧？」

雷德佛瞪著雙眼，搖了搖頭，一句話也說不出來。

「當你和馬歇爾夫人約會時，你們通常在哪裡見面？」

「嗯，有時我們下午在海鷗角見面。因為下午的海鷗角已經沒有什麼陽光了，所以人煙稀少。我們在那兒見過一兩次面。」

「從來沒去過其他地方嗎，比如匹克斯角？」

「沒有，匹克斯角朝西，下午常有人划著小船或木筏經過那裡，所以我們下午不去那裡。而且我們從不在上午約會，那太招搖了。下午大家都去睡午覺或者四處閒逛，不會注意別人的行蹤。」

韋斯頓點點頭。

雷德佛接著又說：「晚餐時間之後，當然，夜色不錯時，我們常一起到島上散步。」

白羅小聲咕噥了一句：「噢，沒錯！」

雷德佛狐疑地看了他一眼。

韋斯頓說：「那麼，對於今天早晨馬歇爾夫人為什麼去匹克斯角，你是無法提供任何線索了？」

雷德佛搖搖頭，迷惑地答道：「我一點也不清楚。這不像阿倫娜會做的事。」

韋斯頓說：「她有沒有什麼朋友住在這附近？」

「我不知道她有這樣的朋友。嗯，我可以確定她沒有朋友住在這附近。」

「雷德佛先生，希望你能好好想一想。你在倫敦結識了馬歇爾夫人，那麼你應該認識她那個圈子裡的人。你知不知道有什麼人對她懷恨在心？比如，誰可能因為你的出現而失寵？」

雷德佛考慮片刻，搖了搖頭。

「說實話，」他說，「我想不出有這樣一個人。」

韋斯頓上校用手指敲了半天桌子，最後他說：「好吧。現在我們有了三個猜測。其一，是一個不知名的凶手，一個瘋子，正巧在這附近。此種猜測的可能性極大——」

雷德佛打斷了他的話。

「可以肯定的是，到目前為止，這是最有可能的解釋。」

韋斯頓搖搖頭說道：「這不是那種見機起意的謀殺案。要到匹克斯角去並非易事，凶手得從棧橋那兒上來，經過飯店，爬到島的最高點，再從那座梯子下去；不然他就是坐船去的。因此，這絕不是一件偶發的殺人事件。」

雷德佛說：「你剛才說過有三個猜測。還有兩個呢？」

「嗯，是的，」韋斯頓說，「這島上有兩個人有殺她的動機——她丈夫和你太太。」

雷德佛目瞪口呆，問道：「我太太？桂絲帝娜？你是說桂絲帝娜和謀殺案有關？」他站起身來，急促地說道：「你們，你們瘋了——真的瘋了——桂絲帝娜？這不可能的。這太可笑了。」

韋斯頓說：「不論如何，雷德佛先生，嫉妒是一種很強烈的動機，處於嫉妒中的女人有時會完全喪失理智。」

雷德佛很認真地說：「但是桂絲帝娜不會，她不是那種人。的確，她心情是不好，不過，她絕對不會去……呃，訴諸暴力。」

白羅沉思著點點頭。暴力，琳達・馬歇爾也說過這個字眼。像以前一樣，他對這種觀點抱持同意的態度。

「而且，」雷德佛很有把握地繼續說，「這也太荒謬了。在體質上，阿倫娜要比桂絲帝娜強健得多。我甚至懷疑桂絲帝娜能否掐死一隻小貓，當然她更不可能置強壯結實的阿倫娜於死地了。而且桂絲帝娜無法順著梯子走向海灘，她有懼高症。所以，懷疑桂絲帝娜真是太離譜了！」

韋斯頓上校抓耳撓腮，猶豫不定。

「如此說來，這的確不太可能。就算你對吧。不過，動機確實是我們要尋找的首要線索。」然後他又補充道：「動機和機會。」

§

雷德佛離開房間的時候，韋斯頓微笑說：「我沒告訴雷德佛他太太有不在場證明，因為我想看看我們表示懷疑他太太時，他會產生什麼反應。他真的是受驚不小，是不是？」

白羅嘀咕了一句：「他的辯解比任何不在場證明更有說服力。」

「沒錯。『她沒有殺人！她絕對不可能殺人！』如你所言，她沒有足夠的體力。馬歇爾有可能，但顯然他也沒有殺人。」

柯蓋特咳了一下說：「對不起，各位，我一直在思索馬歇爾的不在場證明。嗯，如果他考慮周到，那些信件有可能是事先準備好的。」

韋斯頓說：「這想法不錯。我們得調查一下——」

他突然中斷了談話，因為桂絲帝娜．雷德佛進來了。

她平靜如常，小心翼翼如常。她身穿白色網球服和淺藍色的套頭衫。這身裝束更凸顯了她的白皙，以及那缺少血色的端莊美麗。可是在白羅眼中，這張臉透露出的卻並非愚蠢或軟弱，而是決心、勇氣和睿智。白羅讚賞地點點頭。

韋斯頓上校在心裡想：「這小女人不錯，也許有點太纖弱了。那位花心的蠢丈夫真配不上她。小夥子還太年輕幼稚。唉，在女人面前，男人常會做些蠢事。」

他說：「請坐，雷德佛夫人。我們只是進行一些例行詢問，請大家說明今天上午的行蹤，以供我們參考使用。」

雷德佛夫人點點頭，口齒清晰地輕聲說：「是的，我能理解。我應該從哪裡開始？」

白羅說：「愈早愈好，夫人。你早晨起床後做的第一件事是什麼？」

「我想想看。在下樓去吃早餐的路上，我去了琳達．馬歇爾的房間，跟她約好上午去海鷗角，十點半在大廳見面。」

白羅問：「早餐以前您去游過泳嗎，夫人？」

「沒有，事實上我很少這麼做。」她微笑了一下。「我喜歡在海水曬得十分溫暖的情況下去游泳。我是一個很怕冷的人。」

「不過，你丈夫習慣在早餐以前游泳，是嗎？」

「是的，他幾乎如此。」

「那麼，馬歇爾夫人也是如此嗎？」

桂絲帝娜的聲音突然變得冷淡，甚至有些惡毒。

「噢，不，馬歇爾夫人永遠都是在上午過了一半以後才出現，在那之前她是不會露面的。」

白羅迷惑不解地問道：「對不起，夫人，我打斷一下。你剛才說你去了琳達小姐的房間。那是在什麼時候？」

「我想想看……八點半，呃，不……還要晚一些。」

「那時琳達小姐起床了嗎？」

「她已經起床出去了。」

「出去了？」

「是的，她說她去游泳了。」

桂絲帝娜的聲音裡有一絲……一絲絲的尷尬。白羅有點納悶。

韋斯頓問道：「然後呢？」

「然後我下樓吃早餐。」

「早餐之後呢？」

「我上樓拿了我的素描盒、寫生簿，然後就出發了。」

「你是和琳達小姐一起去嗎？」

「是的。」

「什麼時候？」

「大概是十點半左右。」

「然後你們做了什麼？」

「我們去了海鷗角，它在小島的東側。之後我們就一直待在那兒，我畫了一幅素描，琳達在做日光浴。」

「你何時離開海鷗角？」

「十一點四十五分。因為我十二點要去打網球，得先換衣服。」

「你當時身邊帶著錶嗎？」

「沒有。我是向琳達問的時間。」

「我明白了。那麼後來呢？」

「我收拾好寫生用具，回到旅館。」

白羅問：「琳達小姐呢？」

「琳達？噢，她去海裡游泳了。」

白羅又問：「你坐的地方離海遠嗎？」

「嗯，我們選擇在高水位線以上、懸崖以下的位置，這樣我就能有遮蔭，而琳達則可以沐浴在日光下。」

「那麼在你離開海灘以前，琳達．馬歇爾就跳進大海了嗎？」

桂絲帝娜皺眉凝神思索了片刻，努力回憶著，說：「讓我想一想。她跑下海灘……我蓋緊素描盒……是的，在我走向懸崖的時候，我聽到了她潑濺浪花的聲音。」

「你確定嗎，夫人？她的確跳進了大海？」

「噢，是的。」她邊回答邊驚訝地瞪著白羅。

韋斯頓上校也目不轉睛地盯著白羅，然後說：「請繼續說下去，雷德佛夫人。」

「於是我回到旅館，換好衣服，就去了網球場，和其他人碰面。」

「他們是誰？」

「馬歇爾上尉、加德納先生和譚利小姐。我們打了兩盤，剛要打第三盤時就聽到了那個消息——關於馬歇爾夫人的消息。」

白羅傾身向前，問道：「聽到這件事後你有什麼想法，夫人？」

「我有什麼想法？」

她對這個問題露出一絲嫌惡。

「是的。」

桂絲帝娜慢慢答道：「發生這種事……嗯，很可怕。」

「啊，的確，這種事震撼了你那過於追求完美的人生態度。但我想了解的是，這件事對你的個人生活意味著什麼？」

她迅速地瞥了他一眼，這一瞥中充滿了懇求。對此，白羅迅速做出了反應，用一種推心置腹的口吻說：「夫人，您是一位擁有理智和判斷力的聰慧女子。請您好好想一想，您在此停留期間，無疑也對馬歇爾夫人的人品有所看法吧？」

桂絲帝娜的回答很謹慎。

「我想，任何一個住在飯店裡的人，都會對周圍的其他客人形成一些看法。」

「是的，這很自然。所以我想請問您，夫人，您是否對她死的方式感到有些驚訝？」

桂絲帝娜緩緩說道：「我明白你的意思了。我並不是有些驚訝，而是震驚。不過，她那種女人——」

白羅替她說完這句話。

「她那種女人很有可能碰上這種事……確實，夫人，這是迄今為止，我們在這間屋子裡聽到最真實最重要的一句話。呃，如果將個人的情感（他小心翼翼地加重了這五個字）先擱置一旁，你怎麼看這位馬歇爾夫人？」

桂絲帝娜平靜地說：「現在提這個問題還有意義嗎？」

「我想還是有的。」

「我該怎麼說呢？」她那蒼白的臉上突然有了血色，那種一直小心翼翼的態度也瞬間煙消雲散了。這個自然樸實的女人眺望著前方。「在我眼中，她一文不值。她的存在沒有任何意義，她沒有頭腦，除了男人、服飾和別人的仰慕，她別無所求。真可說是百無一用的寄生蟲！我想，她對男人是具有吸引力，這點無庸置疑，這就是她生活的目的。因此我覺得，她會落得這種下場不足為奇。她那種女人總是和一些卑鄙下流的勾當糾纏不清，比如說敲詐、嫉妒、暴力等等，凡此種種都與人類原始野蠻的情感有關。由於她的存在，人類本性中最醜陋的一面都暴露出來了。」

她停下來喘息片刻，臉上流露出一種極度憎惡的神情。

這時，韋斯頓上校突然發現，阿倫娜．斯圖爾特和桂絲帝娜．雷德佛兩人簡直是天壤之別，再也沒有比她們差異更大的兩人了。他還想到，如果一個男人娶了後者，那麼這段婚姻關係將會是純淨無邪，以至於所有阿倫娜型的女人都會對這個男人產生一種特殊的魅力。

就在產生了這兩個念頭之後，她話中的另一個用詞突然強烈地吸引了他。

他俯身向前問道：「雷德佛夫人，為什麼剛才在談論馬歇爾夫人的時候，你提到了敲詐呢？」

／07

桂絲帝娜盯著他，似乎不太明白他的問話。她機械地答道：「嗯，我猜想她可能會被敲詐。那種人常會遇到這類事件。」

韋斯頓上校認真地追問道：「可是……你確實知道有人在敲詐她嗎？」

兩朵紅暈爬上了她的面頰。她支支吾吾地回話，完全失去了往日的從容。

「我的確知道有這件事，一個偶然的機會，我……我偷聽到的。」

「你能再解釋一下嗎，雷德佛夫人？」

她的臉更紅了。

「我……我不是故意要偷聽的。完全是巧合。兩天前，嗯，不，應該是三天前的那個夜晚，我們在一起打橋牌。」她轉向白羅。「你還記得嗎？我先生、我、白羅先生和譚利小姐，我是夢家。因為屋裡太悶，我從落地窗溜了出去，想呼吸點新鮮空氣。我到了海灘上，突然聽到有人在說話。我立刻就聽出其中一人是阿倫娜．馬歇爾。我聽到她說：『你這麼逼我沒有用。我現在就是沒辦法弄到更多的錢，我丈夫快要起疑了。』接著一個男人的聲音說道：『不要找藉口。你非把錢拿出來不可。』阿倫娜說：『你這個畜生，只知道敲詐勒索！』然後那個男人又說：『管它是不是畜生，總之，您得把錢交出來。』」桂絲帝娜停頓片刻。「我轉身往回走，一分鐘後阿倫娜．馬歇爾從我身旁跑了過去。她似乎……嗯，極度不安。」

韋斯頓問道：「那個男人呢？你知道他是誰嗎？」

桂絲帝娜搖了搖頭，說：「他說話的聲音很低，我幾乎聽不清楚他在說什麼。」

「這個男人的聲音有沒有令你聯想到任何人？」

她再次想了想，仍然搖了搖頭，答道：「沒有，我不認識這樣的一個人。那聲音十分低沉而粗啞，他……呃，誰都有可能是他。」

韋斯頓上校說：「那好吧。謝謝您，雷德佛夫人。」

§

門關上了，桂絲帝娜．雷德佛的身影消失在門外。柯蓋特說：「我們終於有一點眉目了。」

韋斯頓問道：「你認為本案牽涉到敲詐，是嗎？」

「兩位，這裡面看來大有文章，我們絕不能忽視，必定是飯店裡的某個人在敲詐馬歇爾夫人。」

白羅喃喃道：「可是死去的不是那可惡的敲詐者，而是被敲詐的人。」

「的確，這是個矛盾。」柯蓋特說，「敲詐者通常不會殺死被敲詐的對象。不過，這可能是馬歇爾夫人今早舉止奇怪的原因。她和這位敲詐者有約，而她又不想讓她丈夫或是雷德佛先生知道。」

「這麼解釋的確很合理。」白羅表示同意。

柯蓋特接著說：「想想他們碰面的地方，是個談判交涉的理想地點呢。馬歇爾夫人划著木筏去，這很自然，因為這是她每天的例行功課。她去了匹克斯角，這個地方上午人跡罕至，安靜又不受人打擾，正好可以進行交易。」

白羅說：「啊，這真讓人驚訝。如你所說，這是一個約會的理想地點，人跡罕至，通路又只有一條：必須從陸地一側順著一個垂直的鐵梯下去才能到達，而且並非人人都有膽量走這個鐵梯，它太陡峭了。此外，頭頂上的懸崖又遮住了那片海灘的一大部分。那裡還有一個優點，是雷德佛先生某一天告訴我的。那裡有個洞穴，入口很隱蔽，不容易找到，任何人都可以等在那裡而不被發現。」

韋斯頓說：「當然啦，匹克斯角嘛，記得它的傳說嗎？」

柯蓋特說：「已經有好多年沒聽人提起過了。我們最好進去洞裡查看一番，也許會有意外發現。」

韋斯頓說：「說得對，柯蓋特。這個案子的第一部分已經有了答案，那就是：為何馬歇爾夫人要去匹克斯角。不過，我們仍需找到另一半的謎底：她去那兒見誰？很可能是飯店中的某個人，而且這個人應該不是她的情人，而是一位敲詐者。」

他把飯店員工登記表拿了過來。

「服務生、搬運工等等，應該沒有做案的可能，剩下的是美國人加德納、貝瑞少校、霍瑞斯·布拉特先生以及史蒂芬·萊恩牧師。」

柯蓋特說：「我們還可以把範圍再縮小一點。那個美國人差不多可以被排除在外，因為整個上午他都在海灘上。對不對，白羅先生？」

白羅答道：「他曾經幫他太太去拿毛線，因此有一小段時間他並不在海灘上。」

柯蓋特說：「嗯，我們不必考慮那個。」

韋斯頓說：「那麼其他三個人呢？」

「貝瑞少校上午十點出去，中午一點半回來。萊恩先生比他更早，他八點就吃了早餐，並說要出去走一走。布拉特先生則跟往常一樣，九點半就揚帆出海了。後面這兩人現在還沒回來。」

「揚帆出海？」

韋斯頓陷入了沉思。

柯蓋特積極地響應著。

「這與案情相當符合。」

韋斯頓說：「我們必須見一見這位少校先生。呃，我看看這張表上還有誰呢？羅莎美．譚利，還有那個叫作布魯斯特的女人，她與雷德佛一起發現了屍體。她這個人怎麼樣，柯蓋特？」

「噢，她是一個很理智的人，不會做出違反常規的事。」

「她對這起事故沒有表達什麼看法嗎？」

柯蓋特搖搖頭。

「我覺得她沒有什麼東西可說了，不過我們仍然需要確認一下。此外，還有那對美國夫婦。」

韋斯頓上校點點頭，說：「那讓他們都進來吧，我們速戰速決，也許會有所收穫。說不定他們也知道敲詐的事。」

§

加德納夫婦來到了他們面前。

加德納夫人解釋了起來。

「我希望你能了解這一切，韋斯頓上校，你是叫這名字吧？」得到了肯定的答覆後，她接著又說：「這件事令我大為震驚，我先生對我的健康非常、非常關心——」

加德納先生此時插進話來，附和道：「我太太的確是個非常敏感的人。」

「我先生還對我說：『喂，凱莉，我的看法當然和你相同。』我們對英國警方的辦案方式懷有莫大的崇敬。有人告訴我，英國警方的辦案程序是極其精細入微的，對此我毫不懷疑。有一次我在薩伏飯店丟了一個手鐲，負責來調查的年輕人非常可愛、非常有同情心。當然啦，其實那個手鐲並沒有被偷，只是我放錯了地方；因為過於匆忙，我忘了把它放到什麼地方——」加德納夫人停了下來，輕輕吸了口氣，又接了下去。「噢，其實我是想說，我知道加德納先生也同意，我們非常樂意盡最大能力來幫助英國警方。所以，你們就問吧，無論你們想了解些什麼——」

韋斯頓上校還來不及張嘴表示接受，就不得不閉嘴，因為加德納夫人的發言尚未結束。

「奧德爾，我一向是這麼說的，對不對？」

「是的，親愛的。」加德納先生應道。

韋斯頓上校趕快問道：「加德納夫人，你和你丈夫整個上午都在海灘上嗎？」

前所未有的事發生了，這次那位丈夫竟來得及搶先發言。

「是的。」他說。

「當然是。」加德納夫人說，「又一個寧靜美好的清晨，與其他日子並無區別，甚至可以說是更為風和日麗，我們一點兒也沒想到，就在那塊僻靜少人的海灘上，竟發生了那樣的事情。」

「那麼你們今天見過馬歇爾夫人嗎？」

「沒有。我還對奧德爾說，哎，這位馬歇爾夫人能到哪裡去呢。先是她丈夫來找過她，後來那位年輕英俊的雷德佛先生也來了，唉，那小夥子十分焦躁不安，他坐在海灘上，對每個人、每件東西都怒目而視。我當時想，他有那麼可愛漂亮的小妻子，為什麼還要對那個可怕的女人窮追不捨呢？我對那個女人的看法就是如此。我一直對她抱持這種看法，對吧，奧德爾？」

「對，親愛的。」

「我真是無法理解，馬歇爾上尉那麼好的人，怎麼娶了這樣一個女人？他還有個可愛的小女兒尚未成人，要知道，良好的引導對女孩子的成長至關重要。可是，這位馬歇爾夫人根本缺乏教養，而且我敢說她的天性粗魯野蠻，就如動物一般。要是馬歇爾上尉還有點理智的話，他應該和譚利小姐結婚，因為她是一位不平凡而且充滿魅力的女性。我很仰慕她那種勇往直前、創造成功事業的能力。要取得這樣的成就，必須有點頭腦。譚利小姐就是一位智力非凡的人，對任何事情，只要她喜歡，她都能計畫得井井有條並付諸實現。我對她的敬佩簡直難以形容。我對我先生說，瞎子都能看得出來她深愛著馬歇爾上尉……噢，我用的字眼是『迷戀』，是不是，奧德爾？」

「是的，親愛的。」

「他們似乎從小就認識，可是誰知道怎會弄成今天這個局面。也許沒有了那個女人，一切都會皆大歡喜。韋斯頓上校，我絕不是那種淺薄的女人，我不是輕視演藝圈的人，我有很多要好的朋友都是演員，但是我一直對我先生說，那個女人身上有某種不祥的氣質。你瞧，這不是被我說中了嗎？」

她終於得意地止住了話頭。

白羅露出一絲微笑。突然，他的目光與加德納先生精明的灰眼相遇了。

韋斯頓上校近乎絕望地說道：「嗯，謝謝你，加德納夫人。我想，自從你們到達此地以後，你們都沒有察覺到什麼與本案有關的事吧？」

「沒錯，是沒有。」加德納先生緩緩地拖長了語調。「馬歇爾夫人大部分時間都與雷德佛那個小夥子在一起，不過這是人所共知的。」

「那馬歇爾先生呢？你認為他對此是否介意？」

加德納先生謹慎地答道：「馬歇爾上尉是個含蓄寡言的人。」

加德納夫人證實道：「是啊，他是那種典型的英國人。」

§

貝瑞少校那張輕微充血的臉上寫滿了千萬種情緒。他想努力表現出適度的驚慌，然而一種令他羞愧的興奮卻頑強地冒了出來。

他粗啞而略帶喘息地說：「我很樂意盡我所能幫助你們。可是我一無所知，我真的什麼都不知道，我不認識那些人。不過，我一生去過不少地方，在東方住了很長時間。我想告訴你們，一個去過印度山中避暑地的人，能洞察人類所有的天性。」他停住，吸了口氣，接著說：「實際上，這讓我想起了發生在西姆拉的一個案子。有個叫羅賓森的傢伙，呃，他也可能叫福克納。他住在東威爾茨，不過也有可能在北蘇瑞斯，我記不清了，但這不重要。此人很安靜，愛讀書，性情非常溫和。可是一天晚上，他在家裡痛打自己的老婆，勒住了她的喉嚨，因為他發現老婆常跟別的男人偷情。天哪，他差點兒勒死了她，這件事令所有人都大為震驚，誰也沒想到他竟蘊藏著這種衝動的因子。」

白羅低聲問道：「你認為這件事與馬歇爾夫人之死有相似之處嗎？」

「嗯，我想說的是……嗯，同樣是被扼住了喉嚨，同樣的動機，同樣會突然脾氣發作的男人。」

白羅問道：「你認為是馬歇爾上尉憤而殺妻嗎？」

「我可沒那麼說，」貝瑞少校的臉一下變紅了。「我可不是指控馬歇爾。他是個好人，我絕不會說他壞話。」

白羅說道：「啊，對不起，不過你剛才的確說到某個做丈夫的反應。」

貝瑞說：「嗯，我是想說，馬歇爾夫人是個很有手腕的女人，讓年輕的雷德佛愛得死去活來，在雷德佛之前她必定還有其他男人。可是，奇怪的是，她丈夫卻毫無所覺。奇怪，我一次又一次深感驚訝。這些做丈夫的看得到別的男人愛上自己的妻子，卻看不見自己的妻子也愛上了別的男人。我又想起了一件發生在普納的案件。很美的一個女人，不過，她給她丈夫惹了許多麻煩——」

韋斯頓上校有點煩躁地動了一下，說：「好吧，好吧，貝瑞少校。目前我們只想確認一些事。你是否私下注意到什麼……可以幫助我們的線索？」

「嗯，韋斯頓，說真的，我想我可能幫不了你們。有個下午倒是看見她和雷德佛在海鷗角——」說到此處他詭異地眨眨眼，沙啞地咯咯笑了一陣。「那真是一幅浪漫香豔的畫面。不過，這可不是你們要的證據。哈哈哈！」

「你今天上午都沒見過馬歇爾夫人嗎？」

「今天上午我誰也沒見著。我去聖盧了。唉，真倒楣，這個地方長年累月平靜無波，可是，好不容易發生了一件大事，我卻偏偏缺席了。」

貝瑞的聲音不無遺憾。

韋斯頓想讓他再多說一點，於是追問：「你說你去聖盧了？」

「是的，我想去打幾個電話。這兒沒有電話，可是在皮帶峽灣的郵局打電話，又毫無個人隱私可言。」

「你要打的電話極度隱祕嗎？」

貝瑞少校又一次快樂地擠了擠眼。

「可以說是也可以說不是。我想打電話給一位老朋友，讓他幫我在一匹馬上下注。不過，很可惜，沒有找著他。」

「你在哪裡打的電話？」

「聖盧郵政總局的電話亭。回來時我迷路了……那些小巷轉來轉去，把我都弄糊塗了。我至少在那兒浪費了一個小時。真像在逛迷宮。半小時前我才回到這裡。」

韋斯頓上校說：「在聖盧你遇見了誰？和什麼人說過話嗎？」

貝瑞又大笑了起來。

「要我拿出證據以便證實嗎？我想不出來。我在聖盧見到了大約五萬人，不過，這並不表示他們都記得見過我。」

韋斯頓說：「你知道，這是我們的例行程序。」

「我明白。任何時候，只要你需要，請隨時召喚我，我很願意幫助你們。死者是個漂亮的女人，我願意幫助你們將凶手捉拿到案。『無人海灘謀殺案』——報紙一定會這麼下標。這又讓我想起了那時——」

這一次是柯蓋特及時遏止了這段剛剛開場的回憶錄，將這位饒舌的貝瑞少校送到了門口。

回來後他說：「在聖盧那裡很難調查出什麼，因為目前是旅遊旺季。」

韋斯頓說：「是的，但我們不能排除他的嫌疑。並不是我認定他捲入了這件案子。我們身邊有太多像他那般無趣的老傢伙。我還記得在軍中服役時就有一兩位這種人。不過他仍有犯罪的可能。這件事就全權委託你了，柯蓋特。調查一下他什麼時候開車出去。他很可能將車停在某個僻靜的角落，走回來，去了匹克斯角。但我覺得這被人看到的風險太大了。」

柯蓋特點點頭，說：「今天這裡有很多大型遊覽車。天氣不錯，所以遊覽車在十一點半左右就到達了，七點漲潮，下午一點退潮。沙灘上和棧橋上會有很多人。」

韋斯頓說：「是的。可是他必須從棧橋上來，然後路過飯店啊。」

「飯店並非必經之地，他可以岔到另一條路上，直達島頂。」

韋斯頓滿腹狐疑。

「我不是說他的行動一定會被注意到。實際上，當時除了馬歇爾的女兒琳達和雷德佛夫人在海鷗角以外，其他人都在海水浴場的海灘上。你剛才提到那條路的起點，只有飯店少數幾個房間的客人能俯瞰得到，而且當時很可能並沒有人眺望窗外。因此凶手可以走進飯店、穿過大廳、再出來，完全不被發現。我的意思是，他不能指望完全沒人看到他。」

柯蓋特說：「他可以坐船去匹克斯角。」

韋斯頓點頭稱是。

「這樣解釋合理多了。如果他在附近的某個小港灣備有一條船，他可以下車，划船去匹克斯角，殺了人，划船回來，再開車返回，然後編造一個去了聖盧又迷了路的彌天大謊——他知道我們很難證實這是謊言。」

「沒錯，局長先生。」

韋斯頓說：「這件事就交給你了，柯蓋特。仔細調查一下鄰近地區。你知道該怎麼做。接著該見見布魯斯特小姐了。」

§

除了目前已知的線索外，布魯斯特小姐再也無法說出任何有價值的事了。

在她重複了她的經歷之後，韋斯頓說：「你不能再給我們提供一些線索了嗎？」

布魯斯特小姐簡短地回答道：「恐怕我已無能為力了。這畢竟是件棘手的案子。不過，我相信案情應該很快就會真相大白。」

韋斯頓說：「我也希望如此。」

布魯斯特小姐平板地說道：「不會太難才對。」

「您為什麼這麼說，布魯斯特小姐？」

「噢，對不起，我不是要班門弄斧。我的意思是，這種女人的案子應該很容易偵破。」

白羅說道：「這是你的看法嗎？」

布魯斯特小姐脫口說道：「當然啦。雖然我們不該說死人的壞話，但是你不能逃避事實。那個女人渾身上下透著邪惡。你們必須從她聲名狼藉的情史中找線索。」

白羅溫和地問道：「你不喜歡她嗎？」

「我對她太了解了。」一看到眾人訝異的表情，她接著說道：「我的一位表親與厄斯金家族的一位成員結為夫婦。大概你們也聽說過，那個女人趁老羅傑爵士年老昏聵之際，引誘他將大部分的財產遺留給她。」

韋斯頓說：「那麼他的家人……呃，是不是很痛恨這件事？」

「那當然啦。這兩人之間的私情成了一樁醜聞，而且，得到這筆五萬鎊的遺產，正好證明她的居心叵測、證明她是個什麼樣的人。我對她的評價是冷酷無情了點，不過在我眼中，這種人不值得同情。我還知道一些其他事情。有個小夥子愛她愛得失去了理智，他的性格又有些野蠻，因此這段戀情就使他走上了極端。他為了弄錢供她揮霍，在股票上做了手腳，差點受到起訴。那個女人將她遇到的每個人都帶進了罪惡的深淵。瞧瞧她是怎麼毀了雷德佛這小夥子的？我對她被害一事一點也不感到難過——當然如果她是自己淹死或自己掉下懸崖，那就更好了。勒死人未免有點太恐怖了。」

「你認為兇手是與她過去生活有關的某個人嗎？」

「是的。」

「是個趁人不備從島外來的人嗎？而且此人未被島上的人發現？」

「為什麼一定會有人看見他呢？除了琳達和雷德佛夫人在海鷗角之外，大家都在海灘上。馬歇爾上尉在他自己的房間裡。那麼，除了譚利小姐以外，還有誰能看見這個人呢？」

「譚利小姐當時在哪裡？」

「她正坐在懸崖頂部的路塹上，那兒叫作日光崖。我和雷德佛先生划過小島時，看見她坐在那兒。」

韋斯頓上校說：「你說的也許正確，布魯斯特小姐。」

布魯斯特小姐很肯定地說道：「我一定是對的。如果一個女人作惡多端，那麼她自身的行為就是最好的證據。您同意我的觀點嗎，白羅先生？」

白羅抬起頭來，看著布魯斯特小姐那自信的灰色眼睛，他說：「噢，我同意你的見解。阿倫娜・馬歇爾本人就是她被害一案的最好證據，同時也是唯一證據。」

布魯斯特小姐很快地答道：「那不就行了。」

她筆直地站在那裡，用堅定不移、冷靜而自信的目光掃視著這三個男人。

韋斯頓說：「布魯斯特小姐，我們可以肯定地告訴你，我們會盡量參考馬歇爾夫人的情史，你就放心吧。」

布魯斯特小姐昂然地走了出去。

§

柯蓋特坐在桌前，動了動身子。他沉思著說道：「她的確是個意志很堅定的人，而且對死者懷有強烈的反感。」

停頓片刻，他仍然心事重重地說：「遺憾的是，她有充分證據證明整個上午她沒有做案的機會。注意到她的手了嗎？簡直像男人的手一樣大，而且她還是個健碩的女人，與男人一樣強壯，甚至比許多男人還要強壯。我敢說……」

他再一次停住了，盯著白羅，目光中竟然帶有幾分懇求。

「白羅先生，您說，她整個上午沒有離開過海水浴場嗎？」

白羅緩緩搖著頭說道：「在馬歇爾夫人可能到達匹克斯角之前，她就到了海水浴場，而在她與雷德佛先生一起划船出海之前，又一直處於我的視線範圍內。」

柯蓋特悶悶不樂地答道：「那麼，她的嫌疑可以排除了。」

對此，他似乎很不愉快。

§

看到羅莎美·譚利小姐走了進來，白羅像往常一樣打從心底感到愉快。

即便是為了一樁醜惡的謀殺案而被迫接受警方單刀直入的訊問，譚利小姐仍然一派的嫻靜優雅。她坐在韋斯頓上校對面，目光中充滿智慧和淡淡的哀愁。

她說：「你們要問我的姓名和住址，對吧？我叫羅莎美·譚利。我有一家成衣公司，叫羅絲孟德服飾有限公司，位於布魯克街六二二號。」

「謝謝你，譚利小姐。針對本案，你能提供一些有用的線索嗎？」

「我大概沒辦法。」

「那麼你自己的行蹤——」

「我九點半吃早餐，然後回到房間拿了幾本書和陽傘去了日光崖，這大概是十點二十五分左右。大約在十一點五十分時我回到旅館，上樓拿了網球拍，然後去網球場打球，直到午餐時間才叫停。」

「那麼，從十點半到十一點五十分之間，你一直在那個被旅館人員稱為日光崖的懸崖上面嗎？」

「是的。」

「那麼你今天上午見到馬歇爾夫人了嗎？」

「沒有。」

「你從懸崖上看到她划著木筏去匹克斯角了嗎？」

「沒有，她一定是在我到日光崖之前就已經過去了。」

「今天上午你見到任何人乘船或木筏嗎？」

「沒有，我想我沒見到。當時我正在看書，當然我偶爾會抬起頭，不過每次海面上都空無一人。」

「你甚至沒注意到雷德佛先生和布魯斯特小姐划船過去嗎？」

「沒有。」

「我想你是認識馬歇爾先生的，對吧？」

「馬歇爾上尉是我們家的一位老朋友。我們兩家曾經比鄰而居。不過，我已經有很多年沒見過他了——大概有十二年之久。」

「那麼馬歇爾夫人呢？」

「來此地之前，我從未與她說過半句話。」

「你認為馬歇爾夫婦兩人的關係好嗎？」

「我認為很好。」

「馬歇爾上尉忠於他的妻子嗎？」

羅莎美說：「或許吧，對於此事我無可奉告。馬歇爾上尉是個老派的人，他還不習慣將婚姻生活中的不幸大肆渲染。」

「那麼，譚利小姐，你喜歡馬歇爾夫人嗎？」

「不喜歡。」

譚利小姐很平靜，她輕聲簡短的回答直表事實。

「為什麼？」

她的嘴唇上浮現出一絲微笑。

「我想你們應該已經發現阿倫娜．馬歇爾不受同性歡迎。她討厭別的女人，而且對此毫不掩飾。但我很欣賞她的服飾打扮，在這一點上她有著相當不錯的稟賦，她的穿著總是很得體、很漂亮。我真希望她能成為我的客戶。」

「她在服裝上有很大的開銷嗎？」

「必定如此。只是她自己很富有，而且馬歇爾上尉也很有錢。」

「譚利小姐，你是否曾聽說，或者你是否曾想到，有人在敲詐馬歇爾夫人？」

譚利小姐的臉上出現了一種大為震驚的神色。

「敲詐？阿倫娜？」

「這個想法似乎令你很震驚。」

「噢，是的。這太不可思議了。」

「不過，這是完全有可能的，是不是？」

「什麼事都有可能，不是嗎？生活告訴了我們這項真理。但我仍然奇怪為何阿倫娜會遭人敲詐？」

「我想她可能有一些不想讓丈夫知道的祕密吧。」

「呃，是的。」羅莎美的回答充滿了懷疑。她微笑著解釋道：「我對此頗有疑問，因為阿倫娜早已是臭名遠播，她也從不想去假扮良家婦女。」

「那麼你認為她丈夫已經知道她在與別人偷情嗎？」

羅莎美皺眉思索了片刻，最後用一種緩慢且不太情願的語調說：「我真不知道該怎麼想了。我一向認為，肯尼斯．馬歇爾已經接受了他妻子的一切，也不再對她抱有任何幻想。但也許情況並非如此。」

「也就是說，他完全信任她？」

羅莎美帶著些許怒氣說道：「男人真是傻瓜。肯尼斯．馬歇爾外表很老練，內心卻很幼稚，他也許是盲目地信任她，也許會認為那只是男人們在……仰慕她。」

「你聽說過誰對馬歇爾夫人心懷不滿嗎？」

羅莎美仍然微笑著說：「對她不滿的只有那些憤怒的妻子。但我認為，既然她是被勒死的，那麼，應該是一個男人殺了她。」

「是的。」

譚利小姐思索著說：「我不知道誰有可能恨她恨到這種地步，也許這是因為我跟她並不熟。你們應該問她那些至親好友。」

「謝謝你，譚利小姐。」

她在椅子裡轉動了一下身體，問道：「難道白羅先生沒有問題要問嗎？」

她用略帶嘲諷的笑容瞥了一眼白羅。

白羅也微笑著搖搖頭說：「我想不出有什麼問題。」

羅莎美．譚利站起身來，走了出去。

／08

他們站在阿倫娜．馬歇爾生前的臥室裡。

兩扇面向海灣的落地窗直通陽台，俯瞰著海水浴場的海灘和遠處的大海。陽光直瀉入屋內，使梳妝台上那些令人眼花撩亂的瓶瓶罐罐閃著耀眼的光芒。

這裡有著美容沙龍裡所有的化妝品和護膚品。就在這濃郁的閨房氣息中，三個男人四處搜尋著。柯蓋特檢察官走來走去，將抽屜拉開又關上。

突然他咕噥了一聲，原來他發現一盒疊著的信。於是韋斯頓和他一起開始研究這些信的內容。

這時白羅已經走到了衣櫃前。他打開衣櫥的門，看著堆在裡面各型各款的外衣和運動衣。然後又打開另一邊的門，下面堆放著幾件透明內衣，上面的一個寬架子上則放著帽子。

其中有兩頂紙板帽，一頂亮紅，一頂淺黃；一頂碩大的夏威夷草帽，一頂邊緣下垂的深藍色亞麻帽；此外還有三、四頂稀奇古怪難以形容的帽子，它們無疑都價值不菲——一頂深藍的貝雷帽，一頂黑色的天鵝絨帽，一頂淺灰色的頭巾式無邊帽。

白羅掃視著這些東西，一絲不易察覺的微笑浮上了他的嘴唇。他咕噥著：「唉，女人啊！」

韋斯頓上校將那些信件重新摺疊起來。

「三封是雷德佛寫的，」他說，「可憐的小傻瓜。再過幾年他就會知道千萬不能給女人寫信。女人總是把信留著，卻發誓說信都燒掉了。這兒還有一封信。」

他把這封信遞給了白羅。

親愛的阿倫娜！啊，我太傷心了。去了中國以後，可能好長一段時間都見不到你了。沒有其他男人會像我那樣愛你。謝謝你的支票。他們不會再對我起訴了。

這次能夠脫險真是萬幸。起因就是我想為你多賺點錢。你可以諒解我嗎？我想將鑽石戴在你的耳朵上……你那可愛的耳朵上；將奶白色的珍珠串在你的頸子上，只是聽說現在珍珠已經不流行了。要不來一塊巨大的綠寶石？對，這個主意不錯，一塊大大的綠寶石，泛著冷冷的綠光，充滿激情卻隱而不露。別忘了我——你不會的，我知道。你是我的——永遠都屬於我。

再見了，再見了，再見了。

JN

柯蓋特說：「要是我們能知道這位JN是否真去了中國，可能會對我們的案子有所幫助。否則……呃，他很可能是我們正在找的人。他瘋狂地愛著阿倫娜，視她為偶像，卻突然發現他被當成傻瓜玩弄了。JN很可能就是布魯斯特小姐提到的那個人。我認為這是一條有價值的線索。」

白羅點點頭說：「的確，這封信很重要，我發現它相當重要。」

他轉過身，凝視著整個房間——梳妝台上的瓶瓶罐罐、開著門的衣櫥，以及一個體積龐大、慵懶地躺在床上的小丑娃娃。

之後他們進了肯尼斯．馬歇爾的房間。這個房間要小得多，與阿倫娜的房間比鄰，可是中間既無門也無陽台可以相連。兩間房間的方向一樣，丈夫的房間也有兩扇窗戶，窗戶中間的牆上掛著一面鑲金邊的鏡子。右窗過去的角落裡放有一張梳妝台，上面擱著兩把象牙刷子、一把衣刷和一瓶髮油；左窗邊的角落裡則是一張寫字檯，上面有一台開著的打字機，旁邊有一疊紙。

柯蓋特迅速翻著這些紙，說道：「看上去都沒問題。啊，這是他曾經提到過的那封信，日期是二十四號，是昨天。這是蓋有今天上午皮帶峽灣郵戳的信封。看起來沒什麼不對。現在我們得查查看他是否可能事先就準備好回信。」

他坐了下來。

韋斯頓上校說：「這件事暫時就交給你了。我們要很快地把房間其餘部分搜查一下。從案發後到現在，所有的人都不能到這個走廊上來，對此他們已經有點不滿了。」

他與白羅一起走進了隔壁琳達的房間。這間房間朝東，窗下是岩石和一望無際的大海。

韋斯頓迅速地環顧一下四周，嘟囔著：「我覺得這兒沒什麼可看的。不過馬歇爾可能把某些東西藏在女兒的房間裡，以免被我們發現。但是這種可能性不大。似乎也沒有什麼要銷毀的武器或其他東西。」

說完他就出去了。

白羅仍然待在房裡。他在壁爐裡發現了不久前剛被焚燒的某樣東西，這一發現激起了他的興趣。他跪了下來，極有耐心地將他的發現放在一張紙上，這是一大團形狀不規則的蠟燭油、一些綠色紙張或紙板的碎片——有可能是一頁撕下的日曆，因為一塊未被燒毀的紙片上有一個大大的「5」和一些殘缺不全寫著「高尚的行為」的印刷字體。還有一枚普通的大頭針，以及一些大概是頭髮燃燒後留下的灰燼。

白羅把這些東西整齊地排成一行，盯著它們，咕噥著：「表現高尚的行為，而不是整日耽於夢想。這是可能的。不過弄這些東西的人，目的何在呢？真令人想不通。」

他拿起大頭針，突然間，他的綠眼睛變亮了。他低低地自言自語道：「我的天哪！這有可能嗎？」

白羅從壁爐旁站了起來。

慢慢地，他環視著整個房間，臉上的表情變得愈來愈嚴峻。

壁爐架的左邊是幾個架子，上面擺著一些書。白羅滿腹心事地看著上面的書名。

一本聖經、一本破舊不堪的莎士比亞戲劇集，還有一本漢佛萊·沃德夫人寫的《威廉·艾許的婚姻》、夏洛特·楊的《年輕的繼母》和《希羅普郡的年輕人》、艾略特的《大教堂謀殺案》、蕭伯納的《聖女貞德》、瑪格麗特·米契爾的《飄》，以及狄克森·卡爾的《燃燒的庭院》。

白羅抽出了其中兩本——《年輕的繼母》和《威廉·艾許的婚姻》，翻開來，看了看標題頁上模糊不清的印章。正要將這兩本書放回去，一本塞在書後的小冊子躍入了他的眼簾。這本厚厚的小冊子有著棕色小牛皮的封面。

他拿出了這本書，打開來看著，同時慢慢點著頭，喃喃自語道：「那麼我先前的猜想是正確的了……是的，我是對的。可是，另一半——那也是有可能的嗎？不，除非……」

他一動也不動地站在那裡，撫摸著唇上的小鬍子，滿腦子都在思索著這個問題。

他再一次地柔聲低語道：「除非——」

§

韋斯頓探頭向房間內看了看。

「嗨，白羅，你還在這裡呀？」

「來了，來了！」白羅叫道。

他急步走出了房間，來到了走廊上。

琳達隔壁就是雷德佛夫婦的臥室。

白羅朝裡看去，映入眼簾的是兩種相反性格的融合——桂絲帝娜的井井有條和派屈克那情趣橫生的雜亂無章。除此之外，一切都激不起白羅的興趣。

再隔壁是譚利小姐的房間。白羅在這裡逗留的片刻，完全用來欣賞主人那極富魅力的個性。

床邊的桌上放著幾本書；線條簡潔的梳妝台透著一絲高貴，上面陳列的瓶瓶罐罐，價格必定比一般行情高出許多倍。空氣中隱約飄散著一種譚利小姐慣用的昂貴香水氣味。

譚利小姐的房間旁邊，在走廊的北端，是一扇敞開的落地窗，它通向陽台，陽台外有一座樓梯，沿著樓梯可到達下面的礁石。

韋斯頓說：「早餐前人們就是從這兒下去洗海水浴的，當然，如果他們準備在礁石邊進行海水浴的話。其實，大多數人都有這一習慣。」

白羅很感興趣地走了出去，向下看著。

下面樓梯口處有一條小道向海邊蜿蜒盤旋，小道兩邊布滿礁石。另外一條小道則繞過飯店向左側延伸開去。

白羅說：「人們可以從這裡的樓梯下去，向左繞過旅館，然後走到與棧橋相連的大路上去。」

韋斯頓點點頭，把白羅的話又誇張地強調了一遍。

「一個人可以直接穿越小島，而不必經過飯店。」他又補充了一句：「不過，他有可能會被人從窗戶裡看見。」

「什麼窗戶？」

「兩個朝北的公共浴室，旅館工作人員的浴室以及一樓的衣帽間，還有彈子房。」

白羅點點頭說：「不過，前面所有房間的窗戶都使用磨砂玻璃；而在一個星空皎潔的夜晚，人們多半不會去彈子房打撞球。」

「正是如此。」

頓了一下，韋斯頓又說：「要是他殺了人，他走的就是這條路。」

「你是指馬歇爾上尉嗎？」

「是的。無論是否有敲詐一事，我仍然覺得他的嫌疑最大。畢竟，娶了這樣一位妻子，他的處境十分不堪。」

白羅語調平淡地說：「也許吧。不過，不堪還不足以構成謀殺的動機。」

韋斯頓問：「那麼你認為他是清白的嗎？」

白羅搖搖頭，說：「不，我還不能下此結論。」

韋斯頓說：「我們先看看柯蓋特查證打字證據的結果如何。同時，我已讓這層樓的客房女服務生等候接受詢問。她的證詞將會很有幫助。」

那位客房女服務生是一位三十歲左右的女人，快人快語，善解人意，工作效率頗高。她很爽快地提供了一大堆證詞。

十點半剛過一會兒，馬歇爾上尉就上樓進了房間。那時候，她就快要打掃完房間了。他請她盡可能加快速度。後來，她沒有親眼看見他再回來，不過，一會兒她就聽到了打字機的聲音。那時大約是十點五十五分。然後她進了雷德佛夫婦的房間，打掃完那兒之後，她又去了走廊盡頭譚利小姐的房間，在那兒她就聽不到打字機的聲音了。她說，十一點剛過，她就去了譚利小姐的房間，因為她記得當時聽到了皮帶峽灣教堂的鐘聲。十一點十五分，她下樓去喝茶吃點心，這些通常是在十一點進行的。然後她又去打掃旅館另一側的房間。

為了回答韋斯頓上校的問題，她說明了打掃這條走廊上各個房間的順序：琳達．馬歇爾的房間、兩個公共浴室、馬歇爾夫人的臥室和私人浴室、馬歇爾上尉的房間，然後是雷德佛夫婦的臥室和私人浴室、譚利小姐的臥室和私人浴室，以及與馬歇爾上尉和琳達的房間都不相連的浴室。

她在譚利小姐那兒打掃時，沒有聽到任何人走過或沿樓梯走下去的聲音，不過如果有人腳步很輕地走過去，她很有可能聽不到。

韋斯頓就馬歇爾夫人的問題開始提問。

「啊，不，馬歇爾夫人通常起床很晚。」

這位名叫葛蕾蒂．納拉科特的女服務生說，她很驚訝地發現，十點剛過，馬歇爾夫人的房門就打開了，而她已下樓去了。這件事很不尋常。

「馬歇爾夫人總是在床上吃早餐嗎？」

「噢，是的，一向如此。不過她吃得不多，只喝茶、果汁和吃一片烤麵包。像許多女士一樣，她在節食。」

那天早晨，她並未發現馬歇爾夫人的態度有什麼異常，與平常都一樣。

白羅問了一句：「你對這位馬歇爾夫人有什麼看法？」

葛蕾蒂瞪著白羅，說：「嗯，我很難回答這個問題，先生。」

「噢，是的。不過你必須回答這個問題，我們很希望了解你對她的印象。」

葛蕾蒂有些不自在，她瞟了一眼警察局長，後者正試圖做出一副同情和鼓勵的表情——儘管白羅問話的方式使他有些窘迫。不過，韋斯頓還是附和著白羅的要求說：「呃，是的，說吧。」

一向爽快精明的葛蕾蒂語無倫次起來。她摸著身上的花布衣服，吞吞吐吐地答道：「嗯，馬歇爾夫人……她不能算是一位淑女。我是說，她更像個演員。」

韋斯頓上校說：「她的確曾是一位演員。」

「是的，先生，我正是這個意思。她一向我行我素，從不管……嗯，如果她不想對你有禮貌的話，她就直截了當地表現出來。前一分鐘她還是滿臉笑容，然後她找不著東西了，或者她按鈴沒有立即得到回應、她送洗的衣服還沒送回來，她就能在片刻之間大發雷霆。我們沒有一個人喜歡她。不過，她的衣服都很漂亮，人也長得很美，所以有人仰慕她是很自然的事。」

韋斯頓上校說：「下面我要提的問題可能很不得體，不過我還是必須問你，因為這事關重大，你能告訴我她與她丈夫的關係如何嗎？」

葛蕾蒂遲疑片刻，說：「你不會是認為……嗯，認為是她丈夫殺了她吧？」白羅迅速地反問：「那你的看法呢？」

「我才不會這樣想呢！馬歇爾上尉是一位彬彬有禮的紳士。他絕對不會幹這種事，我敢肯定。」

「其實你並不是很肯定，從你的聲音中我聽出來了。」

葛蕾蒂很不情願地說道：「報紙上總有這樣的事——因妒生恨。大家都在說，她與雷德佛先生之間有姦情。可是，雷德佛夫人是那麼嫻靜善良的女士！發生這種事真是太糟糕了！雷德佛先生也是一位好人，可是遇上馬歇爾夫人這種女人——這種人總是為所欲為，男人多半控制不住自己，這時，妻子們便不得不委曲求全。」她嘆口氣，又說：「不過，要是馬歇爾上尉知道了這件事——」

韋斯頓上校急忙追問：「那會怎麼樣呢？」

葛蕾蒂慢慢答道：「有時我覺得馬歇爾夫人很怕丈夫知道這件事。」

「為什麼你會這麼說？」

「事實未必如此，我只是有這種感覺而已。馬歇爾上尉是個很沉默的人，可是他並不……他並不是個唯唯諾諾的老好人。」

韋斯頓仍然窮追不捨。

「你有沒有比較確定的線索可以告訴我們？比如說他們倆之間的交談？」

葛蕾蒂慢慢搖了搖頭。

韋斯頓嘆口氣，繼續問道：「那麼，關於今天早上馬歇爾夫人收到的信件，你能給我們提供點訊息嗎？」

「大概有六、七封吧，我記不清楚了。」

「是你把信送到她那裡去的嗎？」

「是的，先生。像往常一樣，我從郵局取回信，把她的信放在早餐的托盤上。」

「記得這些信的外觀嗎？」

葛蕾蒂搖搖頭。

「那些信件樣子都很普通。我想，其中有幾封可能是帳單和傳單，因為當時馬歇爾夫人把它們撕碎了扔在托盤上。」

「那些撕碎的東西呢？」

「扔到垃圾箱了。有一位警察正在檢查。」

「那麼廢紙簍裡的東西呢？」

「也在垃圾箱裡。」

韋斯頓說：「唔，我認為可以到此為止了。」他用詢問的眼光看著白羅。

而白羅則傾身向前。

「今天早上你打掃琳達．馬歇爾小姐的房間時，清掃過壁爐嗎？」

「壁爐沒有什麼好掃的，先生，因為沒有生過火。」

「壁爐裡面一無所有嗎？」

「沒有，先生，裡面什麼也沒有，乾淨極了。」

「你什麼時候打掃她的房間？」

「九點十五分左右，那時她下樓去吃早餐了。」

「你知道她飯後是否回房了嗎？」

「她在九點四十五分回了房間，先生。」

「然後她就一直待在房間裡嗎？」

「我想是的，先生。然後，就在接近十點半的時候，她匆匆忙忙地出來了。」

「你沒有再進她的房間吧？」

「沒有，先生，因為我已打掃完她的房間了。」

白羅點點頭，又問道：「還有件事我想了解一下。今天早上有哪些人在早餐前去洗海水浴了？」

「我不清楚飯店另一側以及樓上的客人怎麼樣，我只知道這兒幾位房客的情形。」

「我想了解一下。」

「噢，我想，今天早上只有馬歇爾上尉和雷德佛先生去過，他們總是很早就下樓去洗海水浴。」

「你看見他們了嗎？」

「沒有，先生。不過，像平常一樣，他們溼淋淋的泳褲掛在陽台的欄杆上。」

「琳達・馬歇爾小姐今天上午沒去游泳嗎？」

「沒有，先生。她所有的泳裝都是乾的。」

「啊，」白羅說，「夠了，我就想知道這些。」

葛蕾蒂又自告奮勇地加了一句：「不過，大部分的早晨她會去游泳，先生。」

「那麼其他三位呢？也就是譚利小姐、雷德佛夫人和馬歇爾夫人怎麼樣呢？」

「馬歇爾夫人從來沒有過，先生；譚利小姐大概去過一兩次吧；雷德佛夫人除非是天氣太熱，不然一般不在早餐前去洗海水浴，她今天早上就沒去。」

白羅又一次點點頭，說：「你是否注意到有個房間裡丟了一個瓶子？」

「一個瓶子？什麼樣的瓶子？」

「很不幸，我不知道。不過你是否注意到——或者你是否有可能注意到——是不是有個瓶子丟了？」

葛蕾蒂很直率地答道：「要是馬歇爾夫人的房間少了一個瓶子，我一定注意不到，因為她那兒瓶瓶罐罐實在太多了。」

「其他房間呢？」

「譚利小姐的房間要是少了個瓶子，我不敢保證我會注意到，因為她也有很多各式各樣的化妝品。如果是其他房間，我就會注意到，先生。啊，我的意思是說，如果我特別去注意的話。」

「但是，實際上你並沒有注意到，是不是？」

「是的，因為我沒有特別去看。」

「那麼現在你去看一下吧。」

「好的，先生。」

她走了出去，身上的花布衣服沙沙作響。

韋斯頓看著白羅問道：「這究竟是怎麼回事？」

白羅說道：「唉，我的思路被這些細枝末節搞得亂七八糟。今天早上，布魯斯特小姐早餐前在岩石邊洗海水浴時，有個瓶子從上面扔下來，差點兒打著了她。我想知道是誰扔了那個瓶子，為什麼要扔那個瓶子。」

「我親愛的白羅呀，任何人都可以將一個瓶子扔出去的啊。」

「不！首先，它可能是從旅館東側的某個窗戶——我們剛才檢查過的某個窗戶——扔下去的。我問你，如果你的梳妝台上或是浴室裡有個空瓶子，你會如何處理它呢？你應該會把它扔在垃圾桶裡。而不會多此一舉地特地走到陽台上，把它丟到海裡去！這樣做很有可能會砸到人，也太麻煩了。只有當你不願意讓其他人看到這個特別的瓶子時，你才會將它扔進大海。」

韋斯頓盯著白羅說：「不久前，我在一次辦案過程中遇到了傑派探長，他老說你的腦子裡充滿了不可思議的怪念頭。你總不會告訴我說，阿倫娜．馬歇爾不是被勒死，而是被一個小瓶子裡裝的神祕毒藥毒死的吧？」

「不，我並不認為那個瓶子裡有毒藥。」

「不然有什麼呢？」

「我不知道。正因如此，我才對它感興趣。」

葛蕾蒂回來了，她氣喘吁吁地說：「對不起，先生，我沒發現遺失什麼東西。我確定馬歇爾上尉的房間什麼也沒少，琳達．馬歇爾小姐、雷德佛夫婦以及譚利小姐的房間也沒丟東西。不過，馬歇爾夫人的房間怎麼樣，我就沒有把握了。我說過，她的瓶瓶罐罐實在是太多了。」

白羅聳了聳肩膀，說：「沒關係，就這樣吧。」

葛蕾蒂問：「還有事嗎，先生？」她一邊說，一邊看著這兩個男人。

韋斯頓說：「我想沒什麼事了，謝謝你。」

白羅說：「我也要謝謝你。不過，你確定你已經把所知的一切都告訴我們了嗎？有沒有漏掉什麼細節？」

「是有關馬歇爾夫人的事嗎，先生？」

「任何事情，任何不尋常、莫名其妙、稀奇古怪的事情。也就是說，遇到這種事，你會忍不住告訴自己或同事：『真奇怪！』」

葛蕾蒂狐疑地說：「嗯，不過，這件事不是你所指的那種事，先生。」

白羅說：「別管我指的是什麼，你也不會知道我到底在指什麼。你是真的曾對自己或同事說『真奇怪』，對不對？」

這三個字白羅說得怪腔怪調，令人啼笑皆非。

於是葛蕾蒂說：「其實不算什麼事。只是一件有關洗澡的問題。而且，我的確曾對樓下的艾爾西說過：『真奇怪，竟然有人十二點鐘還在洗澡。』」

「是誰？誰十二點還在洗澡？」

「這我就不知道了，先生。我聽到這一側客房內有水流的聲音，於是我就對艾爾西說了那三個字。」

「你確定那是有人在洗澡而不是洗手嗎？」

「我確定，先生。放洗澡水的聲音是不會與其他聲音混淆的。」

白羅表示不需要再多留她了，於是他們放葛蕾蒂．納拉科特離去。

韋斯頓說：「你該不會以為這是一個關鍵問題吧，白羅？我的意思是說，這個問題不能提供我們有價值的線索。因為這起案子裡又沒有血跡或者其他東西要沖洗。這就是——」

他猶豫了。

白羅插了進來。

「你是要說，這就是勒死人的好處！沒有血跡，沒有武器，沒有要銷毀、要藏匿的東西。所需的一切不過是體力……還有行凶的本能。」

他的語氣過於猛烈而嚴厲，韋斯頓竟不由得震了一下。

白羅滿臉歉意地笑望著他，說：「啊，也許這個問題並不重要。誰都可以洗澡。比如說，雷德佛夫人去打網球之前會洗個澡，馬歇爾上尉和譚利小姐也是如此。誰都有可能。因此，這個問題並不重要。」

一個警察敲了敲門，把頭探了進來。

「先生，譚利小姐說，她要再見你們一次。她說她忘了告訴你們一件事。」

韋斯頓說：「我們馬上就來。」

§

他們第一個見到的人是柯蓋特。他的情緒似乎很消沉。

「請等一會兒，先生們。」

韋斯頓和白羅跟著他進了卡梭夫人的辦公室。

柯蓋特說：「我剛才與海爾德調查了打字一事。沒有半點可疑之處，那些信沒有一小時一定打不完。要是得不時停下來思考，還需要更長時間。我看，這個問題可以到此為止了。請看一下這封信。」

他把信遞了過來。

我親愛的馬歇爾：

很抱歉打擾了你的假期。但是，關於和「伯利暨坦德」的合約，出現了我們完全沒有預料到的情況……

「等等，等等，」柯蓋特沒有接著唸下去。「這封信的日期是二十四號，也就是昨天。信封上有昨天由倫敦東部中央郵區發出的郵戳，和今天早上皮帶峽灣收到的郵戳。信封上與信裡的字是同樣的打字機打出來的。從信的內容來看，馬歇爾絕對不可能事先準備好回信，因為許多數字是根據這封信裡的數字算出來的——計算的方法相當複雜。」

韋斯頓也很沮喪。

「唔，馬歇爾的嫌疑似乎可以排除了。我們得轉移目標。」他又補充道：「我必須見一下譚利小姐，她正等著呢。」

羅莎美腳步輕快地走了進來，微笑中帶著點抱歉的意味，她說：「我太抱歉了，也許這事不值一提。人有時就是如此健忘。」

「是什麼事，譚利小姐？」

韋斯頓指著一張椅子請她就座。她晃了晃她那梳理得很漂亮的滿頭黑髮。

「噢，我不用坐了，這事很簡單，我曾經告訴你們，今天上午我一直待在日光崖上。其實，這麼說並不準確，我忘了，上午我曾回過飯店，然後再回去日光崖。」

「那是在什麼時間，譚利小姐？」

「應該是在十一點十五分。」

「你是說你回了飯店嗎？」

「是的，因為我忘了帶太陽眼鏡。一開始我覺得無所謂，可是後來我的眼睛開始有點疲勞，於是我決定回去拿。」

「你是直接回到房間，拿了東西就出來嗎？」

「是的。我順便去看了一下肯恩……就是馬歇爾上尉。我聽到了他在打字的聲音，覺得他真是太愚蠢了，竟然浪費這樣美好的時光，把自己關在房間裡打字。我想，我必須叫他出來才行。」

「那馬歇爾上尉怎麼說呢？」

羅莎美有點羞愧地笑了。

「嗯，我打開門的時候，他正全力以赴地在打字。他皺著眉，看上去非常專注，於是我只好悄悄地走開了。我覺得他根本就沒有看見我進去。」

「譚利小姐，那是在什麼時候？」

「剛剛十一點二十分。離開飯店時我看了一下大廳裡的鐘。」

§

「這樣一來，馬歇爾上尉的不在場證明就更加無懈可擊了。」柯蓋特警官說，「女服務生聽見他在十點五十五分還在打字，譚利小姐在十一點二十分又看見了他，他自己則說他花了整整一小時在房裡打字。馬歇爾上尉的嫌疑被徹底排除了。」

他停了下來，好奇地看著白羅，問道：「白羅先生的表情如此嚴肅，是否在考慮什麼問題嗎？」

白羅思索著答道：「我在想譚利小姐為什麼會突然自告奮勇地提供這項證據。」

柯蓋特很警惕地抬起了頭。

「你是不是覺得這事有點蹊蹺？這不僅僅是一個『遺忘』的問題，是不是？」

考慮片刻之後，他不疾不徐地說道：「各位，我們得這樣來看待這個問題。假定譚利小姐在說謊，也就是說，今天上午她並沒去日光崖。再假定她說了這個謊以後，發現有人在別處看見過她，或者是有人去了日光崖，卻並未看見她，於是她又迅速編了一個故事，跑來告訴我們，說她有一段時間並不在日光崖上。請注意，她很小心，因為她說她朝馬歇爾上尉的房間裡看的時候，上尉並沒有看見她。」

白羅回答：「是的，我也注意到這一點。」

韋斯頓疑慮重重。

「難道你們是說，譚利小姐也捲入這起案件中了嗎？簡直是胡說，這太荒謬了，她怎麼會與這件事有關呢？」

柯蓋特咳嗽了一下，說：「回想一下，你們應該還記得那位美國女士……就是加德納夫人……曾經說過的話吧。她看起來像是在暗示，譚利小姐深愛著馬歇爾上尉。這樣不就有了動機嗎？」

韋斯頓的態度很不耐煩。

「馬歇爾夫人不是被一個女人謀殺的，我們要找的凶手是個男人，我們應該把注意力集中在與這件事有關的男人身上。」

柯蓋特嘆息了一聲，說：「是的，最終我們總會回到這點上，不是嗎？」

韋斯頓接著說道：「我們最好派一個警察實地測量這幾件事各自需要的時間。一個是從旅館出發，穿越小島，然後到達那座梯子頂部。讓他跑一次再走一次，再測一下上下梯子的時間。還得找個人測量乘木筏從海水浴場到匹克斯角的時間。」

柯蓋特警官點點頭。

「我會負責這些事。」他很有自信。

韋斯頓說：「現在我要去匹克斯角看看菲利普有什麼發現。還有一探那耳聞已久的匹克斯洞，看看是否有人在裡面等待過的痕跡。喂，白羅，你覺得怎麼樣？」

「總之我們得盡一切努力，這畢竟也有可能。」

韋斯頓說：「要是有外人偷偷上島，這會是一個理想的藏身之地——當然此人得事先知道有這個洞穴。我想，當地人應該知道這個地方吧？」

柯蓋特說：「我覺得年輕的一代不會知道。你們看，自從這家旅館開業以來，這些小海灣就成了私人產業。漁民們不去，舉行野餐會的人也極少涉足此地，飯店的人又並非當地人，比如說，卡梭夫人就是個倫敦人。」

韋斯頓說道：「我們可以帶上雷德佛，是他告訴我們的。白羅先生，你要去嗎？」

白羅猶豫不決地用那外國腔調答道：「我和布魯斯特小姐、雷德佛夫人一樣，不喜歡走下過陡的梯子。」

「那麼你可以坐船過去。」韋斯頓說。

誰知白羅又嘆了口氣。

「可是我的胃一到了海上就給我找麻煩。」

「別找藉口了，老兄。今天天氣很好，風平浪靜。你可不能讓我們失望。」

面對這種英國式的懇求，白羅的表現近乎無動於衷。就在此刻，卡梭夫人那貴氣十足的臉龐頂著複雜的髮型在門口出現了。

「我誠摯地希望沒有打擾你們，」她說，「不過，萊恩牧師剛剛回來了。我想這個消息大概對你們有用。」

「啊，是的，謝謝你，卡梭夫人。我們立刻就會見他。」

卡梭夫人又往裡面走了一點，說：「我不知道有件事值不值得提，不過有人說，即使是最小的事情也不應該忽視——」

「對。什麼事？」韋斯頓有點等不及了。

「只是這樣一件事，一點鐘時，有一位女士和一位先生從外地來到這裡。他們要吃午餐。我們告訴他們，因為此地發生了一起事故，所以暫時不供應午餐。」

「你知道他們是誰嗎？」

「不知道，因為他們沒有留下姓名。聽說沒有午餐，他們有些失望，此外，對這起事故還表現了相當的好奇心。當然，我什麼也不能告訴他們。我想他們應該是屬於上流社會的夏日遊客。」

韋斯頓似乎更不耐煩了。

「嗯，好吧，謝謝你告訴了我們。這個線索很可能無關緊要，不過，呃，的確應將每件事牢記心中。」

「那當然，」卡梭夫人說，「我真心希望能確實履行我的職責！」

「當然，當然。現在，叫萊恩先生來吧。」

§

史蒂芬・萊恩像往常一樣，精力十足地大踏步走進房間。

韋斯頓首先發問：「我是本地的警察局長，萊恩先生。我想你已經知道這兒發生的事故吧？」

「噢，是的，是的，我一到這兒就聽說了。可怕……太可怕了……」他瘦削的身子顫抖了一下，低聲說：「自從我到此地以後，一直意識到——非常深刻地意識到——一種近在眼前的邪惡力量。」

他的眼睛——一雙被渴望燒得通紅閃亮的眼睛——轉向了白羅。他問道：「你還記得吧，白羅先生，幾天前我們曾就邪惡展開過一場討論？」

韋斯頓略帶迷惑地打量著這位又高又瘦的牧師。他發現，要看透此人很難。萊恩的目光又回到了他身上。這位牧師帶著一絲笑意說道：「我敢說這一定令你覺得不可思議，先生。現代人已不再相信邪惡的存在了。地獄之火、魔鬼等等已從人們的信念中消失了！但是到了今天，撒旦和其使者的威力才真正達到了登峰造極的地步。」

「嗯，也許吧，萊恩先生，這是你的專門領域。而我的領域——將一起謀殺案查個水落石出——卻是平淡而且實在許多。」韋斯頓說。

萊恩說：「多麼可怕的字眼——謀殺！這是人世間最早的罪惡之一——殘酷地殺戮自己的親兄弟，造成血流成河的悲慘景象……」頓了一下，他半閉住雙眼，然後鎮定了一下，換了一種比較正常的聲音，問道：「我要如何幫助你們呢？」

「首先，萊恩先生，你可以告訴我們你今天的行蹤嗎？」

「當然可以。我很早就出門進行例行散步。我喜歡走路。這附近的大部分鄉村都讓我走遍了。今天我去的是考姆比的聖派特洛克，那兒離此地有七英里。這一段路蜿蜒曲折，要穿過德文郡的許多小山和山谷，走起來很愉快。我帶了些食物，在一個小樹林裡吃了午餐，還去參觀了教堂，那裡有一些遺跡，嗯，也不過是早期玻璃製品的殘骸，此外還有一幅畫面很有趣的屏風。」

「謝謝你，萊恩先生。你在路上遇到什麼人了嗎？」

「有，但沒有交談。一輛馬車、幾個騎自行車的男孩、幾頭牛先後從我身邊經過。不過，」他微笑著補充道，「如果你們需要證據的話，可以去教堂的登記簿上找，我在那上面寫上了我的名字。」

「難道在教堂裡你也沒遇見任何人嗎？比如說，牧師或守衛等人？」萊恩搖了搖頭，說：「沒有，附近空無一人，我是唯一的遊客。聖派特洛克本身就是個很偏僻的地方，而我去的那個村子還得往裡面再走半哩地。」

韋斯頓上校很快活地說：「你不必以為我們，嗯……在懷疑你所說的話，這只是一個例行程序，你知道的，對每個人都要詢問一下。我們必須一絲不苟地執行規定。」

萊恩輕輕答道：「噢，是的。我能理解。」

韋斯頓接著又說：「那麼來看看下一個問題。你知道什麼對我們有用的線索嗎？比如說，關於死者的事情，或者任何能幫助我們破案的線索？」

萊恩答道：「我什麼也沒聽到，只能告訴你們，第一眼見到阿倫娜・馬歇爾時，直覺就告訴我，她是罪惡的中心。她就是罪惡的化身！女人能成為男人生命中的良師益友，也能成為男人墮落的根源，她能使男人失去人性而變為野獸。死者就是這樣一種女人，她能將男人所有卑劣的天性激發出來。她就是現代的傑麗貝、愛赫麗巴[5]，現在，現在她終於被擊倒在她的邪惡裡了！」

白羅動了一下，說：「不是被擊倒……是被勒死！一雙屬於人類的手勒死了她，萊恩先生。」

萊恩牧師的雙手也顫抖了。他的手指扭曲著、抽動著。然後，他以一種低沉而壓抑的嗓音說道：「太可怕了，太可怕了。難道你就不能換種說法嗎？」

白羅答道：「這就是事實。萊恩先生，你知道這雙手是誰的嗎？」

萊恩機械地搖著頭，喃喃說道：「我一無所知，一無所知……」

韋斯頓站了起來。他瞥了一眼柯蓋特，後者微微點了點頭。於是韋斯頓說：「呃，現在我們必須動身去匹克斯角了。」

萊恩問：「那……那就是出事的地點嗎？」萊恩又結結巴巴地問道：「我，我可不可以和你們一起去？」

韋斯頓本想拒絕，可是白羅竟搶先同意了。

「當然可以，」白羅說道，「我們坐一條船去吧，萊恩先生。我們立刻就出發。」

5 傑麗貝（Jezebel）、愛赫麗巴（Aholibah）皆為聖經中惡名昭彰、淫蕩惡毒的女人。

09

今天已是派屈克．雷德佛第二次划船進入匹克斯角了。船上除了他之外，還有白羅——他臉色蒼白，痛苦地用一隻手頂著胃部；此外還有萊恩先生。韋斯頓走陸路，因為在路上耽擱了一會兒，所以他和小船同時到達海灘。一個警察以及一位便衣警官已經在海灘上了。船裡的三個人上岸後便走到他身邊，他正在詢問那位叫菲利普的便衣警官。

菲利普說：「我已經檢查了海灘上所有的地方，長官。」

「很好，有什麼發現嗎？」

「都在這裡了，長官。請您過來看一下。」

幾件物品整齊地鋪在一塊岩石上。一把剪刀、一個空金箔盒、五個瓶蓋、幾根用過的火柴、三段繩子、一兩張報紙的碎片、一塊被打碎的菸斗碎片、四粒釦子、吃剩的雞腿骨頭和一個裝防曬油的空瓶子。

韋斯頓讚許地看著這些東西。

「海灘上只找出這麼點東西，真是罕見。很多人似乎把海灘當成了垃圾場。從那滿是汙垢、模糊不清的標籤上看來。空瓶子在這兒應該有一段時間了，其他大部分東西也是如此；不過，剪刀是新的，閃閃發亮。它並未淋到昨天那場雨。你是在哪兒發現這把剪刀的？」

「就在梯子底部附近。還有這塊菸斗碎片也是在這兒找著的。」

「唔，很可能是上下梯子的人掉落的。關於物主，你有什麼線索嗎？」

「沒有，先生。這是一把很普通的指甲剪。菸斗是用上好的石南根製造而成的，非常昂貴。」

白羅思索著說道：「我想，馬歇爾上尉曾經告訴我們，他不知道自己把菸斗放到哪裡去了。」

韋斯頓說：「可是，馬歇爾的嫌疑已被排除了。畢竟，他並不是唯一抽菸斗的人。」

此刻，白羅正在觀察著史蒂芬・萊恩，後者將手伸向了口袋，又迅速抽了回來。於是，白羅語調輕快地問：「您也抽菸斗，是不是，萊恩先生？」

萊恩一驚，他看著白羅，答道：「噢，是的。菸斗對我而言，已經是不可或缺的朋友和伴侶。」

他又一次把手伸進了口袋，掏出菸斗，裝滿菸絲，點著了它。

白羅走到雷德佛的身邊。他的目光呆滯，喃喃低語道：「我真高興……她終於被弄走了……」

萊恩問道：「她是在哪裡被發現的？」

菲利普警官興致勃勃地答道：「就在你現在站的位置，先生。」

一聽此言，萊恩迅速地挪了開來，瞪視著自己剛剛站過的地方。

菲利普接著說：「從木筏停泊的地點看來，估計她到達的時間應在十點四十五分左右，她那時是順著潮水的方向划船。現在潮水的方向已經變了。」

「照片都拍下來了嗎？」韋斯頓問道。

「是的，先生。」

韋斯頓轉向雷德佛。

「老弟，現在請你告訴我們那個洞穴入口的位置。」

雷德佛仍然一動也不動地盯著萊恩站過的那個地方，在他眼裡，那具不復存在的屍體似乎仍躺在那裡。聽到韋斯頓的問話，他才如夢初醒，回到了現實世界。

他說了一句：「就在這裡。」然後便率先向一大堆看似搖搖欲墜的岩石走去，這一大堆石頭位於懸崖一側，堆積在一起，形成了一幅很怪異的畫面。他逕向兩塊大石頭走去，這兩塊並排立著的大石頭中間有一個極窄的縫隙。他說：「這就是入口。」

韋斯頓問道：「這裡？可是，一個人似乎很難從這裡進入呀！」

「只是看起來進不去，其實完全可以進去。」

韋斯頓小心翼翼地從那個窄縫擠了過去。它真的不像看上去的那麼狹窄。進到洞裡後，空間就陡地豁然開朗……這可是一個不小的祕密洞穴，人在裡面完全可以站直了身子，自由活動。

白羅和萊恩也相繼鑽了進來。韋斯頓警官留在外面。光線透過那個窄縫射了進來，菲利普還帶了一個電力強大的手電筒，肆意地照著洞內的一切，仔細地觀察著。

然後他評論道：「真是個得天獨厚的藏身之地。從外面看，怎麼樣也想不到裡面別有洞天。」

然後他又小心翼翼地用手電筒照著地面。白羅則蹙起了鼻子，嗅著洞內的空氣。

瞧見白羅這副樣子，韋斯頓說：「空氣相當新鮮，聞不到魚腥味或海草味。當然啦，這個洞穴比高水位還要高出許多。」

可是對白羅敏感的鼻子而言，這空氣就不只是新鮮了。這裡還有著某種氣味留下的殘跡。而白羅恰恰認識兩個人，她們就使用這種味道若有似無的香水……

韋斯頓關上了手電筒，說道：「我沒有發現這裡有異常的地方。」

白羅的視線轉向了離他頭頂上方不遠處的一塊突岩。他喃喃低語道：「不知道這塊石頭上面有什麼東西沒有？」

韋斯頓說：「要是那上面有東西，一定是有人放上去的。我們去看一看吧。」

白羅對萊恩說：「先生，我想您是我們當中身材最高的。我想冒昧地請您幫我們確認一下那上面是否有東西，好嗎？」

萊恩極力伸直身體，可是他仍然搆不到突岩的底部。後來他看到了石頭中間的一個小縫，於是他把腳尖插進去，單手扶壁，站直了，然後說：「這上面有個盒子。」

片刻之後，大家都從洞中出來，站在陽光下審視著萊恩先生的發現。

韋斯頓說：「小心！千萬不要太大意，因為這上面可能有指紋，破壞了指紋就糟了。」

這是一個深綠色的錫盒，上面寫有「三明治」的字樣。

菲利普說道：「我想這可能是野餐之後留下的東西。」

他用手帕打開了盒蓋。裡面有幾個小小的錫盒，上面分別標著鹽、胡椒、芥末，還有兩個大的方盒，顯然是裝三明治用的。菲利普揭開鹽罐的蓋子，發現裡面裝得很滿。他又打開了另一個小罐，說道：「唔，胡椒罐裡裝的也是鹽。」

芥末罐裡裝的同樣也是鹽。

他的臉龐突然換上了一副警惕的神色。接著他又打開了一個大方盒，裡頭仍然是水晶一般的白色粉末。

菲利普小心翼翼地將一個指頭伸到粉末裡蘸了蘸，然後用舌頭輕舔了一下那個指頭。

他的臉色大變，情緒激動地說：「這不是鹽。絕對不是！味道很苦！我感覺這似乎是某種毒品。」

§

「這已經是我們的第三個線索了。」韋斯頓上校會心地笑著說道。

此時，他們已回到了飯店。

韋斯頓接著又說道：「萬一這起案子還牽涉了某個販毒小組，那麼案情又出現了幾種可能。其一，死者很可能也是這個小組的成員。你們認為這個設想如何？」

白羅很謹慎地答道：「這是有可能。」

「她有可能是個吸毒者嗎？」

白羅搖頭答道：「對此我持保留態度。她情緒穩定，精神正常，充滿健康活力，沒有注射毒品的跡象（當然有些人並不是用皮下注射，而是藉由嗅聞毒品獲得快感）。我認為她並不是個吸毒者。」

「那麼，」韋斯頓說，「她可能是偶然之間撞見了這樁交易，被對方殺人滅口。我們很快就會知道那些東西究竟是什麼。我已經把它送到尼斯登那兒去了。要是我們偵破的真是一個販毒網，他們可絕對是一群鐵石心腸、殺人不眨眼的傢伙……」

他中斷了談話，因為門被推開，霍瑞斯．布拉特腳步輕快地走了進來。他的身體似乎很熱。擦去了額頭上的汗水之後，他那親切熱忱且震耳欲聾的大嗓門就充斥了這個小小的房間。

「我剛回來不到一分鐘就聽說出事了！你就是警察局長吧？大家都說你也來了。我叫布拉特，霍瑞斯．布拉特。要我幫什麼忙嗎？我想也許我幫不上什麼。因為今天我一早就乘船出去了，沒能親眼目睹這起犯罪事件。在這種僻靜的地方，生活永遠如一潭死水般波瀾不驚，終於有一天真出事了，但我卻不在。這就是生活，是不是？白羅，你也在這兒。剛才沒看見你，你也在調查這起案子嗎？噢，我想你一定會的，你是大名鼎鼎的偵探嘛。又要演出一場『福爾摩斯大鬥地方警察』嗎？哈哈！必定如此。看你們用各種令人意想不到的妙招破案，真是一種莫大的享受。」

布拉特先生終於在一張椅子上坐定了下來。他拿出一個菸盒，要請韋斯頓上校抽，韋斯頓只是搖了搖頭，微笑道：「我只抽菸斗。」

「我也喜歡菸斗。香菸我也能接受，不過，還是菸斗最棒。」

韋斯頓上校突然表現得親切起來，說道：「那麼把菸斗點起來吧，老兄。」布拉特搖了搖頭。

「我沒把菸斗帶在身上。言歸正傳吧。你們首先得讓我有心理準備啊。目前我聽到的情況是，在這兒的某處海灘上，有人發現馬歇爾夫人被謀殺了。」

「在匹克斯角。」韋斯頓邊說邊觀察著他。

但是布拉特先生仍然情緒激動地問道：「她是被勒死的嗎？」

「是的，布拉特先生。」

「卑鄙，太卑鄙了。不過，那是她咎由自取！事情相當棘手吧，白羅先生？我知道這種事不好辦。誰是凶手？嗯，對不起，我太唐突了。我是不是不該這麼問？」

韋斯頓輕輕笑了笑。

「呃，其實問這個問題的應該是我們。」

布拉特揮了揮手中的菸。

「抱歉，抱歉，是我的錯。你們問吧。」

「今天上午你划船出去了。那是在什麼時間？」

「我是在九點四十五分出發的。」

「有人和你一起嗎？」

「沒有，我身邊連個鬼影子也沒有，寂寞獨行。」

「你去了哪些地方？」

「我一直航行在普利茅斯沿岸海域。我帶了午餐。不過，因為海風不大，所以我沒有走很遠。」

又問了幾個問題之後，韋斯頓把話題轉向了馬歇爾夫婦。

「關於馬歇爾夫婦，你能提供我們什麼有用的情報嗎？」

「其實我已經說明了我的觀點——犯罪激情！我只能告訴你們：凶手不是我！阿倫娜儘管嬌豔動人，對我卻一無是處。對那方面的事我已完全失去了興趣。阿倫娜有個英俊瀟灑的情人，而且我認為，馬歇爾對此事是心知肚明。」

「你這麼說有證據嗎？」

「有幾次我瞥見他憎惡地看著雷德佛。馬歇爾此人城府很深，看上去溫順和藹，而且似乎一直處於半睡眠狀態，但是，在倫敦他給人留下的印象卻並非如此。我聽過他的幾件事。有一次他差點因為暴力襲擊某人而被起訴，因為那傢伙做了一件很卑鄙的事，馬歇爾本來很信任他，可是他讓馬歇爾大失所望。我想，一定是因為他的行為太卑劣了。馬歇爾痛打了他一頓，差點把他打死。那傢伙沒有控告馬歇爾，一定是因為害怕起訴後的連帶效應。這件事你們可以慎重考慮。」

「那麼你認為，」白羅說，「可能是馬歇爾上尉勒死了他妻子，是嗎？」

「不是，我可沒有這麼說。我只不過想讓你們知道，他是那種不怒則已、一怒驚人的人。」

白羅說：「布拉特先生，我們有證據顯示，馬歇爾夫人今天上午去匹克斯角，是要與某人約會，你知道這個人是誰嗎？」

布拉特眨眨眼道：「我不用猜，答案一定是雷德佛！」

「剛好相反，不是雷德佛。」

布拉特似乎吃了一驚，他猶豫地說道：「那我就不知道了……不，我想不出……」稍稍鎮定了一下，他又接著說：「我早就說過，反正我不是凶手。這種機會永遠也輪不到我頭上。那麼，會是誰呢？不可能是加德納——他老婆的眼睛可尖著呢，把他盯得緊緊的。難道是貝瑞那個老笨蛋？荒唐！牧師的可能性也很小。不過我想告訴你們，我看見這位牧師先生老是盯著馬歇爾夫人不放。作為神職人員，這可是有失尊嚴的行為，不過，他也有可能是對所有美妙的造型都深具鑑賞力！哎，好多牧師其實都是些不折不扣的偽君子。你們讀了上個月那個案子的報導嗎？牧師竟然和教區委員私通，生了個女兒。真是聞所未聞，令人大開眼界啊。」

布拉特咯咯咯地笑了。

韋斯頓漠然問道：「難道你想不起任何對我們有用的事嗎？」

布拉特搖了搖頭。

「不，我什麼也想不起來。」他補充道，「這件事一定會掀起一些波瀾。媒體會不厭其煩地就此大做文章。往後就再也不會有這份清靜了，還說什麼歡樂，有什麼好樂的呢？其實，這兒本來就名不副實，要找到一點小小的快樂都很難呢。」

白羅問了一句：「難道你不喜歡待在這兒？」

布拉特的紅臉龐稍稍又變紅了點，他說：「嗯，我不喜歡這兒。在這兒可以常常出去划船，這讓我很滿意；此地的風景、飯店的服務以及食物也都還過得去。可是，這裡太缺乏那種親密友好的融洽氣氛了！我想你們應該明白我的意思。我的錢不是偷來搶來的，和別人一樣來得光明正大。大家來此地的目的就是要享受人生、放鬆自己，那麼為什麼不消除彼此間的隔閡，一起來尋找快樂呢？然而，事實又如何呢？大家都自成小圈圈，固守著自己的陣地，跟圈外人的交往僅限於冷若冰霜的寒暄語：『早安』、『晚安』還有『天氣不錯』之類的話。裝模作樣，沒有半點感情。全是些驕傲自大的笨蛋！處在這樣的氛圍裡，還有什麼快樂可言。」

布拉特終於停住了，此時他已經滿臉通紅。

他又一次擦拭著額頭，略帶歉意地說道：「別太在意我剛才說的話，我太激動了。」

§

白羅喃喃自語道：「我們應該怎麼看待這位布拉特先生呢？」

韋斯頓上校微微一笑，反問道：「你的看法如何呢？畢竟你對他比我熟悉得多。」

白羅輕聲說：「你們英語裡有很多用語可以描述他，比如，草莽英雄、白手起家、趨炎附勢、力爭上游等等。你可以認為他可憐、可笑，甚至是可憎，這純屬個人看法。但是我對他的認識還不止於此。」

「你還有什麼感想呢？」

白羅抬頭盯著天花板，低語了一句：「我感到他非常……緊張不安！」

§

這時柯蓋特回來了，他說：「那些時間我已測量出來了。從飯店出來，順梯子下去到達匹克斯角最快需要三分鐘。要達到這種速度，先得用走的，直到飯店的人看不到你的時候，再開始拚命跑。」

韋斯頓揚了揚眉毛，說：「比我預想的要快。」

「從梯子下去，然後到海灘，需要一分鐘四十五秒。而同樣的路程，如果是上梯子，則需兩分鐘。這是佛林特測出來的。但他的動作一向媲美運動員。如果以正常速度走完這段路程再加上梯子的距離，則需花費將近十五分鐘。」

韋斯頓點頭答道：「還有一件事情要調查，那就是有關菸斗的問題。」

柯蓋特說：「布拉特、馬歇爾和萊恩牧師都抽菸斗。雷德佛抽的是香菸，而美國人加德納則吸雪茄。貝瑞少校根本就不吸菸。馬歇爾和萊恩的房間裡各放著一個菸斗，布拉特的則有兩個。打掃馬歇爾房間的服務生說馬歇爾有兩個菸斗。而打掃另兩人房間的服務生就沒有這麼精明了，她搞不清楚他們到底有幾個菸斗，只是含糊其辭地說，她看到他們的房間裡有兩三個菸斗。」

韋斯頓又點了點頭，問道：「還有什麼發現嗎？」

「我對飯店員工做了一番調查。他們似乎沒有可疑之處。酒吧的亨利證明說，曾在十點到十一點之間見過馬歇爾。海灘管理員威廉整個上午大都在飯店旁的岩石上修理那座梯子。他看上去也沒有什麼疑點。喬治先給網球場畫線，然後又在餐廳附近栽種了一些植物。要是有人穿過棧橋上了小島，他們都注意不到。」

「棧橋什麼時候會露在水面以上？」

「九點半左右。」

韋斯頓若有所思地摸著自己的鬍子。

「那麼，有可能某人就是從這條路上來的。柯蓋特，我們又有了一個新線索。」

他向柯蓋特說了在洞中發現三明治盒子的事。

§

有人在輕輕敲門。

「進來。」韋斯頓說。

馬歇爾上尉走了進來，他說：「請告訴我何時可以安排葬禮好嗎？」

「我想驗屍審訊可以定在後天，馬歇爾上尉。」

「謝謝。」

柯蓋特說：「對不起，這些是你的物品，請收下。」

他將三封信遞給了馬歇爾。馬歇爾苦笑了一下，問道：「警方測定了我的打字速度嗎？希望可以還我清白了吧。」

韋斯頓上校很高興地答道：「是的，馬歇爾上尉，我想我們已經可以授予你一張清白證明書了。要打完那些信至少得花一小時。而且打掃房間的女服務生證實說，十點五十五分還聽到你在打字。此外，另外一名證人，也說十一點二十分時見過你。」

馬歇爾上尉說了一句：「真的嗎？那太好了！」

「是的。譚利小姐在十一點二十分去了你的房間。那時候你忙著打字，因而沒有注意到她。」

馬歇爾的臉上面無表情，他說：「譚利小姐是這麼說的嗎？」停頓片刻後說：「事實上她說錯了。當時，我的確看見她，不過，她可能沒有注意到這一點，我是從鏡子裡看到她的。」

白羅說了一句：「但是你當時並沒有停止打字，是嗎？」

馬歇爾簡短地答道：「是的。當時我一心想打完那些信件。」

停頓片刻，他很突兀地問道：「沒有什麼要我幫忙的嗎？」

「沒有了，謝謝你，馬歇爾上尉。」

馬歇爾上尉點點頭出去了。

韋斯頓嘆息著說道：「最為可疑的嫌疑犯已被證明是清白的了。」突然他看到了推門而入的尼斯登醫生，於是興奮地打著招呼。「嗨，你好啊，尼斯登大夫。」

略顯激動的尼斯登醫生說：「你送來的那些東西可真是了不得啊。」

「那究竟是什麼東西？」

「二乙醯嗎啡，即所謂的海洛因。」

柯蓋特興奮地吹了一聲口哨，說：「太棒了，總算有些眉目了！看來，這起案子還真是與毒品有關啊！我們總算找到切入點了。」

／10

一小群人從審訊庭蜂擁而出。此次簡短審訊暫時結束了，兩星期後開庭再審。

譚利小姐走到馬歇爾上尉身邊，用一種低低的嗓音說道：「還不算太糟糕，是不是，肯恩？」

他沒有立即回答，也許是因為他意識到身後鄉民們那些窺視的眼睛、那就要伸出來對他指指點點的手指，還有那些街談巷議！

「就是他，看，就是他。」

「瞧，那就是死者的丈夫。」

「那位竟然是丈夫！」

「看啊，他溜之大吉了……」

鄉民們交頭接耳的聲音很小，馬歇爾其實聽不到。然而他仍感覺有如芒刺在背。這恍如現代的囚枷。報界，他已經與之打過交道了——那些年輕人信心十足，巧舌如簧，儘管他一再地用「無可奉告」來打發他們，但他試圖用沉默建立起來的堅固壁壘，仍然被這些記者擊得粉碎。即使他只用一個字來回答他們的問題，本以為這樣記者們就再也無法曲解他的話了。然而，等他拿到早報時，才發現他的話又無一例外地被改頭換面。「記者問道，馬歇爾上尉是否認為其妻被害的唯一解釋，為一名殺人狂闖入島上，面對此問題，馬歇爾上尉宣布說……」等等等等。

照相機的閃光燈不停地閃爍著。突然間，一個熟悉的聲音響了起來。他半轉過身子，映入眼簾的是一個年輕人點頭微笑的快樂形象——自然，後者的目的已經達到了。

羅莎美．譚利喃喃唸道：「審訊結束後，馬歇爾上尉與一位朋友一起離開了審訊庭。」

馬歇爾無奈地眨了眨眼。

羅莎美說：「沒有用的，肯恩！你不得不面對這一切！我不僅指阿倫娜之死一事，我指的是隨之而來的殘酷打擊。那些異樣的目光，無處不在的閒言閒語，以及報紙上登出來的愚蠢訪談；對待這些事，最好的辦法就是一笑置之！說點大話、空話、陳詞濫調，再諷刺地笑一笑，就足以對付他們了。」

他說：「這就是你的方法嗎？」

「是的。」停了一會兒，她又說：「我知道你不是這種人，你總是固執地保持沉默，然後再不動聲色地退到無人注意的後場。但是在這裡，你無法這麼做，因為你沒有後場可退。你將一直處在眾目睽睽的焦點位置上，就如同一隻渾身布滿了斑紋的老虎，被放在純白色的布幕之前。因為你是死者的丈夫！」

「看在上帝的份上，羅莎美——」

她溫柔地答道：「親愛的，我這麼說是為了你好！」

兩人在靜默中走了幾步。然後馬歇爾換了一種語調說道：「我知道你是一片好意。我並非那種不知感激的人，羅莎美。」

他們已走出了村子，村民的目光仍然尾隨著他們，但人並沒有跟上來，因此他們周圍此時空無一人。羅莎美壓低了聲音，將邁出審訊庭時說的話又重複了一遍。

「還不算太糟糕，是不是？」

沉默片刻，他答道：「我不知道。」

「警方怎麼看？」

「他們沒有發表意見。」

片刻之後，羅莎美又說道：「那個小個子偵探白羅，他對這件事的興趣真大！」

馬歇爾說：「可是那天調查時，他幾乎一語不發，簡直像是完全受制於警察局長。」

「我知道。不過，他有沒有在做什麼？」

「我怎麼會知道呢，羅莎美？」

她沉思著說道：「他已經很老了，也許有點老糊塗了。」

「也許吧。」

他們來到棧橋上。眼前沐浴在一片陽光之中的，正是那寧靜的小島。

羅莎美突然說：「有時……世事真如夢幻一般。此刻，我簡直無法相信，就在我們身邊曾經發生過這樣的事……」

馬歇爾緩慢答道：「我明白你此話的含義。人生無情，死一個人不過就像踩死一隻螞蟻一般，這個世界就是這樣！」

羅莎美說：「沒錯，正因如此，對待紛擾世事，我們不必太在意。」

他迅速地瞥了她一眼，然後低低地說道：「別擔心，親愛的，我很好，一切都會好起來的。」

§

琳達走上了棧橋來迎接他們。她像一匹受驚的小馬一樣，腳步不穩，踉踉蹌蹌。突如其來的凶殺案讓她年輕的臉龐罩上了一層陰影；她眼圈發黑，雙唇乾裂而僵硬。
她喘息著問道：「發生什麼事了？他們說了什麼？」
她父親答道：「審訊暫停，兩週後再繼續。」
「就是說……他們還沒有決定嗎？」
「是的，因為還需要更多證據。」
「可是，可是他們怎麼看這件事呢？」
儘管心情很糟，馬歇爾還是微笑了一下。
「唉，乖孩子，誰知道呢？你說的他們又是指哪些人呢？是驗屍官、陪審團、警察、記者還是皮帶峽灣的那些漁民？」
琳達一字一字慢慢地答道：「我想我指的是……警察。」
馬歇爾淡然說道：「不管警察怎麼想，反正目前他們什麼也沒說。」
說完了最後一個字之後，馬歇爾閉緊了嘴唇，因為這時他已進了飯店。
羅莎美正要緊跟著進去的時候，琳達叫道：「羅莎美！」
羅莎美轉過身來。琳達憂鬱的雙眼中無聲的祈求觸動了她。她挽住琳達的手臂，兩人並肩離開了飯店，向小島深處走去。
羅莎美溫柔地說道：「別想太多，琳達。我知道，對你而言，這是一個恐怖的打擊，但是多想並沒有任何益處，它只會使你感到更加不安、恐懼。你一點也不喜歡阿倫娜，這你很清楚。」

琳達喃喃應答道：「的確，我並不喜歡她……」

羅莎美清楚地覺察到琳達的身體在發抖，於是又接著說：「為一個人而難過，是與恐懼仇恨不同的情感，這種情感你無法拒絕。但是對於震驚和恐懼，只要你不要整天被它們所困擾，就能把它們拋到一邊。」

琳達悶悶不樂地說道：「你根本不了解。」

「親愛的，我想我是了解你的。」

琳達搖搖頭。

「不，你不了解。你一點兒也不了解我，桂絲帝娜也不了解我！你們兩個對我都很好，可是你們都不了解我的感受。你們只是認為我的精神不健康、病態，認為我多此一舉地庸人自擾。」停了一會兒，她又說：「其實根本不是這麼一回事。要是你也知道我所知道的事情——」

羅莎美忽然停了下來。她的身體並沒有發抖，因為她像遭了雷殛一樣全身僵硬，無法動彈。

愣了片刻之後，她鬆開挽住琳達的手臂，問道：「你究竟知道些什麼，琳達？」

琳達瞪著她，搖了搖頭說道：「沒什麼。」

羅莎美抓住了她的手臂，可能使勁太大，疼得琳達直眨眼。羅莎美說：「你要小心，琳達，千萬得小心啊。」

琳達的臉色死一般蒼白，她說：「我的確很小心……一直如此。」

羅莎美急切地說道：「聽著，琳達，我剛剛對你說的『把一切拋在腦後』，同樣適用於你知道的這件事，而且更適用得多！把所有一切都忘了，再也不要去想。忘記，忘記……只要你努力，你就能忘記！阿倫娜已經死了，做什麼也無法使她起死回生……忘記所有的過去，迎接你的未來。你現在的首要任務就是保持緘默。」

琳達畏縮了一下，問道：「你，你好像什麼都知道了，是嗎？」

羅莎美振作起精神，用力答道：「不，我一無所知。我只知道，一個流浪的殺人狂闖入島上，謀殺了阿倫娜，只有這才是最可能的解釋。我幾乎可以肯定，警方最後不得不接受這種說法。事實必然如此，這就是事實！」

琳達說道：「要是父親——」

羅莎美打斷了她。

「別再提這件事了。」

琳達說：「有件事我一定要提。我母親——」

「嗯，她怎麼了？」

「她，她曾因涉嫌謀殺而被審訊過，是不是？」

「是的。」

琳達慢吞吞地又說：「然後父親娶了她。這似乎意味著，對父親來說，謀殺並不是——或者應該說，並不總是——一件很嚴重、很可怕的事。」

羅莎美嚴厲地說道：「別說這種話，即使是在我面前！警方手中並未掌握任何對你父親不利的證據，而且他還有不在場證明……這毫無破綻，他是絕對安全的。」

琳達低語著問道：「他們開始時是不是認為父親——」

羅莎美生氣地叫道：「我不知道他們是怎麼想的，但是他們現在知道他不可能是兇手。你明白嗎？他絕不可能是兇手。」

她的語氣堅定，目光直視著琳達，像是在命令她必須默認這一切。琳達顫抖著，長長地嘆了一口氣。羅莎美漸漸平靜了下來，她說：「很快你就可以離開這個地方。你會將所有的一切都忘掉的！」

琳達突然狠狠地說道：「我忘不掉！」

然後她猛地一轉身，向飯店跑去。羅莎美只能凝視著她遠去的背影。

§

「有件事我想向您請教一下，可以嗎，夫人？」

桂絲帝娜．雷德佛有些心不在焉地抬頭看著白羅，問道：「什麼事？」

白羅沒有注意到她的心不在焉，卻注意到她的目光始終追隨著丈夫的身影，後者正在酒吧外的平台上來回踱步。

白羅現在對別人的婚姻問題不感興趣，他要的是線索。

他對桂絲帝娜說：「是這樣的，夫人，那天您偶然之間使用的一個字眼，引起了我的注意。」

桂絲帝娜的雙眼仍然盯著丈夫，問白羅道：「什麼字眼？我用了什麼字眼？」

「是在回答警察局長提問的時候，你提到，事發那天上午，你是如何進了琳達．馬歇爾小姐的房間，如何發現她不在房間內，又如何發現她回到房間，就在那時，警察局長問你她去了哪裡。」

桂絲帝娜不耐煩地問道：「然後我就回答說，她去游泳了，是這件事嗎？」

「哦，當時，你沒有說『她去游泳了』；你說的是『她說她去游泳了』。」

桂絲帝娜答道：「那還不是一樣。」

「不，這絕對不同！你的回答從某種程度上透露了你的想法。琳達．馬歇爾進了房間，她身穿泳衣，然而，由於某種原因，當時你並沒有立刻想到她是去游泳。所以你說『她說她去游泳了』。當她這麼告訴你時，她身上是不是有某種東西……比如說她的舉止態度、她的穿著或者她的某句話，使你對這一回答覺得有些意外？」

桂絲帝娜．雷德佛終於將注意力從丈夫身上挪開了。她全神貫注、興致盎然地盯著白羅說：「你真是太聰明了。是這麼回事，現在我有點記起來了……當時，琳達告訴我她去游泳了的時候，我的確有一點點驚訝。」

「原因呢，夫人，原因是什麼？」

「是啊，為什麼我會感到驚訝呢？我得想想這個問題。噢，想起來了，大概是因為她手裡拿的那個包裹。」

「她帶了個包裹嗎？」

「是的。」

「你知道包裹裡是什麼東西嗎？」

「我知道。因為那個包裹繫得很鬆，是當地人常用的那種打結法。琳達進房間時，繩子斷了，撒了滿地的蠟燭。我幫她撿了起來。」

白羅叫道：「啊，原來是蠟燭！」

桂絲帝娜盯著白羅，觀察著他的反應，說道：「你似乎很激動，白羅先生。」

白羅沒有回答，只是接下去又問道：「琳達是否說了她為什麼要帶蠟燭？」

桂絲帝娜回憶片刻，答道：「不，她沒有說。我想大概是為了晚上看書用的，也許電燈不夠亮。」

「夫人，這家飯店的每張床邊都有一盞功能完好的床頭燈。」

桂絲帝娜說：「那我就不知道她拿蠟燭幹什麼了。」

白羅又問：「當繩子斷了，蠟燭從包裹裡滾落出來的時候，她有什麼反應？」

桂絲帝娜慢慢答道：「她有些不安……或者說是尷尬。」

白羅點點頭，又問道：「你注意到她的房間裡有一個日曆嗎？」

「日曆？什麼樣的日曆？」

白羅說：「很可能是一本綠色的日曆，一張張撕著用的。」

桂絲帝娜皺緊眉頭，努力回憶著。

「綠色的日曆，而且是相當鮮豔的綠色。我的確見過這樣一本日曆，但是記不起來在哪兒見過。也許是在琳達的房間裡，但我不敢確定。」

「但是你確實見過這個東西。」

「是的。」

白羅又點點頭。桂絲帝娜語調尖刻地問道：「您在暗示些什麼，白羅先生？您這些話的意思是什麼？」

白羅沒有吭聲，他只是拿出了一本小書，書皮是用已經褪色的棕色小牛皮製成的。他問道：「你以前見過這件東西嗎？」

「啊，我不太清楚，讓我想一想……噢，是的，有一天琳達在島上的商店裡翻看過這本書。可是，當我走近她的時候，她迅速地把書闔上、塞回到架子上。當時我還在想，這到底是本什麼書呢。」

白羅一語不發，只是把標題讓她看了看《巫術及罕見毒藥配製史》。

桂絲帝娜問道：「我不明白。這一切到底是什麼意思？」

白羅的神態很嚴肅。

「夫人，代表很多意思。」

她詢問地看著他，但他沒有接著說下去，而是又提出了一個新問題。

「夫人，還有個問題，那天上午出去打網球之前，你洗過澡嗎？」

桂絲帝娜又一次瞪大了雙眼。

「洗澡？沒有。當時我沒時間洗澡，而且我也不想在打球之前洗。我可以在打完球後再洗嘛。」

「你進房間後用過浴室嗎？」
「我只是用海綿洗了臉和手，僅此而已。」
「你是否打開過浴缸的水龍頭？」
「沒有，我確定沒有。」
白羅點點頭，說：「小事一樁，無關緊要。」

§

加德納夫人正坐在桌前對著拼圖遊戲絞盡腦汁。這時白羅悄無聲息走了過來。加德納夫人抬頭一看，嚇得差點兒跳起來。
「嗨，白羅先生，你走路可真夠輕的啊，我竟然一點也沒聽見。您是剛從審訊庭回來嗎？你瞧，一想到審訊，我就心跳加速，緊張不已。為了讓自己能靜下心來，我才開始玩這個拼圖遊戲。今天無論如何，我也無法像平時那樣坐在海灘上了。我丈夫知道，我神經緊張的時候，只有這種拼圖遊戲才能使我鎮靜下來。咦，這塊白色的該放在哪裡呢？它應該是這塊毛毯的一部分，但是目前我看不出來……」
白羅用手輕輕將那塊白紙片從她手中拿起來，說道：「夫人，它的位置在這裡，它應該是這隻貓的一部分。」

「不過，這是一隻黑貓。」

「沒錯，這是一隻黑貓，但是你瞧，貓尾巴尖端的顏色是白的。」

「哎呀，竟然是這樣！你真是太聰明了！不過，我覺得製造這些拼圖玩具的人真缺德，他們就是不遺餘力地騙人。」

再填進去一塊後，她又滔滔不絕地說道：「白羅先生，這一兩天我一直在觀察您。哎呀，這麼說好像有點可怕，您可千萬別誤解呀。其實我是說，我想看您如何破案。這件事簡直是駭人聽聞，每次一想起來我就不寒而慄。今天早上我還告訴加德納先生說，我得趕快離開這個地方。現在，審訊既然已經結束，他認為我們明天可以啟程離開。感謝上帝，這可真是個福音，我終於可以解脫了。可是我太想了解您破案的方法了。要是您能給我解釋一下，我會覺得無上的榮幸。」

白羅說：「夫人，其實破案與您玩的拼圖遊戲有異曲同工之妙。您得把所有的碎片拼接在一起。最後的成品就像鑲嵌畫一樣，包含許多種顏色和圖案，每一塊奇形怪狀的碎片都必須被放在該有的位置上。」

「啊，說得多麼生動有趣，您的解釋簡直是妙不可言。」

白羅又接著說道：「有時破案就類似於您剛才放上去的那最後一塊碎片。您把所有的碎片按照顏色井井有條地拼在一起，可是有一塊，按顏色本該屬於毛毯的一部分，結果卻被用來構成一隻黑貓的尾巴。」

「您的比喻太妙了。白羅先生，像這樣的碎片有很多嗎？」

「是的，夫人。飯店中的每個人都是我的拼圖遊戲中的一塊碎片，也包括您。」

「我？」加德納夫人尖聲叫道。

「沒錯，您說過的某句話對我們很有幫助，可以說使我茅塞頓開。」

「這太好了！還能再告訴我點什麼嗎，白羅先生？」

「夫人，所有的一切要留到最後再見分曉了。」

加德納夫人不情願地嘟囔了一句：「真令人遺憾啊！」

§

白羅輕輕敲了敲馬歇爾的房門。房裡又傳出了打字機的聲音。

聽到一句簡短的「進來」之後，白羅走進了房間。

馬歇爾上尉正背對著門，坐在兩扇窗戶之間的桌前打字。他並未轉身。但他的正前方掛有一面鏡子，在鏡中他與白羅的目光相遇。他稍顯煩躁地說：「白羅先生，您有什麼事？」

白羅迅速地答道：「萬分抱歉又來打擾您。您很忙嗎？」

馬歇爾的回答很簡短。

「是的，我相當忙。」

白羅說：「我只有一個小問題要請教您。」

馬歇爾答道：「天哪，我恨透了回答問題。我已經回答了警察先生們的提問，現在我覺得沒有義務再回答你的問題。」

白羅說：「我的問題很簡單。在你太太被殺的那天上午，你在打完字後到去打網球前這段時間內洗過澡嗎？」

「洗澡？當然沒有！因為打字前一小時我剛剛洗過澡。」

白羅說：「謝謝，沒有別的事了。」

「可是，你，呃……」馬歇爾不知所措地頓了一下。

但白羅已走了出去，並輕輕關上門。馬歇爾自言自語道：「這傢伙簡直是個瘋子。」

§

就在酒吧外面，白羅遇見了加德納先生。他手裡端了兩杯雞尾酒，顯然正要去找加德納夫人，後者此刻還沉浸在拼圖遊戲中呢。

看到白羅，他露出了親切的微笑。

「和我們一起喝一杯吧，白羅先生。」

白羅搖搖頭，問道：「您對這次審訊的看法如何，加德納先生？」

加德納先生壓低了聲音答道：「似乎是有點兒狀況不明。你們警方大概已是成竹在胸，只是不願過早揭開謎底吧。」

「可能吧。」白羅答道。

加德納先生再次降低了本已不高的嗓音，說道：「我必須把妻子送離這個地方。她是一個非常、非常敏感的女人，這件凶殺案使她的神經極度不安。目前她處於一種高度緊張的狀態中。」

白羅問：「加德納先生，您允許我問您一個問題嗎？」

「當然可以，白羅先生，能盡我所能幫助你們，我非常高興。」

於是白羅提出了他的問題。

「您是一個經驗老到、善於判斷分析的聰明人。說句實話，您對已故的馬歇爾夫人有什麼看法？」

「嗯，白羅先生，我倒是聽說過好多傳聞，這些事已經被人們，尤其是女人們，傳得沸沸揚揚。」白羅點點頭。「但是您要是想聽我的心裡話，我會告訴您，那個女人是十足的癡傻！」

白羅沉思著說道：「這種想法倒是很有意思。」

§

羅莎美・譚利說：「終於輪到我了，是嗎？」

「您說什麼？」

她笑了。

「那天是警察局長主持調查，你只坐在一邊作壁上觀。我想今天是你進行非官方調查的日子了。我一直在觀察著您。先是雷德佛夫人，然後我又瞥見你走向在大廳窗邊玩無聊拼圖遊戲的加德納夫人。現在，終於輪到我了。」

白羅在她身邊坐下。在他們的下面，大海呈現出一種閃閃發光的深綠色，再遠一些，則是一種令人目眩的淺藍色。

白羅說：「小姐，你的智慧過人，自你到達此地以後，我就產生了這種想法。與您探討一下這件案子，一定會是一種樂趣。」

羅莎美・譚利柔聲說道：「你想了解我對整個事件的看法嗎？」

「那一定會很有意思。」

於是譚利說：「我覺得事情其實很簡單。關鍵就在於那個女人的過去。」

「你是說過去而不是現在嗎？」

「呃，倒不一定是非常遙遠的過去。我是這麼看這件事的：阿倫娜・馬歇爾是個魅力十足的女人，這種魅力對男人簡直是一種致命的吸引力。而且，我認為她有可能很快就厭倦了他們。在她眾多的『追隨者』——我們暫且就用這個詞吧——之中，有一位男性對這女人的水性楊花深惡痛絕。噢，請別誤解我的意思，我不是指那種性格剛毅、非常顯眼的人，我想大概會是一個毫不起眼的小人物，自負又敏感……是屬於那種愛鑽牛角尖的人。我認為，他跟蹤她到了這個島上，然後伺機殺死了她。」

「你是說，他是個外人，從內陸上來的？」

「是的。在下手之前，他可能一直藏在那個匹克斯洞。」

白羅搖搖頭，說：「但她會主動跑到那兒去見一個像你描述的人嗎？不，她只會大笑，絕不會傻到去送死。」

羅莎美說：「也許她被蒙在鼓裡，並不知道她要去見的人就是他。他很可能借用別人的名義給她送信。」

白羅說：「這倒是有可能。但是你忽略了一件事，小姐，一個預謀殺人的人，是不可能在光天化日之下穿過棧橋，走過飯店，因為這樣做會被人發現。」

「也許他會被人注意到，也許不會，這可說不定。很可能就是他無聲無息來到島上，沒有任何人注意到他。」

「我同意你的觀點，這是有可能的。但重點是，他不能把一切賭注押在這一可能性上鋌而走險。」

羅莎美小姐說：「您是不是也忽略了一件事……天氣？」

「天氣？」

「沒錯。案發當日天氣晴朗，可是前一天卻陰雨連綿而且伴有大霧。那時，任何人都能神不知鬼不覺地來到島上。只要上了海灘，然後在匹克斯洞中過一夜即可。白羅先生，這場霧可是一個非常重要的環節。」

白羅沉思著看了她好一會兒，然後說：「你可知道，你剛才所說的話很有道理啊。」

羅莎美的臉紅了，她說：「這只是我的想法，有可能對，也有可能錯。請您談談您的想法吧。」

白羅「啊」了一聲，目光投向腳下的大海。

「小姐，我是一個思維簡單的人。我一向認為誰的動機最強烈，誰犯罪的可能性就最大。最開始時，我覺得有個人明顯具有這種可能性。」

羅莎美的聲音有些生硬，她說：「請您說下去。」

於是白羅繼續他的陳述。

「然而，你瞧，我碰了個大釘子！因為，看上去那個人似乎不可能殺人。」

白羅聽到對方很快地舒了口氣，然後她屏息問道：「哦？」

白羅聳聳肩。

「那現在該怎麼辦呢？這就是困擾著我的問題。」稍作停頓，他接著說道：「我可以向您問一個問題嗎？」

「當然可以。」

她警惕地直視著白羅。然而白羅的問題卻大大出乎她的意料。

「那天上午你進房間換衣服準備去打網球時，是否曾經洗過澡？」

羅莎美不解地瞪著白羅，反問道：「洗澡？什麼意思？」

「很簡單，就是問你洗過澡嗎？打開水龍頭，將陶瓷浴缸注滿水，躺進浴缸，洗完澡，再從浴缸出來，然後水就沿著出水管嘩嘩嘩地流出去。」

「白羅先生，您神智不清了嗎？」

「沒有，我很清醒。」

「好吧。不管怎麼說，反正我那時沒洗過澡。」

白羅「啊」了一聲，說：「這麼說，當時沒人洗過澡。那太有意思了。」

「為什麼必須要有人洗澡呢？」

白羅回說：「是啊，為什麼呢？」

羅莎美頗為惱怒地說道：「我想這就是所謂夏洛克．福爾摩斯的風格吧！」

白羅笑了，然後他以一種相當優雅的姿勢聳起鼻尖，嗅著空氣。

「你允許我十分唐突地再問一個問題嗎？」

「噢，我相信您是不會唐突的，白羅先生。」

「謝謝您對我的信任。那麼，我就不揣冒昧……你用的香水味道很好，暗香浮動，細緻優雅，十分誘人。」他揮動手臂，用一種平實的嗓音問道：「應該是凱貝爾八號香水吧？」

「你真聰明。沒錯，這是我慣用的品牌。」

「死去的馬歇爾夫人也是如此。它正在流行，對吧？價格一定也很昂貴吧？」

羅莎美微微笑著聳了聳肩膀。

白羅換了個話題，繼續說：「小姐，案發那天上午，你就坐在現在這個地方。當布魯斯特小姐和雷德佛先生從海上駛過此地時，他們看見了你，或者至少是看見了你的影子。你敢發誓，整個上午你都沒有走下匹克斯角，然後走進那聞名遐邇的匹克斯洞嗎？」

羅莎美轉過頭來，盯著白羅，用一種平靜的嗓音輕輕問道：「你想問我是否殺死了阿倫娜．馬歇爾，是嗎？」

「不，我的問題是：你是否進了匹克斯洞？」

「我甚至不知道這個洞穴位居何處。為什麼我要進去？有什麼原因嗎？」

「小姐，案發那天，某個用過凱貝爾八號香水的人在那個洞裡待過。」

羅莎美尖聲地說道：「白羅先生，您剛剛說過，阿倫娜．馬歇爾也使用凱貝爾八號。那天她在那邊的海灘上，那麼她也很有可能進過那個洞穴。」

「她為什麼要到洞裡去呢？那裡面又黑又窄，非常不舒服。」

羅莎美不耐煩了。

「別問我原因。既然她那時在匹克斯角，那麼最有可能進洞的人應該是她。我已告訴過你，整個上午我都沒有離開過那個地方。」

「其間你應該回過旅館，到過馬歇爾上尉的房間吧？」白羅提醒她。

「沒錯，是呀。」

白羅又說：「小姐，你曾經說，你認為馬歇爾上尉並未看見你進房間，但是你錯了。」

羅莎美半信半疑地問道：「難道肯尼斯看見我了？他……他是這麼說的嗎？」

白羅點點頭。

「小姐，他從懸掛在桌子上方的鏡中看見了你。」

羅莎美屏住呼吸，說：「噢，我明白了。」

白羅收回眺望大海的目光，將其落在羅莎美．譚利的雙手上。它們交叉著擱在腿上，修長的十指，形狀極其優美。

羅莎美迅速地瞥了一眼白羅，見他正盯著自己的雙手，厲聲問道：「你看著我的手幹什麼？難道你，難道你認為——」

白羅追問道：「我認為什麼，小姐？」

羅莎美恢復了鎮靜，說：「沒什麼。」

§

大約一小時後，白羅走上了那條通向海鷗角的小徑。海灘上有個人，是個身穿紅色襯衣和深藍色短褲的細弱身影。

白羅沿著那條路小心翼翼地走了下來，一路上十分注意保護他腳上那雙漂亮的鞋子。

琳達．馬歇爾驀地轉過頭來。他覺得這女孩似乎畏縮了一下。

白羅走近琳達，小心翼翼地落坐在琳達身邊的一塊石頭上。女孩的雙眼盯視著他，目光中充滿了懷疑和警惕，像個被囚禁的小動物一樣。白羅突然萌生一種痛楚，他感覺到面前的這個女孩是多麼年輕，又多麼容易受到傷害。

琳達問道：「什麼事？你要幹什麼？」

白羅沉默片刻，說道：「那天，你曾經告訴警察局長說你喜歡你的繼母，而且她對你也不錯。」

「怎麼了？」

「這並不是實話，是不是，小姐？」

「這是實話。」

白羅說：「也許她並非是有意對你不好，這點我清楚。不過，你並不喜歡她，而且我認為你非常恨她。這是顯而易見的一件事。」

琳達說：「也許我不太喜歡她。可是，既然她已經死了，我就不能這麼說，否則就太無禮了。」

白羅嘆口氣，問道：「這是你在學校裡學到的東西嗎？」

「差不多吧。」

白羅說：「然而當一個人被謀殺了，幫他找出真相比維持禮貌更為重要。」

琳達答道：「我就知道你會這麼說。」

「我這麼說，而且我也這麼做了。你應該明白，找出殺害阿倫娜·馬歇爾的凶手是我的工作。」

琳達喃喃地說：「可我只想忘了這一切，太恐怖了。」

白羅溫和地說道：「但是你又無法忘記，對吧？」

琳達說：「我想殺她的人一定是個殘忍如野獸般的人。」

白羅低語道：「我可不這樣認為。」

琳達一驚，止住了呼吸，問道：「難道，難道你已經知道誰是凶手了嗎？」

白羅答道：「也許吧。」停了一會兒，他接著說：「親愛的孩子，你能信賴我，讓我幫助你從苦惱中解脫出來嗎？」

琳達驚跳了起來，說道：「我沒有任何苦惱。你幫不了我的忙。我不知道你在說些什麼！」

白羅看著她，緩緩說道：「我在說蠟燭……」

他看到這女孩的眼中突然布滿了恐懼。她叫道：「我不要聽，我不要聽。」

說完她就像一隻小羚羊般迅速衝過海灘，沿著那條之字形小路跑遠了。

白羅搖搖頭，他面容嚴峻，心事重重。

11

柯蓋特警官正在向警察局長韋斯頓上校做彙報。

「長官，我剛剛查明了一件事，一件相當駭人聽聞的事，是關於馬歇爾夫人的財產問題。我跟她的律師調查了她的現有資產，我敢說結果令他們大為吃驚。現在我已經握有敲詐一事的證據了。還記得老厄斯金爵士留給她的五萬英鎊嗎？現在，這筆錢只剩下一萬五千鎊了。」

韋斯頓上校興奮地吹了聲口哨。

「那些錢哪兒去了？」

「問題就出在這裡，先生。她時常賣掉一些東西，而且每一次交易都是用現金或者可轉讓債券，也就是說，她把錢都給了一位她不願意透露姓名的人士。毫無疑問，這是一宗敲詐案。」

韋斯頓上校點點頭，答道：「看來確實如此。而且敲詐者就在這家飯店裡。那就意味著，這人應該是那三個男人中的一個。有沒有關於這幾個人的最新情況？」

「還不能說有什麼確切消息。貝瑞少校是位退伍軍人……這是他自己說的，他住在一幢小公寓內，靠著撫恤金及股票的微薄收益過活。不過，去年他的存款突然增加了一筆不小的數額。」

「聽來他很有嫌疑嘛。他本人怎麼解釋？」

「他說這是賭博贏來的。所有的大型賽馬會他都會去，而且他賭馬從來不欠帳。」

韋斯頓上校點點頭。

「這說法合情合理，很難駁倒。」他說，「不過，仍然給人聯想的空間。」

柯蓋特繼續說道：「下一個是史蒂芬．萊恩牧師。他的經歷很清楚：起先在蘇瑞郡惠特里奇的聖海倫教堂，一年前由於健康惡化而辭去這一職務，轉而住進一家精神病療養院。他在那兒住了一年多。」

「很有意思。」韋斯頓說。

「是的。我試圖從他的主治大夫那兒多套出些內幕來，可是這些醫生，說起話來簡直是漫無邊際，你很難讓他們切入重點。不過，就我了解到的訊息來看，這位牧師先生的麻煩就在於他被魔鬼纏身了，尤其是魔鬼都偽裝成女人，那種邪惡女人，就像巴比倫妓女[6]。」

「唔，」韋斯頓說，「的確，是有過這種謀殺動機存在。」

「是的，長官。我以為，至少史蒂芬．萊恩應該是一個可疑的對象。馬歇爾夫人的穿著打扮、一言一行、一舉一動都是一個教士眼中所謂『邪惡女人』的典型代表。在我看來，他很可能認為除掉這個女人是上帝賦予他的使命。如果他真的已失去理智，這種事是有可能發生的。」

「可是這樣一來，就與敲詐一說無法吻合了？」

「是的，長官。也許根據這一點，我們可以排除他的嫌疑。他有自己的私人收入，不太多，而且近來也沒有突然增加。」

「他案發當天的行蹤是否和敘述符合？」

「這件事無法證實。因為沒人記得曾在路上見過他。至於教堂的那個登記簿，最近的登記日期是在三天前，而且有兩個星期沒人去翻過那個登記簿了。他完全可以在案發前一天或甚至好幾天以前去教堂，而在登記簿上卻寫成二十五日。」

韋斯頓點點頭，說：「那第三位呢？」

「霍瑞斯．布拉特嗎？我認為此人絕對可疑。他有一筆遠遠高過他五金生意收益的收入。而且，請注意，他是一個很狡猾的傢伙，他能編造出一套幾乎是天衣無縫的謊言，比如說在股票交易所賺了一筆，或者從一兩件非法交易中掙了些錢什麼的。當然，也許有些解釋是符合實際的，但是有個無法避免的事實就是：這些年來他耍了一些不清不楚的手段賺了一大筆錢。」

「事實上，」韋斯頓說，「你認為霍瑞斯．布拉特先生以敲詐為業，而且幹得很成功，是嗎？」

「這是一種可能性，另外一種可能性是販毒。不久前我見到了負責緝毒的里奇威探長，他對這事的興趣大極了。似乎最近又有不少海洛因流入。里奇威他們能抓到的都是些小毒販，他們對誰在操縱這宗毒品案也有點了解，但毒品究竟是用什麼方式流入英國，卻一直令他們大惑不解。」

韋斯頓說：「要是馬歇爾那個女人的死是由於捲入毒品交易——不管她是有意或無意捲入——那麼我們最好將整個案子移交給蘇格蘭警場。這是他們的事，是不是？」

柯蓋特警官頗為遺憾地說：「是的，你說得很對，先生。如果是毒品交易，那麼就該是蘇格蘭警場處理的案件。」

6　巴比倫妓女（whore of Babylon），《新約聖經．啟示錄》中的一個寓言式人物，象徵邪惡、貪得無厭的形象。

韋斯頓思索片刻，答道：「看起來，這的確是最合理的解釋。」

柯蓋特沮喪地點點頭。

「是的，確實如此。馬歇爾已沒有嫌疑——儘管我又得到了關於他的一些情報，要是他的不在場證明能夠推翻，我的情報可能還會有用處。他的公司似乎有些岌岌可危，倒並不是他或者合夥人的過錯，只不過是去年那場危機以及金融貿易不景氣的後果。而且他知道，一旦他太太死去，他就能得到五萬英鎊。」

他嘆了口氣。

「這真是令人遺憾，這個男人有兩個完美的謀殺動機，可是事實又證明他完全與謀殺無關。」

韋斯頓笑了。

「振作起來，柯蓋特。我們還有大幹一場的機會。因為敲詐的可能性依然存在，此外，還有那位瘋瘋癲癲、失去理智的牧師。不過，就我個人而言，毒品交易的可能性最大。」然後他又補充道：「就算她是死於毒品販子之手，我們也不是毫無用處，蘇格蘭警場要解決這個毒品問題，還是需要我們的幫助。事實上，整體看來，我們幹得不錯。」

柯蓋特的臉上浮出一絲苦笑，他說：「唉，這就是命。噢，還有件事，關於我們在馬歇爾夫人房間中發現的那封信，署名為ＪＮ的，我查了一下寫信人，沒什麼可疑的，他現在已經到了中國。其實這傢伙就是布魯斯特小姐跟我們談起的那個人，是個年輕的無賴。我還調查了一下馬歇爾夫人的其他朋友，也沒什麼發現。一切可以蒐集到的情報，我們都已經拿到了。」

韋斯頓說：「所以現在就看我們的了。」停頓了一下，他補充道：「你見到我們那位比利時同事了嗎？你告訴我的這些情況，他都知道了嗎？」

柯蓋特狡黠地笑了一下。

「他可真是個奇怪的傢伙，你知道前天他向我要什麼嗎？他向我要最近三年發生的勒斃案資料。」

韋斯頓坐直了身體。

「真的嗎？呃……」停頓了片刻，他又說：「你剛才說史蒂芬·萊恩牧師什麼時候住進精神病療養院的？」

「一年前，去年的復活節，先生。」

韋斯頓上校陷入了深思之中，說：「有個案子……在拜格蕭特附近發現了一個年輕女人的屍體。她本打算去見丈夫，然後就消失了，再也沒出現。當時還有一個案子被報紙稱為『荒林神祕疑案』。要是我的記憶沒出差錯，這兩件事都發生在蘇瑞。」

他的目光遇到了柯蓋特的目光。柯蓋特道：「蘇瑞？我的天哪，這不正好吻合了，是不是？呃，我猜……」

§

白羅坐在小島頂端的草地上。

在他左邊過去一點就是那座通向匹克斯角的鐵梯。白羅注意到，梯子頂部附近有好幾塊凹凸不平的大石頭，這樣一來，剛好為順梯子下到海灘上的人形成了一個絕佳的藏身之處。而由於懸崖突了出去，從島頂幾乎也看不到下面的海灘。

白羅嚴肅地點點頭。

他的拼圖遊戲中的眾多碎片終於各就各位了。

這些碎片一個個從他腦海中閃過。白羅將它們彼此分離開來，思索著每一個碎片。

阿倫娜·馬歇爾死前幾天的一個上午，在海灘上。

那個上午出現一、二、三、四、五句重要的評語。

打橋牌的那個晚上。他、派屈克·雷德佛以及羅莎美·譚利坐在桌前；桂絲帝娜·雷德佛作夢家時出去了，偷聽到一場談話。當時還有誰在大廳裡？誰又不在？

案發前的夜晚，他和桂絲帝娜在懸崖邊的交談。他回飯店路上目睹的那一幕。凱貝爾八號香水。

一把剪刀。

菸斗的碎片。

一個從某扇窗戶扔出的瓶子。

一本綠色的日曆。

一包蠟燭。

鏡子和打字機。

一團紅毛線。

一支女用手錶。

沿汙水管道流下的洗澡水。

這些毫不相關的事件必須找到自己相應的位置，絕對不能有任何疏失的地方。

一旦所有具體細節都能各就各位，他就可以求助於自己的信念了……欣賞他對邪惡存在於島上的看法。

邪惡……

他低頭看著自己手上那頁印出來的資料：

奈莉．帕森，被人勒死在喬布海姆附近一處荒僻的林子裡。沒有凶手的任何線索。

「艾麗斯．科里根。」

奈莉．帕森？

他非常細心地讀著有關艾麗斯．科里根被害一案的細節。

§

白羅仍然坐在石頭上眺望著大海。這時，柯蓋特警官走了過來。

白羅對柯蓋特印象不錯。他喜歡柯蓋特那粗獷樸實、稜角分明的臉龐，他慧黠的雙眼以及從容不迫的舉止態度。

柯蓋特警官坐了下來。他瞟了一眼白羅手中的那頁資料，說道：「您在思考那些案子嗎，先生？」

「是的，我正在研究它們。」

柯蓋特站起身來，走了兩步，盯著隔壁一個凹洞，看了看，然後回來說：「還是小心點好。我不想我們的談話被偷聽了。」

白羅說：「你思慮很周密。」

柯蓋特說：「白羅先生，我可以告訴您，我本人對那幾件案子也很有興趣……當然，如果你沒有要求我去蒐集這些資料，我也許還想不到這幾樁案子呢！」頓了一下，他又說：「對其中一個案子我尤其感興趣。」

「是艾麗斯・科里根一案嗎？」

「是的。」停頓一會兒，他又說：「我去蘇瑞警察局調查過那件案子，目的是想到有關此案的一切情況。」

「請把你的收穫告訴我。我對這案子很有興趣。」

「我早就知道你會有興趣。有人在布萊克里奇荒地上的凱撒林發現了艾麗斯・科里根的屍體，此地距離發現奈莉・帕森屍體的馬利林不到十英里，而且這兩個地方距萊恩先生任職的惠特里奇都不超過十二英里。」

白羅說道：「再多告訴我一些有關艾麗斯・科里根命案的事。」

柯蓋特說：「蘇瑞警方一開始並未將她的死與奈莉・帕森一案聯繫起來。原因是他們一直認定她丈夫是凶手。原因是什麼不太清楚，只知道報界將他描繪成一個『神祕男人』。有關此人的身分、來自何方，沒有任何資料。當年艾麗斯小姐是違背家人的意願與他結了婚。她自己有點錢，並且投保了人壽險，受益人是他，這一切就足以引起懷疑了，是不是，白羅先生？」

白羅點點頭。

「可是後來這丈夫的嫌疑卻被洗清了。屍體是被一位身穿短褲徒步旅遊的女子發現的，這位女士年輕力壯、非常有力，在蘭開夏的一所學校裡教體育，是一位合格且可靠的證人。當她發現屍體時，她看了一下時間，正好是四點十五分。她認為死者當時剛剛被害不久，大概不會超過十分鐘。警官在五點四十五分檢查屍體得出的結論與此相符。女教師發現了屍體後，就讓一切保持原狀，走到拜格蕭特警察局去報案。然而，從三點到四點十分這段時間內，愛德華．科里根先生是坐在一列從倫敦開來的火車上，白天他去倫敦辦事。當時有四個人與他一起坐在同一節車廂。在車站他換乘了一輛當地的巴士，他的兩個同伴也在這輛巴士上。他在松樹嶺咖啡館下了車，因為他與妻子約好在那裡碰頭喝茶，那時是四點二十五分。他要了兩杯茶，但是要服務生等他妻子來了以後才端上來。然後他在外面走著等她。可是五點鐘時，妻子仍未出現，於是他有點著急了，以為妻子扭傷了腳踝。他們本來的打算是：她從他們居住的村子出發，穿過荒野，到達松樹嶺咖啡館，然後兩人一起坐巴士回家。因為凱撒林離這家咖啡館不遠，而且她大概比預定時間提前出發，所以她在林子裡坐著休息了一會兒，看看風景。於是，可能有某個流浪漢或瘋子看見了她，趁她不注意時掐死了她。這位丈夫被證實與謀殺無關後，警方很自然地就把這個案子與奈莉．帕森之死聯繫了起來，後者是個有點輕浮的女僕，有人在馬利林發現她的屍體。警方認為這兩起案件由一人所為，但是他們一直未能抓住這個人，而且連半點線索也沒有！從此留下了一個空白，直到今天。」停頓片刻，他接著慢慢說道：「現在，又有一個女人被掐死了。而某位我們暫時不說出他姓名的先生又恰好出現在現場。」

說到此處，他停住了。

他精明的小眼睛在白羅臉上梭巡，充滿希望地等待著。

白羅的嘴唇動了動。見此，柯蓋特馬上傾身湊了過去。白羅正喃喃自語著：「要分清哪塊屬於毛毯，哪塊屬於貓尾，可真困難。」

「您說什麼，先生？」白羅的嘀咕令柯蓋特嚇了一跳。

白羅迅速答道：「噢，很抱歉，我剛才正順著自己的思路在思考呢。」

「怎麼會跑出毛毯和貓來呢？」

「沒什麼，不值一提，」白羅頓了頓。「柯蓋特警官，請告訴我，如果你懷疑某人在說謊——說了很多很多的謊言，而你就是沒有證據證明，你會怎麼辦？」

柯蓋特考慮了一會兒。

「這種事很難處理。不過，我認為，一個人說的謊太多，最終總會露出馬腳。」

白羅點點頭。

「是的，千真萬確。你知道，現在我只是在腦子裡揣測某人說的某些話是謊言。不過，可以做個測試——測試一個不太明顯的小謊言。如果它被證實的確為謊言，那麼，就可以斷定其餘的也都是謊言！」

柯蓋特好奇地看著白羅。「你的思維方式真是與眾不同，白羅先生，不過我敢說，最終它會被證明是正確的。請原諒，我想冒昧地問一句：是什麼使你想到要去調查其他的勒斃案件？」

白羅慢吞吞地答道：「你們的語言中有一個詞語——『狡猾』，在我看來，這是一宗非常狡猾的罪行。因此，我就想到凶手這次可能已不是初犯了。」

柯蓋特說：「我明白了。」

白羅接著解釋道：「於是，我對自己說，我們得調查一下過去發生的類似罪行。如果能發現某一起案件與目前這起案件非常相似，那麼，我們就有了一條很有價值的線索。」

「你是說謀殺手法類似嗎？」

「不僅如此。奈莉・帕森一案對我沒有什麼啟發，然而，艾麗斯・科里根的死就不一樣了。柯蓋特警官，請告訴我，你是否注意到後者與馬歇爾夫人一案存在著驚人的相似之處？」

柯蓋特對這個問題玩味良久。最後他終於說道：「呃，不，先生，除了這兩個案子中的丈夫都具有鐵一般的不在場證明以外，我看不出還有什麼相似之處。」

白羅柔聲說道：「這麼說，你還是注意到這一點了。」

§

「啊，是你，白羅。很高興見到你。請進，我正想去找你哪。」警察局長似乎非常愉快。

白羅接受了邀請。

警察局長韋斯頓上校推過來一盒菸，自己拿了一根，點著了，吸了幾口，噴出陣陣菸霧，然後說道：「我已差不多擬好了一個行動方案，但是具體執行之前，我想聽聽你的意見。」

白羅說：「說吧，我的朋友。」

韋斯頓答道：「我計畫把蘇格蘭警場的人請來，將案件移交給他們。我的想法是，儘管有一兩個人非常可疑，整個案件的關鍵還是集中在毒品走私上。在我看來，那個地方——匹克斯洞——很顯然是毒販們會合的地點。」

白羅點點頭。

「我同意。」

「太好了。而且我對這起案件裡的毒販是誰很有把握。他就是霍瑞斯．布拉特。」

白羅再次表示首肯。

「這種猜測的確是合理的。」

「看來我們的想法是一致的。布拉特常常駕著自己的那條帆船出海，有時他邀人與他同行，但大多數時候他都是獨自出航。他那條船上有一些非常顯眼的紅帆，但我們發現他還藏有一些白帆。我想，案發那天，他駕船到了某個指定地點，與另一艘船——帆船或是遊艇——會面，毒品交易完成之後，布拉特選擇一個恰當的時間在匹克斯角上岸——」

白羅微笑道：「沒錯，這個時間應該是一點半，此時對英國人來說正是午餐時間，所以大家都應該在餐廳裡。而且這個小島屬於私人領地，外人不大可能來此野餐。下午時，若匹克斯角有陽光，飯店的客人們偶爾會從飯店帶些茶點過來；但要是他們想要野餐，通常會選擇一塊很遠的野地，而不會來匹克斯角。」

韋斯頓上校點點頭。

「沒錯，」他說，「因此，布拉特上岸後就可以將毒品藏在洞中的壁架上。另外某個人則會在適當的時候將它取走。」

白羅喃喃地說道：「你還記得嗎，案發那天，有一對夫婦到島上來吃午餐。這倒是一個取走毒品的途徑。住在達特穆爾或聖盧一些旅館的夏日遊客常會到走私者之島來。他們聲稱是來吃午餐，他們常常先在島上四處走一走。然後，便可以輕而易舉地下到海灘上去，拿起三明治盒子，把它放入太太的泳具包中，再回飯店吃午餐，或許會晚一點點，大概是在一點五十分左右吧。所以大家都在餐廳裡的時候，他們正在享受漫步海灘的樂趣呢。」

韋斯頓道：「的確，這是一個可行的方案。這些販毒組織都是一些殺人不眨眼的魔王。不管什麼人，只要撞上了他們，知道了他們的內幕，他們就會毫不猶豫地殺了對方。我看這就是阿倫娜．馬歇爾的死因。那個上午，布拉特很可能就在匹克斯角藏匿毒品，而他的同夥那天要來取毒品。就在此時，阿倫娜坐著她的木筏來了，正巧看見布拉特拿著盒子走進洞去。她問布拉特是怎麼回事，於是布拉特立刻凶相畢露，殺了她，然後迅速駕船逃之夭夭了。」

白羅說：「你確定布拉特是凶手嗎？」

「這似乎是最有可能的解釋。當然，也有可能阿倫娜早就知道真相，而且她對布拉特提起過這件事，於是布拉特同夥中的一個成員就與阿倫娜訂了個假約會，欺騙了她。我剛才說過，解決這個問題最好的途徑就是將案子移交給蘇格蘭警場，比起我們來，他們更容易證實布拉特與販毒集團的關係。」

白羅沉思著點點頭。

韋斯頓說：「你認為這樣做是否明智？」

白羅仍在沉思，最後他說：「也許吧。」

「白羅，別這樣深藏不露、欲言又止的，你是不是已經知道凶手是誰？」

白羅嚴肅地答道：「即使我知道誰是凶手，我也不敢確定我能找到證據。」

韋斯頓說：「我知道你和柯蓋特還有其他想法。對我而言，那些想法有點近似異想天開，不過我不得不承認其中自有道理。但是，即使你是正確的，我仍然認為，這起案件應該歸蘇格蘭警場處理。我們應將搜集到的資料轉給他們，這樣他們就可以與蘇瑞的警方合作了。我的感覺是，此案不是我們能獨力破得了的，因為它牽連甚廣，不限於某個地區。」他停了下來，問道：「你認為如何，白羅？關於這個案子，還應該再做些什麼？」

白羅似乎陷入了沉思，最後他說：「我知道自己想幹什麼了。」

「什麼？」

白羅嘀咕了一句：「我想要辦一次野餐。」

這個回答令韋斯頓上校目瞪口呆。

／12

「您是說辦一次野餐嗎，白羅先生？」

布魯斯特小姐瞪著他，好像以為他神志不清了一般。

白羅很認真地答道：「這建議在你看來非常突兀，是不是？不過我覺得它妙極了。我們正需要做些日常瑣事，使生活恢復正常。我很想去達特穆爾看一看。天氣又這麼好，一定會使大家的情緒都高昂起來。因此，請幫幫我吧，說服大家都去野餐，好嗎？」

這個建議出乎意料地十分成功。一開始，每個人都抱持懷疑態度，然後又都不太情願地承認，也許出去散散心是個好主意。

本來並未打算邀請馬歇爾上尉，因為他早就說自己那天得去普利茅斯。布拉特先生則熱中得要命，看來他是打定主意要成為此次活動的靈魂人物。除了他之外，還有布魯斯特小姐、雷德佛夫婦、史蒂芬・萊恩、加德納夫婦（他們已被說服晚一天離去）、羅莎美・譚利和琳達。

白羅一直在遊說羅莎美，要她相信這次野餐對琳達會有好處，會使她忘卻煩惱。羅莎美終於被說服了，她對白羅說：「你說得很對。對於一個她那種年齡的孩子而言，這的確是一個太大的打擊。她現在變得非常神經過敏。」

「這是很自然的，小姐。不過，任何年紀的人都會很快忘記過去。說服她來參加野餐會吧，我知道你有這個本事。」

只有貝瑞少校對於野餐會嚴辭拒絕。他說，他不喜歡野餐。

「要帶那麼多籃子，」他說，「而且吃起來還十分不舒服。我只要坐在一張餐桌前吃飯就夠了。」

大家在十點鐘集合。一共訂了三輛車。布拉特先生模仿著導遊吆喝著，大嗓門中透露出幾許得意。

「這邊走，女士們，先生們，去達特穆爾的請這邊來。啊，那裡有石南、越橘、德文郡的奶油，還有德文郡的罪犯。先生們，帶著你們的妻子或朋友都來吧！這邊風景特別好！快來，快來。」

就在最後一分鐘，羅莎美滿臉焦慮地走來了。她說：「琳達不去了。她說頭很疼。」

白羅大聲嚷道：「去走一走會對她有益。小姐，請你務必說服她。」

羅莎美答道：「勸也沒用。她打定了主意，態度很堅決。我給了她幾片阿司匹靈，她已上床休息了。」猶豫片刻，她又說：「我也不想去了。」

「不行，不行，親愛的女士，」布拉特邊叫邊開玩笑般地抓住了她的手臂。「這次活動必須有您的參與，否則一切將黯然失色。不許拒絕！哈哈，我已經將您拘留，押往達特穆爾。」

他緊緊拉著她走向第一輛車。無可奈何的羅莎美氣憤地瞪了一眼白羅。

「我留下來陪琳達好了，」桂絲帝娜・雷德佛說，「能否參加野餐旅遊，對我來說無關緊要。」

這時雷德佛先生說話了。

「嗨，你還是來吧，桂絲帝娜。」

白羅也勸說道：「夫人，你一定得來。頭痛的人，最好讓她一個人靜一靜。走，我們出發吧。」

三輛車終於啟動了。

他們首先到達的地點是位於希普斯特那個真正的匹克斯洞。在洞穴前，大家嘻嘻哈哈地找入口，最後終於借助一張明信片的圖畫找到了。

洞口附近有幾塊巨大的石頭，要爬上去挺危險的，於是白羅沒有嘗試。他只是坐在一旁，入迷地看著桂絲帝娜・雷德佛輕快地從一塊石頭跳到另一塊石頭，而她的丈夫則總是隨侍在側，不離左右。羅莎美・譚利和艾默莉・布魯斯特加入了尋找洞口的探險行列，而布魯斯特腳下一滑，竟然將腳踝微扭了一下。史蒂芬・萊恩異常興奮，他那不知疲倦的瘦長身影在巨石間出沒。布拉特先生則滿足地站在一邊，大聲地給人們鼓勵、加油，並為眾探險家們拍照。

只有加德納夫婦和白羅坐在路邊。加德納夫人又打開了話匣子，滿心歡暢地用那種一成不變的語調談起她的感受；而她的丈夫則不時恭順地來一句「是的，親愛的」。

「我一直覺得照相令人討厭，加德納先生對此也有同感。當然，親朋好友之間拍張照片另當別論。可是布拉特先生神經很大條，一點兒也不顧忌別人的感受。每回碰上一個人，他都要走上前去搭訕，然後還要幫人家照相。我對加德納先生說，這是沒有教養的表現。我是這麼對你說過，是不是，奧德爾？」

「是的，親愛的。」

「我們大家都坐在海灘上時，他又拍了一張照片。這麼做也沒有什麼不好，但他至少應該先說一聲，因為當時布魯斯特小姐正要從海灘上站起來，這麼一來，她在照片上的樣子就很怪。」

「的確如此。」加德納先生露齒一笑。

「然後，布拉特先生又是沒有事先聲明一下，就逐個分發那張照片。我看到他也給了您一張，白羅先生。」

白羅點點頭說：「我很珍惜這張合照。」

加德納夫人繼續說道：「再瞧瞧他今天的舉動吧，吵吵嚷嚷，粗俗不堪，真讓人不舒服。白羅先生，您真不應該把他帶出來。」

白羅嘟囔了一句：「這可不容易做到，夫人。」

「我知道。那個人就是愛到處招搖，什麼事都要插手，他一點兒也不知道別人有多麼討厭他。」

就在這時，一陣歡呼聲夾雜著高聲的叫嚷從下面傳出，原來他們終於找到了匹克斯洞。這一群人又繼續向前開拔。白羅領著眾人到了小河邊一個美麗的草地。此地離他們的車只隔了一塊長滿石南的小山坡。

河上有一座窄窄的木板橋。白羅和加德納先生一起勸加德納夫人過橋到對岸去，那邊有片長滿了石南的地方，沒有荊棘雜草，令人覺得賞心悅目，是一個野外午餐的理想地點。

加德納夫人一邊過橋，一邊仍在滔滔不絕地談她的感覺，然而，她仍然免不了腳下一軟，跌倒在橋上。就在此刻，傳來了一聲微弱的叫喊聲。

所有人都腳步輕快地過了橋，只有布魯斯特小姐站在橋中央，雙眼緊閉，身體左右搖晃著。

白羅和雷德佛先生趕快跑上前去幫她。

布魯斯特小姐覺得很沒面子，她聲音沙啞地說道：「謝謝，謝謝，真不好意思。每次過河總令我膽戰心驚，頭暈目眩。我真是太笨、太沒用了。」

午餐的食物都已擺好，野餐開始了。

這些生活在阿倫娜死亡陰影之下的人們，忽然都驚奇地發現，他們在事後竟然還能享受人生的快樂，這次野餐竟能使他們那緊繃的神經得到放鬆。也許，這是因為這次野餐讓他們擺脫了那種相互猜疑、彼此仇恨的壓抑氣氛。涓涓的流水在眼前流淌，空氣中散發著一種溫柔的泥炭氣息，石南和歐洲蕨的色調令人覺得溫暖親切，他們盡情地享樂，把謀殺案、警方的盤問和懷疑都拋到了九霄雲外，彷彿這一切從未發生過。即便是布拉特先生也徹底放鬆了，竟將自己決意成為此次野餐靈魂人物的打算完全拋到了腦後，因為午餐後，他便離開人群去睡了一覺，那低低的鼾聲說明他已完全沉浸在酣眠的寧靜世界中。

午餐結束後，大家開始收拾東西。所有的人都對白羅想出這麼好的主意心存感激，白羅因此受到了眾人的誇獎和恭維。

踏上蜿蜒狹窄的歸途時，太陽已開始西沉。從皮帶峽灣的山頂望去，可以瞥到小島和島上白色的飯店。夕陽中的飯店，看上去是如此的安寧與平和。

此情此景使加德納夫人第一次失去了滔滔大論的興致。她只是嘆了口氣，說道：「白羅先生，我真心地謝謝您。我現在感覺好多了，也平靜多了。」

§

這一行人回到飯店時，貝瑞少校出來迎接他們。

「嗨，你們好啊，」他說道，「玩得好嗎？」

加德納夫人說：「棒極了。達特穆爾簡直是一個美不勝收的地方，典型的英國風情，把人帶回遙遠的過去，甜美的空氣令人精力充沛。你就這麼懶散地待在房間裡，真應該自我檢討一下。」

貝瑞抿著嘴開心地笑了。

「這種事是年輕人幹的嘛，我年紀這麼大了，那種坐在泥地上吃三明治的事，我已經做不來了。」

飯店女僕氣喘吁吁地跑了出來。她猶豫了片刻，然後迅速地走到桂絲帝娜·雷德佛的面前。

白羅認出她正是葛蕾蒂．納拉科特。她情緒不穩地快速說道：「夫人，很抱歉打擾您，不過，那位年輕的小姐有點叫人擔心——就是那位琳達．馬歇爾小姐。剛才我給她送了些茶水上去，可是我怎麼也弄不醒她，她看上去非常奇怪呢。」

桂絲帝娜無助地環顧著四周。白羅迅速走到她身旁扶住了她，輕輕說了一句：「我們上去看看。」

他們快步走上樓梯，穿過走廊，來到琳達的房間。

看到琳達的第一眼，兩人就都明白事態已經很嚴重了。她的臉龐呈現出一種怪異的顏色，而且幾乎已沒有呼吸。

白羅用手試了試她的脈搏，同時注意到一個信封豎在床頭桌上的檯燈旁邊。信正是寫給他的。

馬歇爾上尉疾步走進房間，問道：「琳達怎麼了？她出了什麼事？」

桂絲帝娜．雷德佛低低地抽泣起來，聲音中滿是恐懼。

白羅從床邊轉過身來，說道：「找個醫生來，愈快愈好。不過，恐怕……已經為時太晚了。」

他拿起那封寫有他姓名的信，打開信封，看到信紙上琳達用工整的學生字體寫著幾行字：

我認為這是最好的解脫。請父親試著原諒我。我殺了阿倫娜。我本以為我會因此而興奮快樂，然而事實並非如此。對所有的這一切我感到很歉疚。

§

馬歇爾、雷德佛夫婦、羅莎美・譚利以及白羅等五人聚集在休息大廳裡。

他們靜靜地坐在那兒，等待著……

門開了，尼斯登進來了。他很簡短地向眾人宣布道：「我已竭盡全力了。也許她能度過危險，恢復健康；但是我不得不說，希望很渺茫。」

馬歇爾臉色很難看，藍眼睛冷若冰霜。他問道：「她從哪兒弄到那些藥的？」

尼斯登又一次打開了門，向門外招了招手。

飯店女服務生哭著走進來。尼斯登說：「告訴我們你看到的一切。」

這個女孩抽著鼻子說道：「我從沒想過，一點兒也沒想過會出這種事，儘管那位年輕的小姐看起來有點不對勁。」

尼斯登大夫微微做了個手勢，表示有些不耐煩，於是女服務生又回到正題上來。

「當時她正在雷德佛夫人的房間裡。就是您的房間，夫人。她在臉盆邊拿起了一個小瓶子，我進房時她嚇了一跳。當時，我還奇怪她怎麼拿您房間裡的東西，一轉念我又想，可能是她借給您的東西。她只是說：『啊，這正是我要找的東西——』然後就出去了。」

桂絲帝娜幾乎是耳語著說道：「那是我的安眠藥。」

尼斯登粗暴地問道：「她怎麼知道你有那些安眠藥？」

「我給過她一片，是在案發後的那個晚上。她跟我說她睡不著。我記得當時她還問我一片夠嗎，我告訴她，當然夠了，這種藥的效力很強，而且我還說，我自己一直很小心，一次最多只能吃兩片。」

尼斯登點點頭。

「為了達到效果，她一共吃了六片，夠多了。」

桂絲帝娜再次抽泣起來。

「這是我的錯，我應該把安眠藥鎖起來的。」

尼斯登大夫聳了聳肩膀。

「也許這樣做是好一些，雷德佛夫人。」

桂絲帝娜絕望地自言自語道：「她要死了，這是我的錯……」

肯尼斯．馬歇爾在椅子裡動了一下，說：「你不必自責，琳達明白她在做什麼。她是有預謀的，也許……也許這是最好的結局。」

他低頭看著手中揉皺的紙條，那是剛才白羅默默遞給他的。

羅莎美．譚利叫了起來。

「我不相信！我絕不相信琳達會自殺。這不可能，沒有絲毫證據！」

桂絲帝娜也急切地說道：「是的，她不可能這麼做。她一定是由於緊張過度而產生了幻覺，以為自己就是凶手。」

門開了，韋斯頓上校走了進來，他問：「怎麼了？出了什麼事？」

尼斯登從馬歇爾手中拿過那張紙條，將它遞給了警察局長。韋斯頓看了一下，滿腹狐疑地叫道：「什麼？這太荒唐了……絕對不可能！」他用十分肯定的口吻重複道：「不可能！是不是，白羅？」

白羅終於動了一下，慢慢地用一種充滿悲哀的語調說道：「不，恐怕這不是不可能。」

桂絲帝娜說：「但是，白羅先生，案發時我與她在一起。我們倆一起待到十一點四十五分。我也是這麼告訴警察的。」

白羅答道：「你的證詞的確證明了案發時她不在現場。但是，你的證詞是建立在什麼基礎上？這一基礎就是琳達．馬歇爾的手錶。你並不知道自己離開她時是十一時四十五分，你之所以這麼說，是因為她告訴了你這個時間。你還曾說過，時間似乎過得非常快。」

她瞪著白羅，十分驚訝。他說：「現在想一想吧，夫人，離開海灘後，您是快速還是慢慢地返回飯店的？」

「我……呃，是相當慢的。」

「您對返回飯店的那一段路還記得清楚嗎？」

「記不太清楚了。我……我當時正在思考。」

白羅又問：「很抱歉下面這個問題可能很唐突。不過，您能否告訴我，歸途上您在想什麼？」

桂絲帝娜的臉變紅了。

「呃，如果有必要的話……當時我正在考慮，嗯，離開這裡。悄悄地離開，不告訴我丈夫。你知道，那時，我……我非常不快樂。」

派屈克．雷德佛叫道：「桂絲帝娜！我知道，是我的錯，是我不好……」

白羅語調清晰地說：「沒錯，您正在考慮著如何邁出人生最重要的一步。我敢說，當時您根本無暇顧及周圍的一切。您很可能走得非常慢，偶爾停下來想清楚一些問題。」

桂絲帝娜點頭稱是。

「您的智慧令人欽佩。情況正是如此。到了飯店門口，我才如夢初醒。想到我可能會遲到很久，於是我加快了腳步。不過，當我看到休息大廳裡的鐘時，我發現時間還很充裕。」

白羅再次說了一句：「一點也沒錯。」然後他又轉身對馬歇爾說：「現在，我必須向你描述一下謀殺案後，我在你女兒房間發現的一些東西。壁爐裡有一大塊融化的蠟、燒焦的頭髮、紙板和紙的碎片，以及一枚普通的大頭針。紙和紙板也許與本案無關，但是其他三樣東西卻很有研究的價值——尤其是當我發現書架上塞著一本從本地商店借來的書時——它的內容涉及巫術和魔法。這本書動一下就翻開在特定的某頁上。那一頁上描述了多種在蠟中塑一個人形，使其致死的方法。其中之一便是慢慢地烘烤這塊蠟，直至融化；或者也可以用一根別針刺入蠟人的心臟，蠟人代表的那個人很快就會死去。後來雷德佛夫人告訴我，案發當日，琳達一大早就出去了，買回了一包蠟燭，當被人發現她購買的東西後，她顯得非常尷尬。後來發生的事情一定是這樣的：琳達用蠟燭融化後形成的蠟做了一個粗糙的人形……很可能她用了幾根阿倫娜的紅髮來裝飾這個人形，以期達到某種魔力的效果，然後她又用一枚大頭針刺入了蠟人的心臟，最後又在蠟人下面點燃了紙板，將蠟人融化。

「這種做法很原始、很孩子氣，也很迷信，但是卻反映了一個事實：謀殺的欲望。

「那麼，有沒有可能存在的不僅僅是一個欲望呢？琳達·馬歇爾有沒有真的殺害了她的繼母呢？

「第一眼看去，她似乎有著絕對可靠的不在場證明，但是，事實上，正如我剛才指出的，這個時間證據是由琳達自己提供的。她可以輕而易舉地把時間說晚十五分鐘。

「等到馬歇爾夫人離開海灘，琳達很可能緊跟著也離開了。她穿過一段窄窄的區域走向梯子，迅速地走下梯子，見到她的繼母，勒死了她之後，又迅速登梯離去，這一切都發生在布魯斯特小姐和雷德佛先生駕駛的小船到來之前。然後琳達又可以回到海鷗角，從容不迫地游泳，再回飯店。

「但是，這一設想是建立在兩個基礎上。第一，她必須知道阿倫娜．馬歇爾人就在匹克斯角；第二，她必須有足夠的體力做這件事。

「嗯，第一點是很有可能的——琳達可以用別人的名義給阿倫娜寫一張便條。關於第二點，琳達的手粗大有力，跟男人的手一樣大。至於力量，她正處於一種情緒極端不穩的年齡，而情緒的紊亂又常常伴隨著非凡力量的爆發。還有一個小小的細節：琳達．馬歇爾的生母實際上也曾被指控謀殺而受到審訊。」

馬歇爾抬起頭來，語調強硬地說道：「她早已被宣判無罪。」

「是的，她的確被宣判無罪。」白羅對此表示了首肯。

馬歇爾又說：「白羅先生，我要告訴您，羅絲——就是我妻子——是清白的。對此，我有十足的把握，絕對肯定。我們生活在一起，親密無間，這種事瞞不了我。她是受環境壓迫的無辜受害者。」頓了一下，他又接著說道：「而且我也不相信琳達謀殺了阿倫娜。這種想法簡直是太荒唐了，可笑至極！」

白羅問道：「那麼，你認為那封信也是一封偽造信嗎？」

馬歇爾伸出手，韋斯頓將信遞給了他。他仔細地研究了一下這封信，然後搖了搖頭。

「這並不是一封偽造信，」他不情願地說道，「應該是琳達寫的。」

白羅說：「那麼，如果此信的確是她所寫的，只能有兩種解釋。第一，她寫此信的動機是非常真誠的，她知道自己是兇手。第二，她寫此信的目的在保護另外一個人……她一直擔心此人受到懷疑。」

馬歇爾問道：「你是指我嗎？」

「這是有可能的，不是嗎？」

馬歇爾考慮片刻，然後輕聲說道：「我覺得這種想法極為荒謬。也許琳達一開始曾意識到我被當成了懷疑對象，但是，現在她已確切知道那項懷疑不復存在……警方已承認了我的不在場證明，而將注意力轉向了其他人。」

白羅緊接著追問道：「萬一事實是，她清楚知道你有罪，而不是她認為你被懷疑？」

馬歇爾目瞪口呆，無言以對。他短促地笑了一下。

「這個『萬一』太荒唐。」

白羅並不理會他的分辯，而是接著分析道：「我一直在考慮這個問題。關於馬歇爾夫人被害一案有幾種可能性。一種是她被敲詐了，案發那天上午她就是去會見那位敲詐者，可是後者殺死了她。另一種可能是，匹克斯洞和匹克斯角已成為毒品貿易的交易場所，而她之所以被殺，是因為她偶然聽到了其中的內幕。第三種可能，她是被一個狂熱的宗教信徒殺死的。還有第四種可能，你，馬歇爾上尉，能因你妻子的死亡獲得一大筆錢吧？」

「我剛剛告訴過你——」

「是的，是的，我同意你不可能謀殺妻子，但這是在你獨自行動的前提之下。然而設想一下，萬一你有幫手呢？」

「你到底想說什麼？」

這個一向沉默的人終於被激怒了。他從椅子上半立起身，眼裡閃著憤怒，用一種威脅的語調質問著白羅。

白羅答道：「我的意思是，這件事不是一個人單槍匹馬做得了的。應該有兩個人。當然，你絕對不可能在打信的同時去匹克斯角；但是，你完全可以用速記的方式將那封信的內容草草記下，然後再讓別人在你的房間裡把它打出來，而你則去幹殺人的事。」

白羅盯著羅莎美．譚利說：「譚利小姐說她十一點十分離開日光崖，看見你正在房間裡打東西。但是，就在那時，加德納先生回飯店為太太拿毛線，然而他既沒碰上譚利小姐，也沒見著她。這太令人匪夷所思了。要嘛譚利小姐沒有離開過日光崖，要嘛她早就離開那兒、回到飯店，在你的房間裡匆忙打字。還有一點值得注意，你曾說，當譚利小姐在十一點十五分向你的房間內探頭時，你從鏡中看見了她。然而，案發那天，你的打字機和紙都在房間角落的那張桌子上，而那面鏡子卻位於兩扇窗戶之間。因此，你是故意撒謊。後來，你才把打字機挪到鏡子下邊的那張桌子上，企圖證實你說的話……然而為時已晚。於是我想到你和譚利小姐都在撒謊。」

羅莎美．譚利清晰的低音響了起來。

「你簡直是個魔鬼，太可怕了，居然這麼聰明。」

白羅提高了嗓門，說：「然而，比起殺害阿倫娜．馬歇爾的凶手，這兩方面我都甘拜下風！稍稍回憶一下吧。在我，還有大家每個人的腦海中，那天早晨阿倫娜．馬歇爾到底要去見誰？我們的結論是一致的，那就是派屈克．雷德佛。她並非要去見一位敲詐者。單從她的表情來看，我就能做出這一推斷。確實，她是要去見一位情人……至少她認為自己要去與情人會面。

「對此我很肯定。阿倫娜．馬歇爾的確是要去見派屈克．雷德佛。可是，一分鐘之後，派屈克．雷德佛卻出現在海灘上，而且明顯是在找她，這是怎麼回事呢？」

雷德佛抑制住憤怒，答道：「有人冒用了我的名字。」

白羅說道：「對於她未能如期而至，你顯得非常不安和驚訝，也許，你表現得有點太過分了。雷德佛先生，我認為，她去匹克斯角是要見你，而且她的確見到了你，然而你按事先計畫好的步驟殺害了她。」

這一席話驚得雷德佛目瞪口呆。不過，他並沒有發怒，而是用他那充滿幽默感的愛爾蘭腔調高聲說道：「你瘋了嗎？我駕船與布魯斯特小姐一起去匹克斯角，才發現她已經死了；而這之前，我一直在海灘上，和你在一起。」

白羅說：「就在布魯斯特小姐乘船去找警察之後，你殺死了她。當你到達海灘時，阿倫娜．馬歇爾並沒有死。她藏在洞穴裡，直到岸上其他人離開後才出來。」

「但是有屍體為證！布魯斯特小姐和我都看見了屍體。」

「屍體……你只說對了一半。因為那是一具有生命的軀體，你同謀的軀體。她將四肢塗上像被日光曬過的顏色，又用一頂綠色的紙板帽遮住臉龐。桂絲帝娜，你的妻子（也有可能不是你的妻子，但仍然是你的同夥），幫你殺了阿倫娜．馬歇爾，這個案子與數年前一起案件的做案手段相當類似。那一次，桂絲帝娜是在艾麗斯．科里根被其夫愛德華．科里根殺害的二十分鐘之前『發現』了她的屍體，而愛德華．科里根不是別人，正是你——派屈克．雷德佛先生。」

桂絲帝娜用凌厲的語氣冷冷說道：「派屈克，小心，保持冷靜，別發脾氣。」

白羅說：「對下面這件事，你也許會有興趣了解。蘇瑞警方輕而易舉就從一群人中把你和你太太桂絲帝娜認出來了，你就是那位愛德華．科里根，她則名叫桂絲帝娜．德維瑞爾，就是那位發現屍體的年輕女子。」

派屈克．雷德佛站了起來。他氣得滿臉通紅，英俊的面龐已扭曲變形，這是一張充滿了殺機的臉。他叫道：「你這個卑鄙下流、愛管閒事的混球！」

他撲上前去，十指張開又握起，伴隨著口中語無倫次的詛咒，他的十指緊緊地勒住了白羅的喉嚨……

13

白羅沉思著說道：「有一天早晨，我們坐在海灘上，談到被日光曬黑的軀體躺在那裡像砧板上的肉一樣，當時我就想到，兩具軀體之間的差異其實是多麼地微乎其微。當一個人在近距離用審視的眼光去看時，兩具軀體之間會有一定的差別。然而，如果只是漫不經心地瞥一眼呢？那樣的話，兩位身材適中勻稱的年輕女子，看來就非常相像。兩條棕色的腿，兩隻棕色的手臂，再加上一件小泳衣——對於裸露在陽光下的一具軀體，人們能注意到的不過是如此。只有當一個女人動起來的時候，她才有了鮮明的個性，有了屬於她自己的特點。然而在陽光下的海灘上，一個靜臥的女人與其他女人是沒有什麼兩樣的。

「那天，我們還提到了罪惡——萊恩先生把它叫作陽光下的罪惡。萊恩先生是一個極為敏感的人，罪惡令他恐懼不安。他意識到罪惡的存在。然而，儘管他能精確地記錄周遭所發生的一切，卻並不真的知道罪惡究竟在哪裡。對他而言，阿倫娜．馬歇爾就是罪惡的化身，而且幾乎所有人都同意他的觀點。

「可是，我卻認為，儘管有罪惡存在，它卻並非只集中於阿倫娜．馬歇爾身上。是的，她與罪惡之間是有著聯繫，但是並非像大家想像的那樣。我始終將她視為一個命運注定的永恆受害者。因為她是如此美麗、妖嬈多姿，吸引著男人們的注意，因此，人們總把她看成那種破壞別人家庭、使人喪失意志的壞女人。但是我不這麼看。並非她對男人們總有著致命的吸引力，正相反，是男人對她形成了致命的誘惑。在她面前，男人會輕易地墮入情網，卻也令他們輕易地就產生厭倦感。我所看到和聽到的每一件事都加深了這種印象。我聽說的第一件事是在一個男人的離婚案件中，法庭傳訊了她，而那之後，那個男人卻拒絕娶她。就在這種情況下，馬歇爾上尉——他的性格中有一種無可救藥的騎士精神——不畏人言，向阿倫娜求了婚。對於馬歇爾上尉這種沉默寡言、不善交際的男人來說，任何流言蜚語或是旁人不屑的眼光，在他看來，都是一種最痛苦的折磨，正因如此，他才對第一位妻子產生了愛情和憐憫，因為後者由於莫須有的謀殺罪名而被公眾譴責、被法庭審訊。他們結合了，婚後丈夫發現自己並沒有看錯妻子，她是一個值得愛護的人。前妻去世以後，另一位漂亮女人——可能這兩個女人之間有一些相像之處（因為琳達與阿倫娜都有一頭紅髮，而琳達的紅髮很可能是得自她母親的遺傳）——同樣陷入了公眾的蜚語流言之中。於是馬歇爾再一次英雄救美。但是這一次，這種憐香惜玉式的情感卻未能持續太久，因為阿倫娜是個沒有頭腦、淺薄而愚蠢的女人，不值得同情和愛護。我認為馬歇爾一直對她有一種相當清楚的認識。對妻子的感情幻滅以後，儘管馬歇爾已厭倦了妻子的存在，但仍然對她抱持著同情的心態。在他眼中，妻子就像一個小孩子，達到了某個目標之後就滿足地停滯不前，再也無法進步了。

「在阿倫娜・馬歇爾身上，存在著一種對男人固有的激情，這種激情使她注定要成為那種輕薄男人的獵物。而相貌英俊的派屈克・雷德佛給人一種信賴感，對女人有一種不可抵擋的誘惑力；他正屬於那種會利用女人發財的男人。這個生活中的冒險家就是靠著賺女人的錢來謀生，當然具體的方式不一而足。每回坐在海灘上，從我的角度去觀察，得出的結論總是：阿倫娜是雷德佛的祭品，而絕不是平常表現出來的那樣，好像雷德佛受到阿倫娜魅力的蠱惑而無法自拔。於是，在我的眼中，邪惡的化身其實是派屈克・雷德佛，而不是阿倫娜・馬歇爾。

「不久以前，阿倫娜從一位崇拜者那兒繼承了一大筆遺產，這位老先生還來不及厭倦阿倫娜就告別了人世。她手中的錢總會被各種男人騙走。布魯斯特小姐曾提到有一位年輕人就『毀』在阿倫娜手中。但是，我們在阿倫娜房間中發現了這位年輕人寫的一封信，儘管信中表示（願望是不用花錢的）要將珠寶獻給阿倫娜，但實際上我們卻從此信中看出，寫信人從阿倫娜手中拿走了一張支票，藉以逃避法律的制裁。很明顯，這個揮霍無度的花花公子是靠阿倫娜的接濟度日。我敢保證，派屈克．雷德佛發覺，不時地以『投資』為名誘使阿倫娜給他大筆大筆的金錢，簡直是一件輕而易舉的事。他很可能編造了一些美麗誘人的謊言，使阿倫娜相信他會使他們兩人發一筆大財。在這種男人面前，一個獨居、無人保護的女人很容易成為其手下獵物，而且最後他可以帶著贓款逃之夭夭。然而，如果女人身邊有丈夫、父親或兄弟指點迷津，形勢對這位騙子就會很不利了。因此，一旦馬歇爾上尉察覺到有人在打他妻子財產的主意，派屈克．雷德佛就會倒大楣了。

「但是，這並沒有使他裹足不前，因為他很自然地想到，必要時他可以殺了阿倫娜……那次成功的先例大大地鼓舞了他，那一次他以科里根為名娶了一位年輕女人，然後又勸說她為自己投保大筆壽險。

「那一次，他得到了一個女人的支持，在這裡，這個女人成了他的妻子，事實上，這個女人也是他真正愛戀的人，一個最不可能被他犧牲、冷落的人。她頭腦冷靜、不易動情、遇事不驚，卻對雷德佛忠貞不渝。此外，她還是個演技高超的演員。這個女人正是桂絲帝娜．雷德佛。從她到達此地的第一天起，她就扮演了一位楚楚可憐的小妻子形象，給人一種纖弱無助、充滿智慧卻缺乏活力的印象。讓我們回憶一下她多次強調過的一些事情吧！她說自己曬多了太陽皮膚就會起泡，因而不能進行日光浴，所以皮膚很白。總之，她要給人留下一種嬌軟無力、弱不禁風的感覺，於是，每個人提到她時都以『小女人』稱之。事實上，她與馬歇爾夫人一樣高，只是手和腳都很小。她說自己從前曾在一所學校做教師，非常強調自己擁有淵博學識卻缺乏運動員的矯健輕捷。其實她的確曾在一個學校工作過，不過她是個教體育的老師，而且她年輕，充滿活力和朝氣，爬上爬下都如運動員般身手不凡。

「他們兩人把這個案子的每個步驟及時間安排得天衣無縫。我曾說過，這是一起非常狡猾的犯罪，尤其時間的安排簡直是巧妙至極，令人不由得拍案叫絕。

「首先他們做了一些案前的安排：頭一天晚上，他們知道我坐在懸崖上的一個凹洞裡，於是他們倆也就選擇了我旁邊的一個地方坐下來，然後由妻子扮演一個傷心欲絕、傳統保守的怨婦形象，與丈夫進行一場對話。後來，她又在我面前扮演了同樣的角色。我記得，當時我曾模糊地覺得，這一切都像是某本書中描寫過的情節，看上去是如此的虛幻，因為，這本來就是騙子們特意製造出來的假象。

「案發當日天氣晴朗，這是一個相當重要的條件。雷德佛的第一個步驟就是，一大早就從陽台悄悄溜出去——陽台的鎖他從裡面打開了（要是有人發現陽台開了，人們只會以為是有人早起游泳去了）。他在浴袍下藏了一頂綠色的中國式紙板帽，與阿倫娜常戴的那種一模一樣。他輕輕穿過小島，走下梯子，將這頂帽子藏在岩石後面的一個指定地點。以上為第一部分。

「頭一天晚上他還與阿倫娜訂了一個約會。他們倆做這種事是很小心的，因為阿倫娜還是有點懼怕丈夫。所以她同意一早就去匹克斯角。那天早上沒有人會去那裡，雷德佛將在那裡與她會合，說是會趁人們不注意時悄悄溜過去。要是她聽到有人下了梯子，或是看到有船從海上駛過來，她就要藏進匹克斯洞（這個洞是他告訴她的一個祕密），一直等到岸上無人時才可出來。此乃第二部分。

「就在同時，桂絲帝娜進了琳達的房間，將琳達的手錶撥快了二十分鐘，因為她知道此刻琳達正在外面游泳，房裡沒人。琳達後來可能會發現她的手錶時間有誤，不過，即使如此，也無礙大局。桂絲帝娜憑藉的證據是，她的小手無法犯下這一罪行。當然，再有一個無罪的證據豈不更好？在琳達的房間裡，她發現了一本有關巫術和魔法的書，此書正翻開在某一頁上。她看了看這本書。當琳達進房間時，將一個裝滿蠟燭的包裹掉在地上，於是，聰明的她就已經知道琳達的腦子裡在轉什麼念頭了。她有了一些新的想法。最初，這對作賊心虛的夫婦想將人們懷疑的目標順勢地轉到肯尼斯・馬歇爾身上，因此他們故意在匹克斯角的梯子底部附近放置了一些菸斗的碎片，這正是他們用來混淆視聽的伎倆。

「琳達回來後，桂絲帝娜就邀她同去海鷗角。然後，她回到自己房間，從一個鎖著的箱子中拿出一瓶棕色防曬油，小心地塗抹全身，然後將空瓶扔出窗外，差點兒打中正在游泳的艾默莉・布魯斯特。此時計畫的第三部分已大功告成。

「然後桂絲帝娜穿上了一襲白色泳衣，並在泳衣外面套上一身寬大的沙灘裝，沙灘裝的上衣有著又長又肥的袖子，遮住了她那剛變成棕色的四肢。

「十點十五分，阿倫娜啟程去赴約，一兩分鐘後，派屈克．雷德佛來到海灘上，裝出又驚奇又惱怒的模樣。桂絲帝娜的任務則簡單得很。她藏起了自己的手錶，在十一點二十五分時問琳達時間。琳達看了看錶，回答說是十一點四十五分。然後琳達跳入海中游泳，桂絲帝娜開始收拾她的畫具。琳達一轉過身去。桂絲帝娜就拿起琳達留在海灘上的錶，將它撥回到正確的時間。然後她迅速跑上通往懸崖的小徑，穿過小島的岩頸，爬上梯子，脫去她的寬鬆外衣，將衣物與素描箱藏在岩石後，然後充分發揮她的體操技能，像羚羊一般輕快地跑下了梯子。

「此時，阿倫娜正等在下面的海灘上，正奇怪派屈克為什麼還沒來。然後她看見或聽見有人在梯子上，她小心翼翼偷看了一下，令她大為惱怒的是，此人竟然是她最為討厭的雷德佛夫人！於是，她迅速躲進了匹克斯洞。

「桂絲帝娜將帽子從藏匿處取出，戴上，又在帽子下面別上了一些假的紅色鬈髮，然後伸展四肢躺下，帽子和假髮遮住了她的臉和頸。時間安排得恰到好處。一兩分鐘後，派屈克和布魯斯特小姐駕船到來。請回憶一下，彎腰查看屍體的是派屈克，在死去的情人面前暈眩、震驚、傷心欲絕的也是派屈克。在挑選證人的時候，他是非常審慎的；布魯斯特小姐之所以被選中，是因為她有懼高症，絕對不會願意登上梯子。她會選擇駕船離開匹克斯角，而留下派屈克與屍體單獨相處——『因為凶手可能仍在附近』，光是這個理由，就足以讓布魯斯特小姐做出上述的選擇了。而布魯斯特小姐划的船剛一消失，桂絲帝娜就跳起來，用派屈克小心翼翼一路帶來的剪刀將帽子剪成碎片，把碎片塞入泳衣，飛速跑上梯子，急忙穿上那身寬大的沙灘裝，跑回了飯店。回到房間後，她立刻沖了個澡，洗去了身上的防曬油，換上了網球裝。接著是在琳達的壁爐裡將綠色的紙板帽和假髮燒成灰燼，又加進了一頁日曆，目的在造成一種假象：被焚燒的東西是日曆而不是帽子。正如她猜疑的那樣，琳達的確是在試驗魔法——蠟燭和大頭針證明了這一點。

「然後，桂絲帝娜到了網球場，儘管她是最後一個到的，卻沒有顯露出絲毫的慌張與不安。

「同時間，派屈克鑽進了匹克斯洞。洞中的阿倫娜對外面發生的事情幾乎一無所知，她什麼也沒看見，也聽不見什麼，除了船靠岸的聲音以及人的低語聲，因為她藏得過於小心翼翼，她實在太怕被人發現了。然而，現在是派屈克在叫她了。

「『終於清靜了，親愛的。』情人的聲音令她放下心來，於是她從洞中出來了，然而迎接她的卻是凶神惡煞的派屈克，和他那鐵鉗般扼住她喉嚨的雙手。這，就是無知且不幸的美女阿倫娜．馬歇爾的可悲結局……」

他的聲音漸漸低了下去。

房間裡一片沉寂。片刻之後，羅莎美．譚利用微微發抖的聲音說道：「的確，你使我們看清了所有的真相。但是，你只告訴我們故事的始末，卻沒有說明你究竟是如何發現這一切的。」

白羅開始解釋。

「我曾經對你們說過，我的思維方式相當簡單而直接。從一開始，我就感覺到此案的兇手應該是最有可能殺害阿倫娜的人。而此人正是派屈克．雷德佛。他恰好就是那種類型──那種利用、剝削阿倫娜這種女人的男人，那種心狠手辣的殺人狂，那種將一個女人的積蓄全部據為己有之後還要將她殺死的殘暴之徒。那天早上，阿倫娜要見的人究竟是誰？她的每一個面部表情、她的微笑、她的一舉一動，都說明她要見的人是派屈克．雷德佛。因此，我很自然地得出了這樣一個結論：派屈克應該是殺害她的兇手。

「但是，正如我告訴過你們的那樣，我立刻就發現這一結論無法成立。雷德佛不可能殺害她，因為，在發現屍體之前，他先是在海灘上，後來又一直和布魯斯特小姐在一起。於是，我將目光轉向別處，發現另外還有幾種可能性。她可能是被她丈夫謀害的，而且譚利小姐參與謀畫了這起殺人案件（在某件事上，他們都撒了謊，這使他們顯得非常可疑）。此外，她被害的原因也可能是，她偶然發現了一起毒品交易的祕密。還有，兇手可能是一位宗教狂熱份子或馬歇爾前妻所生的女兒琳達。一度我曾認定琳達就是兇手。在第一次警方對琳達進行的調查中，琳達的舉止態度說明了很多問題。後來，我又與她交談了一次，此次談話使我確信，琳達認為自己是有罪的。」

「你是說，她認為實際上是自己謀害了阿倫娜嗎？」羅莎美滿腹狐疑地問。

白羅點點頭。

「是的。請記住，她還不過是個孩子。她讀了那本關於巫術的書，對其中內容還是有點相信的。她恨阿倫娜，於是她特意製作了一個蠟人，唸一番咒語之後，刺穿其心臟，再將其融化——就在同一天阿倫娜死了。即使是一些比琳達年長、閱歷也更為豐富的人，對魔法都可能有著狂熱的信仰。自然，琳達也會以為她唸的咒語真的起了作用，她施展的魔法真的殺害了她的繼母。」

羅莎美哭了。

「這孩子真可憐，太可憐了。我……我當時根本沒想到這一點，我只是以為她知道了一些線索，而這些線索會——」

羅莎美停住了。

白羅說道：「我知道你的想法是什麼。事實上，你的態度使琳達更為恐懼了。她認定是她的魔法造成了阿倫娜之死，而且你已知道了這件事。桂絲帝娜．雷德佛又不斷在一旁搧風點火，把安眠藥的效用灌入她的腦中，向她展示這種快捷、無痛的贖罪方式。因為，一旦馬歇爾上尉被證明是無罪的，那麼就必須再找出一位新的懷疑對象。雷德佛夫婦二人都對毒品交易一事一無所知，因此，他們選定了琳達作為代罪羔羊。」

羅莎美叫道：「簡直就是惡魔！」

白羅點點頭。

「你說得很對。桂絲帝娜．雷德佛與其夫一樣，也是一個心狠手辣的冷血動物。繼續談我的思路吧。我遇到了巨大的困難。有個疑問在困擾著我：到底琳達是不是僅限於施行蠟人魔法這種幼稚的行為？抑或恨到真的動手殺了阿倫娜呢？我試圖讓她告訴我真相，但是未能成功。那是我最沒把握、心情最惡劣的時刻。警察局長韋斯頓上校傾向於以毒品交易一說結案。我不能眼睜睜看著此案就這麼了結。於是，我又將所有細節認真地在腦海裡過濾了一遍。當時我已經為自己腦海中的拼圖收集了若干碎片，它們是相互孤立的事件，卻必須拼成一幅完整和諧的畫面。海灘上發現了一副剪刀，窗戶內扔出了一個瓶子，有人曾在自己的浴室洗過澡，然而，普遍詢問之後，竟無人承認……這些事件本身極為普通，不值得懷疑，但正因為它們都成了無人承認的謎，才具有了一層深意，引人思考。它們必然成為解決這個疑案的關鍵，不過這三者之中無一能與以下三種假設相符：一、馬歇爾上尉為兇手；二、琳達是兇手；三、某一毒品集團應對此案負責。於是，我又回頭去看第一種假說，即把派屈克．雷德佛當成謀殺犯。這種假說有證據嗎？有，就是阿倫娜的帳戶少了一大筆錢。這筆錢落到了誰的手中？當然是雷德佛。阿倫娜這種女人在年輕英俊的男人面前極易受騙上當，但是她絕對不會受人敲詐。因為她這個人不善於保守祕密，所以對敲詐一說我從未給予太多關注，它實在不像是真的。可是與此有關的一場對話卻被人聽到過。且慢，被誰聽到的？雷德佛夫人。這完全是她編造出來的一個故事，沒有任何外部證據。那麼，編造這樣一件事的目的何在呢？苦思冥想後，我終於茅塞頓開：桂絲帝娜的意圖在於向人們說明，阿倫娜的錢為何會不翼而飛！

「派屈克和桂絲帝娜這對男女共同策畫了這起謀殺案。後者無論從體力還是精神上都缺乏將一個人勒死的力量和勇氣。因此，真正下手的人是前者……但這是不可能的！在屍體發現之前，他的每一分鐘都清白無瑕。

「屍體……這個詞引發了我的聯想。躺在海灘上的一個個軀體，它們是彼此相像的。雷德佛先生和布魯斯特小姐駕船到了匹克斯角，發現了躺在那裡的一具軀體……想想看，也許這並不是阿倫娜，而是一個別的女人！這是有可能的，因為它的面龐已完全被那頂巨大的中國式帽子遮住了。

「然而死屍只有一個，那就是阿倫娜。那麼，是否有可能是一具活屍、一個活人躺在那裡裝死呢？會不會是阿倫娜要與派屈克開個玩笑？考慮片刻後，我否定了這種猜測，這太冒險了。那麼，這具活屍又是誰呢？雷德佛是否有一位女幫凶？當然有，那就是他妻子。

可是，桂絲帝娜卻是一位皮膚白皙的纖弱女子。我動了動腦筋，終於想到，抹上一些人工製品也可以使皮膚呈現出一種古銅色，與日曬的效果一樣。這種人工製品是可以裝在瓶子裡的。瓶子──我的拼圖遊戲中的一個碎片終於找到了自己的位置。在身上抹完油後，自然得沖個澡──去打網球之前她得將身上那層偽裝色洗掉。那麼剪刀又如何解釋呢？當然，是用來剪掉那頂仿造的紙板帽，這頂帽子是個累贅，必須毀掉。不過慌忙之中，剪刀被這對凶手遺忘了。

「但是這段時間內，阿倫娜在哪裡呢？這一點也很清楚。在匹克斯洞待過的不是羅莎美・譚利就是阿倫娜・馬歇爾……她們倆使用的香水讓我得出了這一結論。前者自然毫無可能，所以一定是阿倫娜一直藏在洞中，等待岸邊的閒雜人等都離去。

「當布魯斯特小姐駕船離去時，海灘上就只剩下派屈克一人，他犯罪的大好時機終於到了。阿倫娜是在十一點四十五分以後被謀殺的。法醫只能推測謀殺發生的最早時間。醫生知道阿倫娜的死亡時間是在十一點四十五分，但是他並沒有將此告訴警方。

「還有兩件事需要解釋一下。琳達・馬歇爾為桂絲帝娜・雷德佛提供了無罪的證據。不過，這個證據的依據是琳達自己的手錶。我們所需要證實的不過是桂絲帝娜有兩個機會撥改手錶。這一點很容易做到。案發那天早晨，她獨自一人待在琳達的房間內，這是其一。此外，還有一個間接證據。琳達說她『怕自己要遲到了』，但是，當她走下樓看了大廳裡的鐘時，卻發現才十點二十五分。另外一個機會也很顯而易見，琳達一轉過身下海游泳，桂絲帝娜就可以將手錶撥回來。

「此外，還有梯子的問題。桂絲帝娜總是說她有懼高症。這是一個蓄意製造的謊言。

「到此，我的腦袋裡已形成一幅完整的畫面，所有的碎片都漂亮地各就各位。但是，很不幸，我沒有確定的證據，這都是我想出來的。

「然後，我有了個主意。有一點是確定的：兇手的狡猾與奸詐。我絲毫不懷疑，將來有一天派屈克．雷德佛會故技重施。那麼過去呢？我隱約覺得此次並非是他的初次犯案。他的做案手段──將人勒斃──與他的天性是一脈相承的，他本質上就是一個嗜血成性又愛財如命的殺人狂。如果他有過行兇殺人的過去，那麼我敢確定這一次他一定會採用同樣的做案方法。於是，我向柯蓋特警官要了一份被勒致死的女性受害者名單。結果令我很滿意。有一位奈莉．帕森被勒死在一片荒僻的小樹林裡，此案可能是、也可能不是雷德佛所為──不過，它在做案地點的選擇，可能會對雷德佛有所啟發。但是，在艾麗斯．科里根被殺一案中，我終於發現了一直在尋找的東西。那一案件與本案的做案方法具有相同的本質，那就是，在時間上大做文章。通常，殺人兇手的實際做案時間都比人們初步想像、判斷的要早，而在本案及科里根一案中，情況則正好相反。在後一案件中，報案人謊稱在四點一刻發現了屍體，而死者的丈夫卻有證據證明他在四點二十五分以前都無做案可能。

「那麼，事實究竟如何呢？據愛德華．科里根自己說，他到達松樹嶺咖啡館後，發現妻子不在那裡，於是他就出來在附近溜達了一會兒。事實上，他是飛速跑到了約會地點凱撒林（大家應該還記得那兒離松樹嶺很近），殺害了妻子，然後返回咖啡館。報案的小姐正在徒步旅行，她是個極受人尊敬的女士，在一家有名的女子學校教體育。很顯然她與愛德華．科里根沒有任何瓜葛。她得走一段路後才能報案。警察到了五點四十五分才對屍體進行了檢查。正像在本案中一樣，人們毫無疑問地接受了一個虛假的死亡時間。

「我又做了最後一次測試。我必須確切地知道雷德佛夫人是個撒謊者，於是，我安排了一次去達特穆爾的短途旅遊。一個人要是有懼高症，那麼他（她）在走過湍急流水上的窄橋時，就會感到極不舒服。布魯斯特小姐是真的有懼高症，過河會令她頭暈目眩。但是，桂絲帝娜．雷德佛卻無所顧忌、平靜如常地過了河。這只是一個很小的細節，卻向我們揭示出一條確定無疑的信息。如果她在完全沒必要的情況下撒謊，那麼她所說的其他話語也有可能是謊言。同時，柯蓋特請蘇瑞警方確認了一下照片。而我一向只採用那些我認為能夠成功的策略。於是，我努力使雷德佛先生產生一種安全感，然後再將目標對準他，竭盡全力讓他失去控制。一旦得知自己已經被認定就是科里根時，雷德佛立刻驚惶失措，完全失去了自制力。」

白羅輕輕撫摸著自己的喉部，似乎陷入了回憶之中。

然後才加重語氣說道：「我採取的行動危險之至，但我無怨無悔。而我成功了！不必在失敗中煎熬。」

靜默了片刻，加德納夫人深深地嘆了口氣。

「白羅先生，聆聽您對案情的分析，簡直令人茅塞頓開。它引人入勝的程度絕不遜於一個犯罪學的演講，事實上這就是一次生動的犯罪學演講。想想看，我的毛線團，還有對日光浴的討論，竟然也成了您的線索，這太奇妙了，真讓我興奮得不知說什麼好。我想加德納先生也會有同感吧，是不是，奧德爾？」

「是的，親愛的。」加德納先生的回答一如往常。

白羅接著說：「事實上，加德納先生也給了我很大的啟發。當時我需要有個頭腦清楚的人談一談對馬歇爾夫人的看法。我認為加德納先生正好是個合適的人選。」

「真的嗎？」加德納夫人說，「那你是怎麼說她的，奧德爾？」

加德納先生咳嗽著，似乎想掩飾些什麼。

「呃，親愛的，你知道，我一向對她沒什麼好感。」

「男人們總是對妻子說這種話，」加德納夫人略略有些不滿。「要我說啊，即使是白羅先生您，把馬歇爾夫人那種人稱為天生的受害者，也是對她太寬容了一些。當然她絕非很有教養的女人。不過，既然馬歇爾上尉不在場，我要毫不留情地說明我的看法：她實在有些傻頭傻腦、幼稚無知。我曾經對你這麼說過，對吧，奧德爾？」

「是的，親愛的。」加德納先生答道。

§

琳達・馬歇爾與白羅並肩坐在海鷗角旁。

琳達說：「我很高興我沒死。但是白羅先生，您知道，我仍然覺得是我殺死了她，難道不是這樣嗎？我是有此打算的。無論如何，結局是一樣的。」

白羅語重心長地答道：「這絕對不可以相提並論。有謀殺的欲望和真正殺了人是迥然不同的兩碼事。設想一下，在你的臥室裡，即使被刺穿心臟的不是那個小蠟人，而是你的繼母被捆綁在那裡，而你手中拿的也不是大頭針，而是一把鋒利的匕首，但我可以確定，你仍然不會將這把匕首刺入她的心臟。因為你身上有某個東西在告訴你『不行』。在這方面，我與你一樣。有個笨蛋令我非常憤怒，於是我對自己說：『我要踢他一腳。』事實上，我只是踢了一下身邊的一張桌子，然後告訴自己，『這張桌子就是那個笨蛋，我就這麼踢他吧。』然後，要是我的腳趾頭不太疼的話，我就感覺好多了；桌子呢，一般情況下也不會被毀壞。不過，即使那個笨蛋就在眼前，我也不會真的去踢他。做蠟人、把大頭針插進去，這是很傻、很幼稚的行為，但是它絕非無用之舉，至少它可以解你心頭之恨……你的仇恨有了發洩的對象，就是那個小蠟人。大頭針和火焰幫你消滅的不是你的繼母，而是你對她的滿腹仇恨。後來，在你聽到她的死訊之前，你已經覺得自己從仇恨中解脫出來了，你感到了輕鬆、快樂了許多，是不是？」

琳達點點頭，她說：「您怎麼知道的？這正是我的感覺。」

白羅說：「不要再做傻事了。希望你能下定決心，別再憎恨你下一位繼母。」

琳達嚇了一跳說：「您認為我還會再有一位繼母嗎？哦，我明白了，您是在指羅莎美。我並不討厭她。」猶豫片刻，她又補充說：「她是一個通情達理的人。」

要形容羅莎美．譚利小姐，白羅可不會用「通情達理」這個詞，因為它太無味、太平淡了。然而白羅知道，對琳達而言，這就是最高的評價了。

§

肯尼斯．馬歇爾說：「羅莎美，你是不是一直以為我殺了阿倫娜？」

羅莎美滿臉羞愧的神色，說道：「哎，別提了，我真是個十足的傻瓜。」

「你說得一點都沒錯。」

「我承認，但是你可真夠守口如瓶。我從不知道你對阿倫娜的真實感受如何。我不知道你是接受了她的本質，凡事由著她，還是盲目地信任她。我想，如果是後者，那麼一旦你發現她竟然辜負了你對她的信任而背叛了你，你一定會勃然大怒。我聽說過有關你的一些事情。你一向沉默寡言，然而有時你卻像一頭發怒的公牛一樣可怕。」

「所以你就認為我勒死了她？」

「嗯，是的，我正是這麼想的。而且，我覺得你的證據似乎沒有太強的說服力。於是，我突然決定要幫你一把，所以我就編造了一個愚蠢的謊言，說看見你在房間裡打字。然後，當我聽到你說你看見了我向屋內張望，這更使我相信你的確做了那件事。此外，琳達的怪異表現更加深了我的猜測。」

肯尼斯．馬歇爾嘆了一口氣說道：「你難道沒想過，我那麼說，是為了使你的故事更為可信嗎？我……我還以為你需要有人為它提供證據呢。」

羅莎美瞪大了眼睛問道：「你不是在說，你認為是我殺害了你太太吧？」

馬歇爾不自在地動了一下，嘀咕道：「別提了。你還記得你曾經為了那條狗差點勒死了那個小男孩嗎？當時你緊緊勒住他的喉嚨，就是不放手。」

「但那是多年以前的事了！」

「是的，我知道——」

羅莎美尖刻地問道：「你認為我到底有什麼動機要謀殺阿倫娜？」

馬歇爾很不自然地轉移了視線，口中不知在咕噥什麼。

羅莎美叫道：「肯恩，你真是個自負的傢伙！你以為我不顧一切地為了你而殺害了她，是嗎？或者，你以為我為了要得到你而殺害她嗎？」

「根本不是，」馬歇爾憤怒地說，「但是，你知道你那天說的話——關於琳達和其他所有的事——讓我覺得，你還是會關心發生在我身上的事。」

羅莎美說：「這話沒錯，我一向是非常關心你。」

「我相信。你知道，羅莎美，我不大愛說話，因為我不善言談，但是我想澄清一點，我並不愛阿倫娜——只是在開始時有一點兒迷戀。但日復一日地與她生活在一起令我心力交瘁。事實上這已經成了一種極大的痛苦，但我仍然為她的不幸而感到難過。她是個十足的傻瓜，瘋狂地迷戀男人，克制不住自己這種欲望，而男人們又從不真誠地對待她，令她十分挫折。我只是覺得我再也不能讓她遭受打擊了。我娶了她，就有責任盡最大努力照顧她。我想她是知道這一點的，也因此對我很感激。她……其實是個很可憐的人。」

羅莎美溫柔地說：「好了，肯恩，我現在明白了。」

馬歇爾沒有看她，而是小心翼翼地將菸絲裝入菸斗。末了，他說了一句：「你……一向很善解人意的，羅莎美。」

羅莎美的嘴邊露出了一絲淡淡的譏笑。她問道：「肯恩，你是現在就要向我求婚呢，還是決定再等六個月？」

馬歇爾的菸斗從嘴上掉了下來，砸在下面的岩石上。他說道：「該死，這已是我第二次在這裡弄壞菸斗了。現在我身上沒有半根菸斗了。你怎麼知道六個月對我來說是一段合適的時間？」

「因為我想它是。不過，我希望現在能得到一個明確的答覆。在這幾個月裡，你很有可能又會碰上一場豔遇，某位處於水深火熱之中的女性將再一次引發你的憐香惜玉之心，使你不顧一切地衝上前去，扮演一位英雄救美的騎士。」

他笑了。

「不過，這一次，被解救的女性將是你，我親愛的羅莎美。你將從那個可惡的服飾業中解脫出來，然後我們會一起到鄉村享受寧靜與溫馨的快樂時光。」

「難道你不知道服飾生意令我獲利豐厚嗎？難道你沒有意識到這是我傾注了畢生心血的事業嗎？我親手創建了它，讓它不斷發展壯大，我以它為傲！而你，居然有膽量對我說：『親愛的，把全部的一切都放棄了，跟我走吧。』」

「的確，我這麼說是膽大包天了。」

「你以為我對你的愛足以使我放棄這一切嗎？」

「如果你不能放棄，」馬歇爾依然不疾不徐地說道，「那麼，我只好說，我們兩個不合適。」

羅莎美溫柔地說道：「噢，親愛的，我要和你一輩子住在鄉下。現在，我這個心願終於要實現了……」

專文推薦

藏在日常細節中的冒險

楊照（作家）

一開始，就都在那裡了。

一九二〇年，阿嘉莎．克莉絲蒂出版了《史岱爾莊謀殺案》，神探白羅就已經退休了。而且在這個案子裡，藉由敘述者海斯汀的轉述，就鋪陳出克莉絲蒂小說最基本的偵探原則：

「那些看來或許無關緊要的小細節……它們才是重要的關鍵，它們才是偉大的線索！」

「豐富的想像力就像洪水一樣，既能載舟亦能覆舟，而且，最簡單直接的解釋，往往就是最可能的答案。」

「沒有任何謀殺行為是沒有動機的。」

還有，一個不討人喜歡的死者，一群各有理由不喜歡死者、因而也就都有殺人動機的人，這些人彼此之間構成複雜的關係，有的互相仇視，有的互相愛戀，麻煩的是，有些愛人其實貌合神離，有些仇人其實私下愛慕；更麻煩的是，不論是愛或是仇，都有可能是扮演出來的。

一個外來的偵探必須周旋在這些嫌疑者之間，從他們口中獲取對於案情的了解，換句話說，他必須在很短的時間內，搞清楚誰是誰、誰跟誰吵架、誰跟誰偷情，然後判斷誰說的哪一句是實話、哪一句是謊言。常常謊言比實話對於破案更有幫助。

再偷偷透露一下，如果要和小說裡的凶手及小說背後的作者鬥智，就像克莉絲蒂對英國社會的了解，祕訣就在於要去追究小說裡的人物背景，尤其是他們的階級地位。基本上，階級地位愈高、權力愈大、愈有錢者，說的話就愈不要相信。例如在《史岱爾莊謀殺案》中，僕人、園丁說的話遠比有頭有臉的人說的要可信多了。就算要說謊，他們的謊言也比較天真，而且往往出於善良動機。當你歸納線索時，就會知道他們並非故意說謊，那是因為他們的認知受到蒙蔽或誤導，而你慢慢就從這蒙蔽或誤導中被引導到真相。

《史岱爾莊謀殺案》出版那年，克莉絲蒂三十歲，但書稿其實早在五年前就寫好了，畢竟要找到有人願意出版一個看來再平凡不過的家庭主婦寫的小說，並不是那麼容易。

所有和克莉絲蒂接觸過的人，都對於她的「正常」留下深刻印象。她看起來就和她那個年紀的典型英國家庭主婦一樣，害羞、靦腆，只能在社交場合勉強跟人聊些瑣事話題，完全無法演講，甚至連只是站起來對眾賓客說幾句客套話，請大家一起舉杯，她都做不到。她不演講，也很少答應接受採訪，就算採訪到她也很難從她口中得到有趣的內容。她會講的，幾乎都是記者本來就知道、或者自己就可以想得出來的。

例如說白羅這個神探的來歷。克莉絲蒂回答：他應該是個外國人，這樣就能在英國日常生活中看出英國人自己看不出的線索。她自己碰過的外國人，只有第一次大戰剛爆發時到英國避難的比利時人。比利時警察怎麼能跑到英國來？那一定是因為他已經退休了。他有潔癖，所以對於現場會有特殊的直覺，馬上感受到不對勁的地方。一個有潔癖的人，好像應該長得矮小些才相稱，一個矮小有潔癖的人最適當的名字，就是希臘神話裡的大力士「赫丘勒斯（Hercules）」，製造出荒唐的對比趣味。那白羅這個姓是怎麼來的呢？克莉絲蒂很誠實地說：「我不記得了。」

一切都如此順理成章，一切都如此合邏輯，不是嗎？有記者問她怎麼看自己的舞台劇〈捕鼠器〉，創下了英國劇場、甚至全世界劇場連演最多場紀錄的名劇？克莉絲蒂的回答也還是中規中矩，合理合節：那是一齣小戲，在一個小劇院演出，成本很低，任何人想到了都可以帶家人或朋友去看，老少咸宜，並不恐怖，也不特別荒謬打鬧，可是又什麼都有一點，包括恐怖和荒謬打鬧的成分。

她的身上找不出一點傳奇、怪誕色彩，那她為什麼能在五十年間持續寫偵探小說，創造了那麼多謀殺，還創造了那麼多詭計？

首先因為她是女性，以及她的身世，包括她的階級身分，使得她在描寫故事場景時比一般男性作者來得敏感。因為在她之前的偵探推理小說男性作家的階級身分都是高高在上，基本上他們會從較高的角度看社會，比較看不到底層的感受。

而她的婚變以及婚變中遭逢的痛苦，都使她更能體會與觀察，將英國社會的複雜細節融入小說的核心情節，讓探案與線索分析結合在一起。

克莉絲蒂一生結過兩次婚，第一次在一九一四年，婚後不久，丈夫就參加了歐戰，是英國皇家空軍最早一批飛行員。一九二六年，這個丈夫有了外遇，直率地向克莉絲蒂要求離婚，在那之前，克莉絲蒂的媽媽才剛過世，雙重打擊之下，又遇到車子無法發動，克莉絲蒂崩潰了，她棄車而走，忘記了自己究竟是誰，躲進一家鄉間旅館，登記時寫了她心裡唯一有印象的名字——她丈夫情婦的名字。

離婚後，一次在晚宴中，有人提起近東烏爾考古的最新收穫，克莉絲蒂就取消了原定要去西印度群島的計畫，改訂了跨越歐洲到君士坦丁堡的「東方快車」，是的，就是這趟旅程給了她寫《東方快車謀殺案》的靈感。不過更重要的是，在烏爾，她認識了一位年輕的考古學家，比她小十四歲，這個人後來成了她的第二任丈夫。

這位考古學家陪她去參觀在沙漠中的烏克海迪爾城，卻在沙漠中迷路困陷了。幾小時中克莉絲蒂卻沒有一點驚慌不安，當下考古學家就決定要向她求婚。

原來，克莉絲蒂的內心是有這種冒險成分的。要不然她不會兩次選到的，都是喜愛冒險的丈夫，而她本身大概也不會吸引一個在各種危險情境下挖掘古代寶藏的人，讓他願意向一個大他十四歲的女人求婚。

這樣說吧，維多利亞時代後期的英國環境，壓抑限制了克莉絲蒂冒險、追求傳奇的內在衝動，她只好將這樣的衝動寄託在丈夫和寫作上。她一邊陪著第二任丈夫在近東漫走，一邊在小說中寫各式各樣的謀殺與探案。謀殺和探案都是冒險，還有，偵探偵查中做的事——蒐集線索，還原命案過程——其實和考古學家的考掘，如此相似！

克莉絲蒂寫得最好的，正是「藏在日常中的冒險」。她個性中的雙面成分，造就了特殊的偵探魅力。既嚮往非常傳奇，卻又有根深柢固的日常邏輯信念，兩者都在克莉絲蒂的小說中扮演了重要角色。她的謀殺案幾乎都和日常習慣緊密編織在一起，日常環境成了凶手最重要的掩護。有些日常規律明顯地被破壞了，讓我們很自然以為那會是謀殺的線索，沿著這些線索形成了閱讀中的推理猜測，然而白羅早就提醒了，真正重要的反而是那些「細節」，也就是看來像是依隨日常邏輯進行的事，或說藏在日常邏輯中因而不被看重的事，那裡要嘛藏著凶手的核心詭計、煙幕，要嘛藏著凶手致命的破綻。

凶案的構想，就是如何讓異常蓋上日常、正常的面貌，又如何故意將日常、正常予以扭曲，製造假象；那麼偵探要做的，就是如何準確地在日常中分辨出真正的異常，將假的、明顯的異常撥開來，找出細節堆疊起來的異常真相。

此外，克莉絲蒂的小說裡隱藏著極其曖昧的情感價值觀，最典型、最有名的就是《東方快車謀殺案》。透過追查過程，讓讀者知道為什麼凶手要訴諸於這種手段，其動機具有可同情之處，再加上克莉絲蒂對身分階級的觀察，她比較相信或讓讀者相信那些沒有權力、地位的人，隨著偵查節奏去認識可能或必須懷疑的人。克莉絲蒂最擅長營造「多重嫌疑犯」的小說特質，因為讀者在閱讀時必須被迫去認識很多不一樣的人。在她最受歡迎的作品，大概都具備這樣的特質。

當然，她的作品中還有兩個最突出的神探，即白羅和瑪波。白羅是比利時人，但為什麼必須是外國人？這是因為英國人具有高度階級意識，這種觀念一路滲透到所有互動細節，包括人與人之間如何說話。而白羅因為不是英國人，他會發現一般英國人不太看得出來的東西，以及兩個人互動的方法哪裡不正常。至於瑪波為什麼得是老太太？她一如那個年代的老人家，總是靜靜坐著打毛線，因為不起眼，自然讓人放鬆防備，所以瑪波探案的線索都是來自於這樣的互動模式。

然而，白羅有很明顯的優勢，瑪波的身分使她基本上只能進行「靜態」的辦案，案子的空間受到侷限，白羅卻可以跨越各種空間，恣意揮灑。而且白羅擁有警官身分，可以合理出現在各種犯罪現場，瑪波能出現的地方，相形之下就勉強、不自然多了。白羅是明白的outsider，在英國，只要他出現，就會覺得有外人在而感到緊張，於是很容易露出平常不會表現的行為；瑪波則看起來是insider，但實質上是outsider，因為總是沒人發現她、當她空氣人。這兩人的探案，是兩個極端。雖然讀者最愛白羅，但克莉絲蒂自己偏愛瑪波勝於白羅。

不管後來的偵探、推理小說發展了多少巧妙詭計，克莉絲蒂卻不會過時，因為她的推理如此密切地和日常纏繞在一起；活在日常中，我們就無可避免被克莉絲蒂的「日常細節推理」吸引，隨時讀來都充滿驚奇趣味。

名家盛讚克莉絲蒂（依推薦時間排序）

金庸（作家）

克莉絲蒂的寫作功力一流，內容寫實，邏輯性順暢，也很會運用語言的趣味。閱讀她的小說，在謎底沒有揭露之前，我會與作者鬥智，這種過程非常令人享受。其作品的高明之處在於：布局的巧妙完全意想不到，而謎底揭穿時又十分合理，讓人不得不信服。

詹宏志（作家、PChome網路家庭董事長）

推理小說在從先輩柯南．道爾等人的發明中出現力量時，誕生了一位《天方夜譚》故事中每天說故事說個不停的王妃薛斐拉．柴德，也就是「謀殺天后」克莉絲蒂，整個世界對聽這些故事才有如此的熱情。他們捨不得睡覺，每天問後來還有嗎、還有嗎，永遠不肯離去，這就是克莉絲蒂對推理小說的最大貢獻。

可樂王（藝術家）

所謂「克莉絲蒂式」的推理小說，就是一場和一個天才的寫作者或高明的恐怖份子在紙上捕掠捉殺的戰事。即便是一列火車、一處飯店或一間酒吧，在克莉絲蒂寫來皆充滿神祕和猜謎。在人生適合的下午裡，我總是一面嚼著口香糖，一面跟著矮子偵探白羅穿梭謀殺現場，克莉絲蒂的推理作品無疑是推理世界中最充滿「魔術性」的小說。

吳若權（作家、節目主持人）

我從小就對推理小說情有獨鍾，克莉絲蒂一系列的作品尤其令我愛不釋手。多年來，閱讀推理小說的經驗讓我覺悟：讀者在文字情節中推展開來的驚嘆，不只是因緣於故事的本身，而是自我性格的投射。從這個觀點來看克莉絲蒂一系列的作品，她簡直就是洞徹人性的算命師。而讀者，在她的文字中，發現了自己無可奉告的命運。

藍祖蔚（國家電影及視聽文化中心董事長）

做過藥劑師，難免懂得毒藥；嫁給考古學家，難免也就嫻熟文明的神祕；再加上曾經失蹤九天，一切不復記憶的離奇經驗，的確提供了寫作靈感，但若少了想像力，那些片羽靈光縱使辛辣如辣椒，卻不足以成菜。

推理小說重布局、重人物描寫，克莉絲蒂最厲害的卻是犀利的人性觀察，她一手創造的白羅探長，潔癖個性完全和她相反，更將她所憎厭的人格特質集於一身，殊不知，唯有不對著鏡子寫作，才能夠跳出框架與制式反應，開闢無限寬廣的新世界，建構多面向的詭異迷宮。

看完她的小說，你只會更加訝異，到底是什麼樣的心靈才能成就這般視野？

李家同（作家、前暨南大學校長）

克莉絲蒂的整體布局十分細膩，最後案情也都講解得非常詳細，回頭去看，在書中都找得到線索。故事的情節與內容也很好看，不是像一個流氓在街上被殺掉那麼單調。……看小說應該要花腦筋、要思考，從小就要養成思辨的能力，看她的小說，就是對邏輯思考能力極佳的訓練。

袁瓊瓊（作家）

雖然被公認是冷靜理性的謀殺天后，但是在理性之下，克莉絲蒂的底色依舊是感情。克莉絲蒂很明白，所有的慾望之後，都無非是某種愛情。在以性命相搏的犯罪世界裡，凶手以終結他人的性命來遂私欲，不過是為了成全自己的愛，或者是成全自己的恨。

鄧惠文（精神科醫師）

以推理小說作家而言，克莉絲蒂的風格相當獨樹一格。她的偵探在辦案時，靠的不光是科學證據的搜集，而是大量運用犯罪心理學，及對人性的深刻了解。例如在《五隻小豬之歌》中，白羅便是藉由聽取嫌疑犯訴說案情時所不自覺顯露的主觀意識及中心思想，而看出其中破綻，找出真凶。白羅是靠腦袋辦案，以心理層面去剖析案情，即使人們敘述的是同一件事，他可以聽出不同角色因出發點及看待角度不同所透露的情緒觀感，從而抽絲剝繭，還原事實真相。

克莉絲蒂所塑造的人物也生動且各具特色，不同個性所出現的情緒反應描寫，皆細膩而準確，讓讀者產生豐富的想像空間，一展卷便欲罷而不能。

吳曉樂（作家）

克莉絲蒂使用的語言平易近人，主要是以角色與情節的對應來斧鑿出故事的深度，堆疊出讓讀者回味的迂迴空間。而她筆下的角色往往性別、階級、性格、族群各異，塑造出多元又豐富的人物群像。

文學作品不問類型，若要流傳於世，最終仍得上溯至「人性」的理解與反思。而阿嘉莎．克莉絲蒂的作品中，我們可以看到人類屢屢得和自己的人生討價還價，或千方百計讓主觀意識與客觀條件達成某種程度的整合，讀者在重建人物的心理軌跡時，也見識到自身的是非成敗，我認為，這也是克莉絲蒂的作品能夠璀璨經年、暢銷不衰的主因。

許皓宜（心理學作家）

克莉絲蒂筆下的故事看似在談人性的醜惡，實則像一位披著小說家靈魂的心靈引導者，用她的文字訴說著人們得不到「愛」時的痛苦。於是在故事終了的剎那，你不得不對人生多了幾分「看透感」：原來，我們心裡的那些痛苦、報復與自我折磨的慾望，不是因為「憤恨」，而是起於對「愛的失落」。這或許是我們在情感世界中最珍貴且深刻的一種覺察了。

推理小說荒謬驚悚嗎？不，它其實很寫實。它幫我們說出心裡的苦、怨、醜陋的慾望，於是，我們可以重新學習愛了。

一頁華爾滋 Kristin（影評人）

從有記憶以來，閱讀克莉絲蒂最迷人之處往往不在真正的凶手是誰，而是在於「Why」（為什麼）與「How」（如何進行），在於人性與心理描摹的故事肌理。依循其書寫脈絡，會發覺不只是邏輯清晰、布局縝密、著重細節，她總能完美掌握敘事節奏，書中人物彷彿真實存在般鮮明躍然紙上，讀者情緒會隨精準文字保持流轉、跳動、收放，掩卷時並無太多真相水落石出的暢快，反倒淡淡的惆悵化為餘韻襲上心頭，原來還是種種意料之外，卻屬情理之中的人性盲目使然。私以為，那成就了克莉絲蒂的推理故事之所以無比迷人的主因之一。

冬陽（推理評論人）

雖然阿嘉莎．克莉絲蒂的作品並非我的推理閱讀啟蒙，卻是養成閱讀不輟的重要推手。首先，她無庸置疑是個說故事能手，打開我名為好奇的開關；其次是設計犯罪事件的巧妙多元，既日常又異常，凶手更是叫人意想不到。沒錯，我相信每個當讀者的都忍不住想破案，想早偵探一步識破詭計，或者像考試結束鈴響前一秒，瞎猜都要指著某個角色大喊「你就是犯人」！然後會忍不住作弊——不是翻到最後幾頁窺探真凶身分，而是往前翻查讓人起疑的段落、偵探顯然掌握重要線索的時刻，直到忍不住豎白旗投降，看神探（我知道啦，真正把我耍得團團轉的聰明人是作者）頭頭是道地分析我遺漏錯置的片片拼圖，終於看清真相全貌。這，就是偵探推理，我因此熟悉遊戲規則、沉醉在每一場迷人故事裡，成為這個類型書寫的俘虜，享受至今不疲的美好滋味。

石芳瑜（作家、永樂座書店店主）

布局細膩、處處留下線索，破案解說詳細，說明了這位安靜、害羞的推理小說女王心思縝密，且充滿想像力。密室殺人，完美犯罪，《東方快車謀殺案》不愧為古典推理小說的經典。再加上神祕的東方色彩，隨著火車抵達的迫切時間感，連非推理小說迷都會神經拉緊，讀完大呼過癮。

家庭主婦缺少人生經驗？處女座的阿嘉莎．克莉絲蒂充分展現她過人的寫作天分，靠得是從小開始的閱讀，以及對偵探小說的著迷。三十歲寫下第一本偵探小說《史岱爾莊謀殺案》的克莉絲蒂，在那個時代並不能說是「早慧」，但寫作生涯五十五年中，共創作了八十部偵探小說，卻令人難以企及。這位害羞靦腆的小說女神，大概是相信只要有足夠的理由，每個人都有殺人的可能！

余小芳（暨南大學推理研究社指導老師、台灣推理作家協會常務理事）

學生時代加入推理社團，社課指定讀物便是經典作品《一個都不留》，成為我對克莉絲蒂的初步印象，自此沉浸於推理小說的世界。隔年寒假陪同學參與轉學考，在斜風細雨的走廊中，滿足讀完《東方快車謀殺案》。隨著歲月遠走，已昇華成趣味回憶。

踏入推理文學領域需要認識的作家，阿嘉莎．克莉絲蒂絕對名列其中，她的作品常有英國小鎮風光、莊園式的謀殺、設備豪華的交通工具等，還有特色鮮明的偵探活躍其中。書中少有血腥、暴力的橋段，布局巧妙且結構嚴密，手法純粹、知性，故事內容與人物性格融為一體，以高超的想像力結合說好故事的能耐，為推理小說開創新局面。克莉絲蒂推理全集重編改版，值得新舊讀者一起探索。

林怡辰（國小教師、教育部閱讀推手）

多年後，還是難忘第一次閱讀阿嘉莎．克莉絲蒂作品的感動和激動。這套將近一世紀的作品，文筆流暢，邏輯縝密，過程中不斷與作者較量、猜出凶手，直到最後解答不禁佩服，蛛絲馬跡處處展現作者的精妙手法，於是又拿起另一部作品，再次沉溺在謀殺天后所編織的日常世界中的奇幻，無可自拔。犯罪動機和手法穿越時空限制，如今讀來合理且依舊令人感動，閱讀中趣味橫生，難怪成為後來諸多偵探小說的原型。

克莉絲蒂創作生涯中產出的八十部推理作品，至今多部躍上大銀幕，無怪乎被稱之為「經典」，喜愛推理偵探作品的人不可不讀，你會驚異於她在文字中施展的魔法！

張東君（推理評論家、科普作家）

我愛克莉絲蒂！這位在台灣有時會被稱為克奶奶的超級暢銷推理小說家，即使是自認沒讀過她的書的人，也都會在各種書籍或影視作品中看到對她致敬的片段。由於她喜歡旅行和冒險，那些經驗與體驗都成為書中的場景，因此閱讀她的作品時，不只是雀躍地跟著偵探推理，也有了虛擬的旅行體驗。或者當成旅遊導覽書，在出發去尼羅河、去英國鄉間、去搭船搭火車時，就塞一本克奶奶的作品到隨身背包中。

我還是大學新生時，就聽學姐說她哥哥經常看克奶奶的小說，而且邊看邊狂笑。於是我跟著效仿，在某次搭飛機之前買了第一本小說當旅伴，不只看得超開心，看完後還到處找尋書中出現的那種有兜帽的斗篷，當成出門時的必備用品。克奶奶的作品是跨越文字、國界的。只要看過一本，就會不停地追下去。還好，真的是還好只有八十本。何況這次是全新校訂的紀念珍藏版，當然不能錯過！

發光小魚（呂湘瑜）（文史作家、助理教授）

一部好的偵探小說，除了情節設計巧妙之外，還需要洞悉人性，如此方能合理地交代人物的言行舉止與動機。阿嘉莎．克莉絲蒂便是其中翹楚，她的作品不管是偵探、愛情小說或戲劇，必要元素都是謎題與人性。在寧靜無波的場景下暗潮洶湧，永遠都有意料之外，讀者的情緒也會隨著劇情的進行起伏糾結。克莉絲蒂觀察到時代的變化，將犯罪心理融入作品中，於是，看她的小說不只能得到解謎的快樂，同時對人性也能夠有所省思。

此外，克莉絲蒂豐富的人生歷練及旅行經歷，例如一九二二年的環球之旅、居住過也旅行過的巴黎和埃及，甚至是追隨考古學家丈夫前往的中東，都讓她的小說讀來更加充滿異國情調。如果你也愛旅行，不如就讓我們一同搭上那一班南法的藍色列車，或由伊斯坦堡出發的東方快車，跟著白羅鑽進一樁奇案，一嘗旅程中破解謎題的快感吧。

盧郁佳（作家）

國小時，家裡買了一套阿嘉莎．克莉絲蒂全集，從此成了我的毒品，在白癡課本將我的腦袋啃嚙成海綿般空洞時，撫慰受創的心靈，那時我仍對人心險惡一無所知。

數學課教你列算式，樂趣遠不如克莉絲蒂教你住宅平面圖、偷換時序的密室魔術，你從庭園長窗進房間，我從房門直通鄰房，他從走廊進房……從而學會故事是建構邏輯。她文風多變，時而《四大天王》中讓神探白羅向助手海斯汀大賣關子，眉頭緊皺，山雨欲來，預示天翻地覆，只能靠他拯救世界；時而用維吉尼亞．吳爾芙《自己的房間》中俏皮的語言，讓貧苦村姑安妮在《褐衣男子》中回憶南非出生入死的冒險，竟源於她耽讀村裡圖書館爛舊的冒險愛情小說，還有戲院每週末放映〈帕米拉歷險記〉，帕米拉每集從飛機跳落高空、搭潛艇、爬上摩天大樓，每次被黑幫老大抓到總不一刀斃命，卻老要用瓦斯毒死她，暗示續集又會逃出生天。

長大才發現，克莉絲蒂小說就是我的〈帕米拉歷險記〉：它以歌劇般輝煌龐大的天真陰謀、精細的人際觀察（一句話重音放在哪個字、從膝蓋鑑定女人的年齡等），召喚年輕讀者抱持浪漫精神投入未知的壯遊，瘋魔、衝撞、冒犯，傷痕累累毫無懼色。正如瓦斯在冒險片中太多、現實中卻太少；陰謀在現實中沒有克莉絲蒂寫得那麼複雜，但她刻畫的心理卻是現實中解謎的試金石。

賴以威（臺灣師範大學電機系副教授）

或許可以為經典下幾個定義：該領域的愛好者更都讀過；不是這個領域的愛好者，許多人也都聽過；影響後續的作品，在很多著作中都可以看到它的影子；值得反覆再三閱讀，每隔一陣子再讀都可以獲得閱讀的樂趣，有更多的體悟。我永遠記得第一次讀《東方快車謀殺案》時，被那宛如嚴謹設計數學謎題的鋪陳、推進給深深吸引、震撼。從這幾個角度來說，克莉絲蒂的推理小說被稱之為「經典」，可說是當之無愧。

謝哲青（作家、旅行家、知名節目主持人）

克莉絲蒂小說的魅力在於透過每個角色的對白，藉由不斷的說話來表現人物的個性，以彰顯其人格特質中一些無法被忽略的事實。我們從他們的言語、講話的過程和字裡行間，竟然就能知道誰是凶手。

我從克莉絲蒂的小說學到很多，除了推理小說有趣的事實之外，最重要的是，我在工作的職場跟人應對的時候，如何從語言和對話裡去捕捉某些隱而不顯的事實。許多人們欲蓋彌彰的東西，無論心事也好、祕密也好，克莉絲蒂都會用文學的手法，讓你理解語言的奧妙和魅力。

克莉絲蒂的書寫會讓你覺得彷彿自己也在現場，你可以從聽到的對話當中，學會如何理解人心的一些小技巧，這是小說家最出色、最偉大的地方。我們必須學習傾聽別人說話——這些人講話是真誠的嗎？他想要跟你分享什麼資訊？這些資訊可靠嗎？——這是我在閱讀推理小說時，最大的收穫和理解。

阿嘉莎・克莉絲蒂大事記

1890		• 九月十五日出生於英格蘭德文郡托基鎮。
1894	4 歲	• 開始在家自學，父母親、姐姐教導閱讀、寫作、算術和彈鋼琴。
1895	5 歲	• 家中經濟走下坡，舉家搬至法國，學會流利的法語。
1905	15 歲	• 在巴黎寄宿學校學鋼琴和聲樂，但生性極度害羞，未成為職業鋼琴家，最終回到英國。
1907	17 歲	• 陪同母親前往埃及調養身體，對社交活動充滿興趣，但尚未對日後感興趣的埃及古物點燃熱情。 • 回英國後繼續寫作、參與業餘戲劇表演。
1908	18 歲	• 寫出第一篇短篇小說〈麗人之屋〉，同時也寫出第一部愛情小說《白雪黃漠》，以筆名向出版社投稿，但屢遭退稿。
1912	22 歲	• 與英國皇家軍官亞契・克莉絲蒂（Archibald Christie）熱戀。 • 八月爆發第一次世界大戰，亞契奉派到法國作戰。
1914	24 歲	• 耶誕夜結婚，亞契隨即返回戰場。克莉絲蒂參與紅十字會工作，在醫院擔任護士和藥劑師，因此對藥理和毒物非常熟悉，造就後來多部推理小說情節都以毒藥殺人。
1916	26 歲	• 開始嘗試寫推理小說，寫出第一部小說《史岱爾莊謀殺案》，主角偵探赫丘勒・白羅的靈感，來自於大戰期間英國鄉間的比利時難民營。本書歷經數家出版社退稿後，終獲柏德雷・海德（The Bodley Head）圖書公司的出版機會，之後並簽下另五本小說的合約。
1919	29 歲	• 前一年亞契返回英國，八月生下女兒露莎琳。

1920	**30 歲**	• 出版《史岱爾莊謀殺案》。
1922	**32 歲**	• 出版第二部小說《隱身魔鬼》，主角是夫妻檔偵探湯米和陶品絲。 • 與亞契至南非、澳洲、紐西蘭、夏威夷和加拿大等國旅行十個月，在南非得到《褐衣男子》的靈感。
1923	**33 歲**	• 三月出版第三部小說《高爾夫球場命案》，白羅再度登場。
1926	**36 歲**	• 四月母親過世，克莉絲蒂陷入憂鬱。 • 六月在「威廉·柯林斯父子出版社」出版《羅傑艾克洛命案》。 • 八月亞契因外遇提出離婚，十二月初一次爭吵後，克莉絲蒂離家棄車失蹤，消息登上全國新聞。
1927	**37 歲**	• 一月在悲痛心情中寫出《藍色列車之謎》，第一次創造出聖瑪莉米德村，即後來瑪波小姐居住的村子。 • 分居期間在雜誌刊登以白羅為主角的短篇小說，後來集結出版《四大天王》。 • 十二月在雜誌刊登短篇小說〈週二夜間俱樂部〉，瑪波小姐初登場，後來收錄在一九三二年出版的短篇小說集《十三個難題》。
1928	**38 歲**	• 十月正式離婚，仍保留「克莉絲蒂」姓氏。 • 秋天搭乘「東方快車」前往土耳其的伊斯坦堡，再轉往伊拉克首都巴格達，參觀考古現場烏爾，認識考古學家伍利夫婦（Leonard and Katharine Woolley）。
1930	**40 歲**	• 二月應伍利夫婦之邀再訪烏爾，認識考古學家麥克斯·馬龍（Max Mallowan），九月於英國愛丁堡結婚。這段婚姻開啟克莉絲蒂旺盛的創作生涯，兩人到中東考古現場的旅行為許多作品帶來靈感。

- 婚後克莉絲蒂開始維持固定的寫作行程。十月出版《牧師公館謀殺案》，是第一部以瑪波小姐為主角的小說。
- 出版第一部以「瑪麗·魏斯麥珂特」（Mary Westmacott）為筆名的《撒旦的情歌》，並陸續發表了五部非犯罪小說。

1932　42歲
- 出版《危機四伏》。

1934　44歲
- 出版《東方快車謀殺案》，是白羅海外辦案三部曲之一，故事靈感來自中東的旅行經歷。一九七四年第一次改編成電影大獲好評。

1936　46歲
- 出版《美索不達米亞驚魂》，白羅海外辦案三部曲之二。

1937　47歲
- 出版《尼羅河謀殺案》，白羅海外辦案三部曲之三，故事背景是年輕時與母親同遊的埃及。一九七八年第一次改編成電影大受歡迎。

1939　49歲
- 二次大戰期間，克莉絲蒂在大學學院醫院擔任義務藥師，學習到最新的毒藥知識，對於推理小說寫作大有助益。
- 出版《一個都不留》，是克莉絲蒂最著名作品之一。

1941　51歲
- 出版《密碼》，呈現出克莉絲蒂對戰爭的看法。
- 出版《豔陽下的謀殺案》。

1942　52歲
- 出版《藏書室的陌生人》、《五隻小豬之歌》等名作。

1944　54歲
- 以「瑪麗·魏斯麥珂特」為筆名出版第三部作品《幸福假面》，被美國書評人發現是克莉絲蒂的作品，讓她從此失去匿名創作的自在樂趣。

1950	60 歲	• 獲選為皇家文學學會的會員。
1953	63 歲	• 出版《葬禮變奏曲》。
1956	66 歲	• 一月獲頒大英帝國爵級大十字勳章（GBE）。 • 十一月以「瑪麗・魏斯麥珂特」為筆名出版《愛的重量》，是這個筆名的最後一部作品。
1958	68 歲	• 成為「偵探作家俱樂部」主席。
1960	70 歲	• 馬龍獲頒大英帝國爵級大十字勳章。
1961	71 歲	• 獲得艾克塞特大學頒發榮譽文學博士學位。
1968	78 歲	• 馬龍獲封為爵士，克莉絲蒂亦被稱為馬龍爵士夫人。
1971	81 歲	• 獲頒大英帝國爵級司令勳章（DBE），獲封為女爵士。
1973	83 歲	• 出版最後一部創作《死亡暗道》，亦為湯米和陶品絲最後一次辦案。
1974	84 歲	• 最後一次公開露面，出席電影《東方快車謀殺案》首映會。
1975	85 歲	• 八月六日，白羅成為有史以來第一次在《紐約時報》頭版刊出訃聞的小說主角，宣傳九月即將出版的《謝幕》，這也是白羅最後一次辦案。
1976	86 歲	• 一月十二日去世。 • 十月出版《死亡不長眠》，瑪波小姐的最後一次辦案。

克莉絲蒂推理原著出版年表

1920 史岱爾莊謀殺案 The Mysterious Affair at Styles（神探白羅系列）
1922 隱身魔鬼 The Secret Adversary（神探湯米＆陶品絲系列）
1923 高爾夫球場命案 The Murder on the Links（神探白羅系列）
1924 白羅出擊 Poirot Investigates（神探白羅系列）
1924 褐衣男子 The Man in the Brown Suit（神探雷斯上校系列）
1925 煙囪的祕密 The Secret of Chimneys（神探巴鬥主任系列）
1926 羅傑艾克洛命案 The Murder of Roger Ackroyd（神探白羅系列）
1927 四大天王 The Big Four（神探白羅系列）
1928 藍色列車之謎 The Mystery of the Blue Train（神探白羅系列）
1929 七鐘面 The Seven Dials Mystery（神探巴鬥主任系列）
1929 鴛鴦神探 Partners in Crime（神探湯米＆陶品絲系列）
1930 牧師公館謀殺案 The Murder at the Vicarage（神探瑪波系列）
1930 謎樣的鬼豔先生 The Mysterious Mr. Quin（神探鬼豔先生系列）
1931 西塔佛祕案 The Sittaford Mystery
1932 十三個難題 The Thirteen Problems（神探瑪波系列）
1932 危機四伏 Peril at End House（神探白羅系列）
1933 十三人的晚宴 Lord Edgware Dies（神探白羅系列）
1933 死亡之犬 The Hound of Death
1934 三幕悲劇 Three Act Tragedy（神探白羅系列）
1934 李斯特岱奇案 The Listerdale Mystery
1934 帕克潘調查簿 Parker Pyne Investigates（神探帕克潘系列）
1934 東方快車謀殺案 Murder on the Orient Express（神探白羅系列）
1934 為什麼不找伊文斯？ Why Didn't They Ask Evans?
1935 謀殺在雲端 Death in the Clouds（神探白羅系列）
1936 ABC 謀殺案 The A.B.C. Murders（神探白羅系列）
1936 底牌 Cards on the Table（神探白羅系列）
1936 美索不達米亞驚魂 Murder in Mesopotamia（神探白羅系列）

1937　巴石立花園街謀殺案 Murder in the Mews（神探白羅系列）
1937　尼羅河謀殺案 Death on the Nile（神探白羅系列）
1937　死無對證 Dumb Witness（神探白羅系列）
1938　白羅的聖誕假期 Hercule Poirot's Christmas（神探白羅系列）
1938　死亡約會 Appointment with Death（神探白羅系列）
1939　一個都不留 And Then There Were None
1939　殺人不難 Murder Is Easy/Easy to Kill（神探巴鬥主任系列）
1940　一，二，縫好鞋釦 One, Two, Buckle My Shoe（神探白羅系列）
1940　絲柏的哀歌 Sad Cypress（神探白羅系列）
1941　密碼 N Or M?（神探湯米＆陶品絲系列）
1941　豔陽下的謀殺案 Evil Under the Sun（神探白羅系列）
1942　五隻小豬之歌 Five Little Pigs（神探白羅系列）
1942　藏書室的陌生人 The Body in the Library（神探瑪波系列）
1943　幕後黑手 The Moving Finger（神探瑪波系列）
1944　本末倒置 Towards Zero（神探巴鬥主任系列）
1945　死亡終有時 Death Comes as the End
1945　魂縈舊恨 Remembered Death（神探雷斯上校系列）
1946　池邊的幻影 The Hollow（神探白羅系列）
1947　赫丘勒的十二道任務 The Labours of Hercules（神探白羅系列）
1948　順水推舟 Taken at the Flood（神探白羅系列）
1949　畸屋 Crooked House
1950　謀殺啟事 A Murder Is Announced（神探瑪波系列）
1951　巴格達風雲 They Came to Baghdad
1952　殺手魔術 They Do It with Mirrors（神探瑪波系列）
1952　麥金堤太太之死 Mrs. McGinty's Dead（神探白羅系列）
1953　黑麥滿口袋 A Pocket Full of Rye（神探瑪波系列）
1953　葬禮變奏曲 After the Funeral（神探白羅系列）

1954 未知的旅途 Destination Unknown
1955 國際學舍謀殺案 Hickory, Dickory, Dock（神探白羅系列）
1956 弄假成真 Dead Man's Folly（神探白羅系列）
1957 殺人一瞬間 4:50 from Paddington（神探瑪波系列）
1958 無辜者的試煉 Ordeal by Innocence
1959 鴿群裡的貓 Cat Among the Pigeons（神探白羅系列）
1960 哪個聖誕布丁？ The Adventure of the Christmas Pudding（神探白羅系列）
1961 白馬酒館 The Pale Horse
1962 破鏡謀殺案 The Mirror Crack'd from Side to Side（神探瑪波系列）
1963 怪鐘 The Clocks（神探白羅系列）
1964 加勒比海疑雲 A Caribbean Mystery（神探瑪波系列）
1965 柏翠門旅館 At Bertram's Hotel（神探瑪波系列）
1966 第三個單身女郎 Third Girl（神探白羅系列）
1967 無盡的夜 Endless Night
1968 顫刺的預兆 By the Pricking of My Thumbs（神探湯米＆陶品絲系列）
1969 萬聖節派對 Hallowe'en Party（神探白羅系列）
1970 法蘭克福機場怪客 Passengers to Frankfurt
1971 復仇女神 Nemesis（神探瑪波系列）
1972 問大象去吧！ Elephants Can Remember（神探白羅系列）
1973 死亡暗道 Postern of Fate（神探湯米＆陶品絲系列）
1974 白羅的初期探案 Poirot's Early Cases（神探白羅系列）
1975 謝幕 Curtain: Hercule Poirot's Last Case（神探白羅系列）
1976 死亡不長眠 Sleeping Murder（神探瑪波系列）
1979 瑪波小姐的完結篇 Miss Marple's Final Cases（神探瑪波系列）
1991 情牽波倫沙 Problem at Pollensa Bay
1997 殘光夜影 While the Light Lasts

國家圖書館出版品預行編目（CIP）資料

豔陽下的謀殺案 / 阿嘉莎．克莉絲蒂（Agatha Christie）著 ; 劉月榮、李玉杰譯. -- 二版. -- 臺北市 : 遠流出版事業股份有限公司, 2022.10
面； 公分. -- (克莉絲蒂繁體中文版20週年紀念珍藏 ; 16)
譯自 : Evil under the sun
ISBN 978-957-32-9752-9(平裝)

873.57 111013993

克莉絲蒂繁體中文版 20 週年紀念珍藏 16

豔陽下的謀殺案

作者 / 阿嘉莎．克莉絲蒂
譯者 / 劉月榮、李玉杰

主編 / 陳懿文、余式恕　校對 / 呂佳真
封面、內頁設計 / 謝佳穎　排版 / 連紫吟、曹任華
行銷企劃 / 舒意雯　出版一部總編輯暨總監 / 王明雪

發行人 / 王榮文
出版發行 / 遠流出版事業股份有限公司
地址 / 104005臺北市中山北路一段11號13樓
電話 / (02)2571-0297　傳真 / (02)2571-0197　郵撥 / 0189456-1
著作權顧問 / 蕭雄淋律師

2002年7月1日 初版一刷
2022年10月1日 二版一刷
定價 / 新臺幣380元 (缺頁或破損的書，請寄回更換)

ISBN 978-957-32-9752-9

遠流博識網 http://www.ylib.com E-mail: ylib@ylib.com
遠流粉絲團 https://www.facebook.com/ylibfans

www.agathachristie.com